BELEZA SELVAGEM

SÉRIE IRMÃS DE ALMA: LIVRO 2

#1 *NEW YORK TIMES* BESTSELLING AUTHOR

AUDREY CARLAN

"Audrey Carlan tem um dom com as palavras que não pode ser negado."

Kylie Scott, autora bestseller do *New York Times*

Minha vida nunca foi fácil. Do dia em que respirei pela primeira vez até agora. Com alguns dias de vida, me colocaram em um cesto de roupa suja e me deixaram na frente de um quartel. Eu nunca soube quem eram meus pais e fui colocada em muitos lares adotivos ruins. Até que cheguei à Kerrighan House.

Meu porto seguro.

Minha casa.

Me receberam de braços abertos em um mundo onde o amor e a irmandade eram a regra, não a exceção. A partir daquele momento, acreditei que estava segura. Que nada de ruim poderia me acontecer.

Eu estava muito enganada.

Nem meu sucesso como modelo de lingerie, nem minha esperteza de rua como nativa de Chicago, me protegeu de cair nas garras de um monstro.

Enquanto tento recompor minha vida, fico cara a cara com um homem cujas feridas espelham as minhas. Sob sua proteção, tenho a oportunidade de encontrar beleza onde antes só havia dor. Mas o perigo espreita enquanto um novo mal ameaça me deixar de joelhos.

Meu salvador pode me proteger ou meu destino foi selado?

Nota: Cada livro da série *Irmãs de Alma* pode ser lido separadamente.

Para todas as mulheres que nunca se sentiram bonitas...
Vocês são lindas exatamente como são.
Com cicatrizes e tudo.

BELEZA SELVAGEM

UM

— Queixo para cima, peitos para fora, costas retas, cabeça erguida. Eu consigo. — Incentivei a mim mesma e inspirei forte e rápido enquanto olhava para minha imagem no espelho na entrada da minha casa de infância.

Casa Kerrighan.

Um lar para meninas órfãs. Bem, costumava ser. Agora é só uma casa. O lugar que cada uma de nós, "irmãs", visitava regularmente, assim como qualquer filho faria para ver os pais. No nosso caso, era apenas a mãe. Mas o amor que Mama Kerri deu a cada uma de suas meninas era mil vezes maior que qualquer família que já vi antes de chegar aqui, há quase duas décadas. Eu tinha oito anos na época, uma garotinha assustada e com medo. Agora, aos vinte e seis, eu estava de volta ao meu antigo quarto e mais uma vez assustada e com medo.

— Ele está morto — eu disse à minha imagem enquanto me olhava no espelho. — Não pode te pegar. — Observei meu reflexo e me forcei a destravar a mandíbula, suavizar a aparência e olhar no espelho como se fosse uma câmera. Era assim que eu me preparava para as sessões de fotos. Como modelo, eu tinha que ser mestre em mascarar meus sentimentos. E eu costumava ser a melhor nisso. Mas agora, quando olho no espelho, não só vejo a massa de cicatrizes no interior dos meus antebraços, mas também o medo que ainda sinto, mesmo depois de três meses.

Pais que não conheci e nunca conheceria, me abençoaram com incríveis cabelos castanhos avermelhados que caíam no meio das minhas costas. Olhos verde-esmeralda com um brilho azulado olhavam para mim. Lábios carnudos em um rosto em forma de coração que mulheres e homens adoravam.

Passei as mãos pelos meus seios grandes e pelas laterais da minha cintura até os quadris, que antes eram muito arredondados. A forma de ampulheta que eu ostentava estava fina. Eu tinha perdido peso depois da provação, mas voltei a engordar.

Minha clientela preferia que eu usasse suas roupas, maiôs e principalmente lingerie quando meu corpo estava entre um tamanho quarenta e dois e quarenta e quatro. Depois de três meses de cura física e inferno mental, o tamanho quarenta e dois estava um pouco solto. Mas eu sabia que meu corpo estava bonito, macio e sensual naquele tamanho e maior. Isso não significava que eu odiasse mulheres mais magras que eu. Cada uma das sete irmãs adotivas pesava menos que eu, e todas eram incríveis. Eu costumava me sentir assim, até que uma parte da minha pele ficou cheia de bolhas e queimada.

— Addy! Garota, você está pronta ou não? — Blessing, minha irmã adotiva e melhor amiga, perguntou enquanto descia as escadas em seus saltos altos.

Olhei para meu reflexo triste uma última vez, esperando poder cumprir este novo contrato. Ia me render um grande pagamento, não que eu precisasse. Ainda assim, eu gostava de saber que tinha uma quantia ridícula de dinheiro guardada, no caso de uma de minhas irmãs ou eu precisar ser socorrida.

Vivi meus anos de adolescência antes da Kerrighan House sem saber de onde viria minha próxima refeição, me preocupando se teria ou não que lutar com outras crianças famintas em um dos muitos lares adotivos em que fiquei. Até o dia em que entrei nos braços abertos e amorosos de Mama Kerri e minhas novas irmãs.

Assim que me instalei na Kerrighan House, prometi a mim mesma que um dia me tornaria alguém incrível. Que ganharia dinheiro suficiente para cuidar de mim e de todos que eu amava.

O que significava, basicamente, Mama Kerri, a maior mãe adotiva do mundo e minhas sete irmãs adotivas: Blessing, Sonia, Simone, Liliana, Genesis, Charlie e a recém-falecida Tabitha.

Tabby.

Meus olhos começaram a lacrimejar e meu coração batia forte no peito enquanto flashes de Tabby me provocando, tirando fotos minha e dela rindo passaram pela minha cabeça.

— Garota, perguntei se você está pronta. Estes clientes são importantes. Se for muito cedo, eles entenderiam, Boo, mas teriam que contratar outra modelo. Sabe que prefiro quando você arrasa com minhas roupas e lingerie, mas esse cliente tem o poder de colocar meus modelos nas lojas comuns. Estamos falando da Macy's, Nordstrom, Dillard's e muito mais. No momento, tudo o que vendo é para boutique e lojas sofisticadas, mas quero ganhar dinheiro de verdade. Você sabe do que estou falando.

Fechei os olhos e engoli em seco enquanto assentia.

— Sim, Blessing. Eu entendo e estou pronta. Juro que estou. É apenas assustador esta primeira vez.

Blessing passou um braço em volta dos meus ombros e olhou para nós duas no espelho. Ela era um centímetro mais baixa que eu. Seus cachos cor de ébano encaracolados estavam arrumados em um penteado afro perfeitamente estilizado. Sua pele negra brilhava e parecia muito macia. Ela tinha cheiro de óleo de coco misturado com um perfume leve e fresco. Aquilo me lembrava a primavera nas margens pedregosas de Cannes, na França. Um lugar que visitamos muitas vezes juntas em diferentes sessões de fotos.

— Estarei lá. O tempo todo. Você nunca estará sozinha, certo? — Ela falou e seus olhos cor de ônix encararam diretamente os meus com uma seriedade que não podia ser negada. Ela estava no *modo irmã mais velha* desde que Simone e eu sobrevivemos a um louco. Blessing, em um bom dia, era a protetora da família que encontrou em todas nós e em Mama Kerri. Depois que nossas vidas foram ameaçadas e perdemos Tabby, esse gene de proteção se tornou extremo. Ela não pouparia esforços para defender qualquer uma de nós. Infelizmente, isso não ajudava na situação com os paparazzi.

Uma vez que a notícia de que a irmã biológica da senadora Sonia Wright, Simone, estava envolvida no caso *O Estrangulador do Banco de Trás*, assim como duas de suas irmãs adotivas, a imprensa enlouqueceu. Eu fui sequestrada, mas Tabitha acabou morrendo. Quando minha identidade foi divulgada – *Addison Michaels-Kerrighan, modelo internacional plus size* – e o mundo descobriu que eu era famosa no meu mercado, as coisas ficaram intensas. Os paparazzi nos seguiam de forma incessante. Eles acamparam do lado de fora da Kerrighan House, esperando que uma de nós saísse e continuasse com nossas rotinas diárias.

A essa altura, Blessing e eu éramos as únicas que ainda estávamos com Mama Kerri. O resto de nossas irmãs tinha voltado para as casas e rotinas delas e só vinham aqui para o jantar semanal em família.

Cerrei os dentes e peguei meus óculos de sol gigantes que estavam sobre mesa e os coloquei no rosto. Blessing pegou os dela, um elegante par circular com detalhes dourados que combinava perfeitamente com seu deslumbrante suéter azul e cinto dourado, preso em sua cintura minúscula.

Ela malhava quase tanto quanto Sonia, principalmente para compensar seu apetite insaciável. Provavelmente, essa era uma das coisas pelas quais nos unimos quando cheguei e fui colocada no mesmo quarto que ela todos esses anos atrás.

— Almoço depois? — Coloquei a bolsa no ombro e apoiei a outra mão na maçaneta.

Seus lábios se curvaram em um sorrisinho.

— É claro, Boo. Agora, vamos dar uma boa chance aos abutres, hein? É bom mostrar que estamos bem. Talvez eles voltem para o buraco de onde saíram e nos deixem em paz.

— Só se pode esperar. — Ri e abri a porta.

Instantaneamente, fomos atingidas pelo que parecia ser mil flashes de câmeras e uma explosão estrondosa de perguntas.

— *Srta. Michaels, como é sobreviver ao Estrangulador do Banco de Trás?*

— *O que a senadora tem a dizer sobre tudo isso?*

— *Há algo que você possa nos dizer sobre Wayne Gilbert Black?*

Blessing segurou meu cotovelo com força, e me levou até o Escalade preto e o motorista que ela havia contratado para nos transportar de e para o trabalho.

— *O que ele fez a você?*

— *Você vai voltar ao trabalho depois de uma experiência tão difícil?*

— *Você foi torturada?*

Fui puxada por trás por um desconhecido e gritei de puro terror. Estrelas piscaram em minha visão periférica quando um suor frio atingiu minhas têmporas e minha nuca.

Blessing se virou e empurrou o repórter com tanta força que ele tropeçou no cinegrafista e caiu de costas em um colega paparazzi que o pegou.

— Não coloque um dedo na minha irmã! — ela gritou no topo de seus pulmões. — Vocês deveriam ter vergonha. Seguindo a mim e minha família por aí. Um dos membros da nossa família morreu! Muitas mulheres e alguns homens perderam a vida para aquele cretino. Nos deixem em paz! Temos o suficiente para lidar. — Ela passou o braço em volta dos meus ombros e o motorista abriu caminho pela multidão crescente e nos ajudou a entrar no carro.

— Merda. Da próxima vez, vou contratar guarda-costas — ela bufou e afofou seu cabelo. — Você está bem?

Tremi por um momento, mas consegui me orientar à medida que nos afastávamos da rua, da multidão e sua linha intrusiva de questionamento.

— Sim, vou ficar bem.

Blessing segurou minha mão, entrelaçou nossos dedos e as apoiou em sua coxa.

— Vou cuidar de você, Addy. Ninguém vai machucar minha irmã. Pode apostar nisso.

Eu sorri e ri, então apertei seus dedos.

— Minha irmã mais velha valentona me protege.

— Isso mesmo. E sempre irei.

Me inclinei contra seu lado e deitei a cabeça em seu ombro.

— O que eu faria sem você?

— A boa notícia é que nunca vamos descobrir — Blessing declarou como se fosse um fato. E para ela, era. Embora eu soubesse melhor.

O mal sempre encontrava uma maneira de manchar o bem no mundo. Esse mal já havia tirado a vida de nossa irmã, Tabby. Qualquer coisa poderia acontecer a qualquer uma de nós e não havia nada que pudéssemos fazer sobre isso.

Clique. A câmera piscou, e eu estava de volta àquele lugar.

Naquela cadeira.

Naquele porão escuro e gelado, com ratos e outros bichos correndo em volta dos meus pés.

Meu peito estava amarrado com cordas grossas e inflexíveis. Meus braços amarrados, antebraços para cima para que ele pudesse continuar com sua tortura.

Olhei para a pele empolada e machucada com uma avaliação imparcial e vaga. Vi os machucados sangrando em meus braços da única maneira que pude – como se não fossem meus. O cheiro de pele queimada incomodava minhas narinas. Engoli a necessidade de vomitar enquanto minha boca salivava ao redor da mordaça de pano. Estava tão apertada que arranhava meus lábios toda vez que eu tentava me libertar.

Outro flash da câmera.

— Addison… — Uma voz familiar reverberou no espaço cavernoso ao meu redor. Minha cabeça girou enquanto eu tentava me concentrar naquele tom. Era gentil. Compassivo. Conectado a alguém que eu amava.

Blessing.

Clique.

Estremeci com o som e balancei, retornando para aquela cadeira.

O atacante mascarado estava de volta.

Ele continuaria me machucando.

E ia me matar como fez com todas aquelas mulheres.

Minha única esperança era que o encontrassem antes de chegarem à minha irmã, Simone. Se ela fosse poupada, minha alma estaria livre. Eu poderia morrer sabendo que ela estava segura.

Eu não tinha ideia de que quando desci daquele avião e encontrei o motorista com uma placa com meu nome, eu estava indo direto para o inferno. Ele estava vestido de preto. Tinha um carro de aluguel. Sabia meu nome e quando eu deveria chegar. Tudo.

Garotas inteligentes eram mais precavidas.

E eu era uma garota inteligente. Mama Kerri garantiu que todas as suas filhas adotivas recebessem a educação adequada, concluindo o ensino médio com boas notas. Eu tive um sonho e trabalhei para torná-lo realidade. Ela nos disse podíamos conquistar tudo que quiséssemos. Acreditei nela.

Eu era uma das modelos *plus size* mais cobiçadas da indústria. Tinha milhões no banco. Mas não havia dinheiro no mundo que pudesse me salvar do *Estrangulador do Banco de Trás*.

— Addison, querida, você está me assustando! — A voz de Blessing me tirou das lembranças e me catapultou de volta ao presente. Tremi como uma folha sob as luzes do cenário para a sessão de fotos.

— Onde estou? — Tremi em seus braços.

Blessing colocou as mãos nas laterais do meu pescoço. Estavam frias e firmes. Estremeci em seus braços. Ela colocou seu rosto na frente do meu, com os olhos escuros fixos em mim. A única conexão que eu tinha com meu lugar seguro.

— Addy, você está no meio de uma sessão de fotos — ela disse em tom calmo.

Assenti.

— Ele está aqui... — Me engasguei com um sussurro gutural.

Ela balançou a cabeça, seus cachos negros balançando.

— Boo, ele não está. Ele está morto. Você está no meio de uma sessão de fotos no centro de Chicago. Só seus clientes e o fotógrafo estão aqui.

Olhei por cima do ombro dela para a miríade de corpos olhando para nós. Apertei a mandíbula, percebendo que eu tive outro momento. Era assim que os chamávamos. "Momentos". O que era essencialmente uma maneira muito gentil de descrever minhas crises. Perdi a noção do tempo, espaço e me vi presa naquele porão com um *serial killer*. Onde Simone e eu presenciamos nossa irmã Tabitha se sacrificar para nos salvar.

Meus olhos se encheram de lágrimas.

— Certo, precisamos cobri-la. Me dê o roupão. — Blessing estalou os dedos para a jovem estudante de moda de quem ela era mentora.

A garota trouxe o roupão, e Blessing me ajudou a colocá-lo sobre o delicado conjunto de sutiã e calcinha rosa que eu usava.

Enrolei meu corpo congelado e permiti que o tecido macio de chenile me lembrasse que havia coisas macias e bonitas com as quais eu podia contar para me trazer de volta ao aqui e agora. Algo chiou no ar, uma eletricidade que me forçou a olhar para cima.

Clique.

O fotógrafo tirou uma foto aleatória e espontânea. Ele estava posicionado na lente, com o rosto escondido atrás do equipamento. Eu não estava preocupada com quem estava por trás da câmera, mas esse era meu primeiro trabalho após o incidente. Agora, eu precisava ver o indivíduo ou poderia voltar para quando "ele" estava tirando fotos e me filmando.

Tudo o que consegui ver foi o longo cabelo castanho claro do homem caindo sobre os ombros. Ele moveu o rosto e seus olhos castanhos encontraram o meu.

Foi como se naquele segundo ele tivesse visto a mulher vazia, arrasada e assustada sob o cabelo e a maquiagem perfeitos.

Clique.

Eu me contorci quando arrepios tomaram a minha pele, mas enquanto eu estava olhando para aqueles olhos castanhos tranquilos, me sentia segura. Em seus olhos, encontrei meu equilíbrio. Curvei os dedos dos pés no chão frio.

Este homem, com seus olhos comoventes, barba aparada e bigode me manteve centrada no aqui e agora com um único olhar. Eu não estava mais voltando para a memória sombria daquela noite em que toda a minha vida mudou.

Tirei o roupão, encarei seu olhar e entreguei a peça para Blessing.

— Estou bem. Vou terminar.

— Tem certeza? Você não precisa fazer isso. Os clientes entendem o que você passou. Eles concordaram em usar o Photoshop nas cicatrizes dos seus braços, mas eu os conheço bem. Eles vão entender se você não estiver pronta — ela me assegurou.

Balancei a cabeça, meu olhar fixo no fotógrafo.

Levantei o queixo em direção a ele.

— Nunca te vi antes.

Um lado de seus lábios se contraiu em um sorriso pequeno, mas sexy.

— Sou novo na fotografia de moda. E se você estiver bem para continuar, eu adoraria terminar. — Seu olhar disparou para a lente. — Tiramos ótimas fotos. A maioria delas depois que você respirou. Você é uma beleza selvagem. A câmera te ama.

Sorri.

— É o que todos dizem quando uma mulher seminua está na frente deles.

Ele riu e o som rico de barítono aqueceu meu corpo de dentro para fora.

— Sou Addison Michaels-Kerrighan. E você?

— Killian Fitzpatrick.

Nome interessante para um homem intrigante.

— Você está pronta para continuar ou quer fazer uma pausa? — ele perguntou, sem nenhum indício de julgamento no tom.

Apertei os lábios.

— Contanto que você não se esconda atrás da câmera — eu disse trêmula, então acrescentei: — por favor e obrigada. Aparentemente, homens sem rosto atrás das câmeras são gatilhos para um dos meus momentos. — Compartilhei, mas depois recuei diante da minha estupidez. Eu não tinha ideia do porquê abriria mão de algo tão pessoal para alguém que não conhecia, além do fato de que ele tinha olhos honestos e gentis, cabelos lindos e um sorriso sexy.

— Estou aqui para você, o que precisar.

Surpreendentemente, eu ri.

— Mais uma vez, isso é o que todos dizem — provoquei, respirando fundo e deixando escapar todo o medo e feiura que havia surgido. Balancei os braços e pernas como se estivesse jogando água, mas principalmente estava tentando expulsar a tragédia que atormentava todos os meus minutos acordada. — É só tirar boas fotos.

— Com você, Addison, não tenho certeza se há fotos ruins. Embora eu ache que com um pouco de tempo e foco, podemos encontrar a magia juntos. — Sua voz tinha um tom caloroso e reconfortante, misturado com uma pontada de insinuação.

Minhas bochechas se aqueceram, eu inclinei a cabeça e sorri.

Clique.

Ele tirou outra foto espontânea, olhou para a tela de visualização da câmera e sorriu.

— Incrível — ele sussurrou.

Durante a meia hora seguinte, me concentrei apenas no

homem por trás das lentes. Flertando sem realmente flertar, mas era quase impossível não fazê-lo com um cara tão misterioso e bonitão me encarando com seu olhar cor de chocolate e lábios perfeitos.

Assim que me inclinei em uma pose sedutora mandando um beijo, houve uma comoção na entrada do grande espaço aberto. Vi uma enxurrada de policiais uniformizados junto com o namorado de minha irmã Simone, Jonah Fontaine, mostrando o distintivo do FBI e correndo até onde eu estava.

Ele me puxou em seus braços e os passou ao meu redor com tanta força, seu rosto indo direto para o meu cabelo.

— Jesus, estou tão feliz que você está bem — ele murmurou, medo e agora alívio cobriam seu tom.

Dei um tapinha nas costas dele e olhei por cima do ombro para Blessing. Ryan Russell, parceiro de Jonah no FBI, estava sussurrando algo para ela. Os olhos de minha irmã se arregalaram e ela assentiu.

— Com licença. O que está acontecendo aqui? — Killian se aproximou de nós enquanto Jonah continuava me segurando.

Ele se afastou, colocou as mãos em meus ombros, e então seu olhar observou meu corpo pouco vestido.

— Merda, Addy. Sinto muito. — A voz de Jonah era rouca, profunda e parecia envergonhada.

Blessing aproveitou aquele momento para correr até nós com o roupão na mão.

— Aqui. — Ela empurrou a peça para mim.

Killian pegou o roupão.

— Permita-me. — Ele o abriu, e eu passei os braços rapidamente e amarrei na cintura.

— Obrigada — murmurei, mas ele não se afastou. Na verdade, se aproximou e colocou as mãos em meus ombros em um gesto bastante afetuoso, mas que não me parecia adequado. Normalmente, eu o teria repreendido por me tocar. Mas algo dentro de mim gostou do calor de suas mãos em mim, me acalmando com a situação incerta. Em vez de reclamar, concentrei minha atenção em Jonah.

— A Simone está bem? Mama Kerri? — perguntei depressa.

— O que está acontecendo? Por que o FBI e a polícia estão em nossa sessão de fotos? — Killian me interrompeu, parecendo preocupado.

Jonah franziu a testa e percebeu o domínio possessivo que Killian tinha em meus ombros.

— Quem é esse cara?

Foi quando ele se moveu ao meu redor e estendeu a mão.

— Killian Fitzpatrick, mas meus amigos me chamam de *Fitz*. Sou o fotógrafo.

Mais uma vez, Jonah semicerrou o olhar, como se tentasse avaliar os motivos do fotógrafo bonitão. Independentemente disso, ele balançou a cabeça e voltou o foco para mim.

— Precisamos colocá-la sob custódia. Reunir a família. Houve, ah, um desenvolvimento no caso do Estrangulador do Banco de Trás, e lamento dizer, querida, não é bom.

Engoli em seco e dei um passo para trás. Meu corpo inteiro entrou no piloto automático, tremendo de forma incontrolável. Killian me observou como um falcão, com aquele olhar de fotógrafo avaliador e provavelmente soube que o medo instantâneo tomou conta da minha capacidade de falar, ou mesmo funcionar. Comecei a tremer e meus membros viraram gelatina. Eu estava prestes a cair de joelhos quando o homem passou o braço em volta de mim e aproximou o rosto do meu.

— Você está segura. O que quer que tenha acontecido, agora você está segura. Apenas respire, sim? — Ele olhou em meus olhos e me concentrei em observar a cor em seus lindos olhos castanhos escurecendo, enquanto ele respirava de forma audível. Naturalmente, alinhei minha respiração para combinar com a dele até que a sensação de tontura se dissipou e os tremores pararam completamente. — Melhor? — ele perguntou.

Assenti quando Blessing veio até nós, com aquele olhar astuto, e me puxou em seus braços.

— Você está bem, garota?

Olhei para Killian, desejando que eu ainda estivesse em seu poder, mas ainda me sentindo segura cercada por minha irmã.

— O que você quer dizer com *houve um desenvolvimento?* — perguntei a Jonas.

— Uma mulher foi assassinada. Ela não só se parecia com você, como também tinha uma de suas fotos de uma revista amassada e apertada na mão. Havia queimaduras na parte interna dos antebraços muito parecidas com as suas e ela foi estrangulada.

— O quê? Não! — Meus olhos se encheram de lágrimas. — O que isto significa? Ele está morto. Eu o vi morrer pela mão de Tabby. Ele sangrou naquele porão. Não pode estar vivo! — Sufoquei através das minhas lágrimas.

Jonah estendeu o braço e passou uma mão reconfortante pelo meu bíceps.

— Eu sei, Addy, mas até sabermos mais, não podemos correr nenhum risco. É por isso que fiquei tão aliviado quando te encontramos. Os telefones de vocês duas desligados. Tive que ligar para sua agência para descobrir onde você estava. A Simone está fora de si, querida. Precisamos te levar para casa. Conversar sobre tudo isso e traçar um plano.

Fechei os olhos, me lembrando da última vez que nos reunimos na Kerrighan House. Fomos informados sobre Simone ter escapado por pouco do Estrangulador do Banco de Trás e que um corpo foi encontrado morto em seu apartamento. As coisas ficaram muito piores depois disso.

Balancei a cabeça, entorpecida.

— Preciso me trocar. Blessing, você pode, uh, falar com os clientes? Este é apenas o primeiro de doze ensaios que deveríamos fazer para sua nova linha de lingerie. Eu sinto muito.

Blessing respirou fundo e balançou a cabeça.

— Não se preocupe. Eu cuido deles — ela disse e então saiu para fazer exatamente o que pedi.

— Posso estar disponível a qualquer hora, em qualquer lugar. Sou *freelancer* e tenho um estúdio em casa — Killian ofereceu enquanto Jonah se virava e falava com Ryan. O fotógrafo continuou: — Se você tiver o produto, podemos fotografar onde for, desde que você esteja disposta.

O peso em meus ombros parecia grande demais para suportar. Eu não tinha ideia do que estava prestes a enfrentar ou o que fazer.

Ele tirou um cartão.

— Meu número de celular está na parte de trás. Ligue para mim. Podemos discutir novos planos... Ou pode me ligar para conversar.

Estendi a mão para o cartão, mas ele o segurou.

— Conversar? — perguntei.

Seus lábios se ergueram em um sorrisinho.

— Conversar, trocar mensagens. Nos conhecer por telefone, até que eu possa convidá-la de forma apropriada para sair.

— O-o quê? Me convidar para sair? Como em um encontro? — perguntei como se o pedido tivesse sido feito em um idioma diferente.

Minha resposta o fez sorrir.

— Sim, Addison, um encontro. Quando você estiver pronta para isso e as coisas esfriarem. Por enquanto, porém, às vezes ajuda conversar sobre uma situação intensa com alguém que não está envolvido. Parece que você já passou por muita coisa e está prestes a passar por mais. Eu sei como é. Se afogar nos pensamentos que você tem medo de compartilhar com seus entes queridos.

Assenti, sentindo cada palavra do que ele disse. Eu não podia mais colocar meus medos e ansiedades em minhas irmãs e Mama Kerri. Elas já passaram o suficiente.

— Ligue para mim — ele reiterou.

— Hum...

— Addison?

Umedeci os lábios e pisquei, sem saber o que dizer ou fazer. Havia muita coisa vindo para mim de uma só vez.

— Você só precisa me ligar. Podemos conversar sobre qualquer coisa, mas gostaria de ter notícias suas. Vou ficar preocupado se não entrar em contato.

— Vai ficar preocupado com a surra que vou te dar. — Jonah grunhiu, captando nossa conversa, sem gostar do que estava ouvindo. Ele me puxou para o seu lado e para longe de Killian. — Vamos, Addy. Vamos para casa.

— Certo. Eu te ligo, Killian. — Toquei no cartão de visita.

— Estarei esperando. Fique em segurança.

Mal consegui abrir um sorriso triste.

A segurança era uma ilusão. Eu achava que nunca mais me sentiria segura.

DOIS

Oito mulheres que eu amava estavam me olhando com a preocupação estampada nos rostos amorosos. Simone estava ao meu lado. Ela segurou uma das minhas mãos. Mama Kerri estava do outro lado, segurando a outra mão. Sonia, como sempre, estava andando de um lado para o outro, sua personalidade e intelecto tentando juntar dois e dois enquanto Jonah e Ryan estavam na sala. Liliana, Charlie e Genesis se acomodaram no lado oposto do enorme sofá em forma de U. Blessing estava sentada no centro, com as pernas cruzadas e o pé balançando com uma fúria mal controlada enquanto se recostava no sofá com os braços cruzados.

— Você nos disse que o caso do *Estrangulador do Banco de Trás* estava encerrado. Que ele estava morto. Agora está nos dizendo que há um imitador ou, pior, um segundo assassino? — Sonia parou no meio do caminho, se virou e olhou para Jonah e Ryan.

Ryan ergueu as mãos em um gesto apaziguador.

— Senadora Wright, entendo que isso seja um desenvolvimento perturbador, mas o FBI está cuidando do caso. Jonah, eu e toda a equipe estamos buscando todas as pistas possíveis para descobrir se isso está conectado ao caso ou não.

— Só para deixar claro, vocês não sabem ao certo se é um imitador ou um segundo assassino?

Jonah suspirou.

— Sonia, não é tão simples assim. Pode ser as duas coisas.

— Tem certeza de que isso está conectado? Talvez seja algum doente obcecado pela imagem da Addy. Ela é maravilhosa. Muitos homens a desejam. — Ela gesticulou para mim e bufou. — Olhe para ela. No momento, ela está apavorada, assustada, com os olhos inchados de tanto chorar, e ainda poderia fazer uma sessão de fotos para a Victoria's Secret e vender um depósito cheio de produtos.

— Também te amo, SoSo — eu disse. Era minha maneira de agradecer a ela pelo elogio. Especialmente porque a mulher era uma beldade. Toda equilibrada e cheia de propósito com aquele cabelo loiro claríssimo e batom vermelho.

— Ninguém aqui está descartando ideias, senadora — Ryan falou em tom calmo e respeitoso, o que ajudaria muito com Sonia. — Estamos apenas tentando garantir todos os pontos. Mas a maior preocupação é que essa vítima teve os braços queimados com cigarros antes de ser estrangulada. Esse detalhe nunca foi divulgado. A imprensa foi informada de que Addison foi sequestrada e ferida no processo, nada mais. Além disso, a vítima é branca, tem vinte e tantos anos, cabelos castanhos, olhos verdes, é curvilínea e estava com uma foto da Addison na mão.

— Meu Deus. — Liliana ofegou e fez o sinal da cruz, depois fechou os olhos. Seu cabelo castanho curto e encaracolado emoldurava o rosto, apenas tocando os ombros enquanto seus lábios se moviam no que eu sabia ser uma oração silenciosa pela alma perdida. Liliana, minha irmã latina, tinha um forte senso de fé no Todo-Poderoso. Ela era a mulher mais religiosa de nossa família, ia à igreja todos os domingos e às vezes estudava a Bíblia durante a semana enquanto eu me considerava uma pessoa mais espiritual, como o resto de nós.

— Por que a Addy? — Blessing perguntou.

O olhar de Ryan focou na minha irmã e suavizou.

— Uma teoria é que ela escapou. E isso deixou o assassino furioso. Outra é que havia uma dupla de assassinos. Sendo um dominante e o outro, o submisso. O dominante morreu e agora o outro está em busca de vingança. Ou talvez ele sinta que o trabalho não está bem-feito. O que significa que Simone também não está segura. Francamente, nenhuma de vocês está. Então, é claro, há a hipótese de um imitador. No entanto, como eu disse, o público não sabia das queimaduras nos braços de Addison, levando-nos a acreditar que quem assassinou essa mulher conhecia esse detalhe, o que torna mais plausível que houvesse mais de uma pessoa cometendo os crimes.

Jonah veio até mim e se ajoelhou. Ele colocou a mão no meu joelho.

— Certo, querida, esta é a parte difícil e um dos motivos pelo qual reunimos todas vocês.

Fiz uma careta e engoli em seco.

— Como assim? — resmunguei.

— Você ficou com o assassino por quase um dia inteiro. Você viu dois homens ao mesmo tempo?

Balancei a cabeça.

— Não, eu... — Pensei naquele lugar. No porão escuro daquele prédio nojento e infestado de ratos. Não pude evitar o estremecimento que tomou conta do meu rosto.

Mama Kerri passou o braço em volta das minhas costas e virou meu queixo em direção ao seu, de leve.

— Não se coloque nesse lugar de novo, baby. Tente ver como se estivesse fora do seu corpo. Pense no cômodo. Como ele se parece? — ela perguntou em voz baixa, seu olhar azul-esverdeado gentil e familiar, seu abraço quente e reconfortante.

— Hum... — Umedeci os lábios e tentei me imaginar da perspectiva de um estranho. — Estava escuro. Nublado. Frio. De vez em quando, eu sentia um rato passar correndo pelos meus pés e pernas.

Charlie fez um som de choramingo quando seus olhos se encheram de lágrimas. Liliana pegou sua mão e a segurou.

Os olhos de Mama também se encheram de lágrimas, mas ela

não as deixou cair. Sua força era como um bálsamo mágico sobre minha alma ferida.

— Do que mais você se lembra? — ela perguntou com a voz rouca.

— Água ou canos vazando.

— Eu me lembro disso também. Ouço esse barulho o tempo todo em meus sonhos. — Simone apertou minha mão. — Havia grandes canos, tanques de água gigantes e um piso de concreto.

— E como era o cheiro, menina? — Mama perguntou.

Fiz uma careta e voltei a pensar. Instantaneamente, a memória do cheiro queimou minhas narinas e eu tossi. Ela esfregou minhas costas e respirei fundo me lembrando de que estava aqui, em meu lugar seguro, com pessoas que me amavam.

— Como mofo ou um espaço úmido, frio e fechado. Não havia ar fresco nenhum — respondi.

— Certo, isso é bom. Agora pense no homem.

Balancei a cabeça.

— Não quero — sussurrei sentindo o pânico crescer dentro de mim e meus olhos se encherem mais de lágrimas, que caíram pelo meu rosto.

O olhar escuro de Jonah parecia torturado enquanto ele me avaliava.

— Ry, não acho que devemos continuar...

Esses homens estavam contando comigo. A segurança da minha família estava em minhas mãos. Qualquer detalhe poderia ajudá-los.

— Não, estou bem. Tenho que enfrentar isso e se puder ajudar a pegar quem machucou essa mulher e manter minha família segura, farei o que for preciso.

— Tem certeza? — Jonah esfregou meu joelho.

— Sim, mas não sei se há algo que possa ajudá-los. O homem que me torturou foi Wayne Gilbert Black. Eu reconheceria suas mãos em qualquer lugar. Vi enquanto ele pressionava o cigarro na minha pele várias vezes. Não havia outro homem. Não que eu tenha visto. Mas será que não havia câmeras? Ele me filmou.

Jonah assentiu.

— Sim, nós assistimos à filmagem. Você foi muito corajosa. — Ele apertou meu joelho. — Nós vamos pegar esse cara, mas lamento dizer que vocês terão que voltar para um lugar seguro. Não podemos correr nenhum risco.

— A imprensa vai ter um dia de campo com isso. — Sonia gemeu e pegou o celular. — Quinn? Sim, precisamos conversar. Acho que vamos precisar daquele apartamento que usamos há três meses. Há outro louco à solta — ela disse e saiu da sala em direção à cozinha.

Recostei-me em Mama Kerri.

— Por que eu?

Ela balançou a cabeça e esfregou minhas costas.

— Não sei, baby, mas vamos descobrir. Jonah e Ryan são excelentes investigadores. Eles não deixarão pedra sobre pedra. Certo, senhores?

— Absolutamente. — Jonah estendeu a mão para Simone, que a pegou e se levantou. — Achamos que é melhor que todas vocês se afastem até sabermos mais.

— Podemos ficar aqui? — perguntei.

— Tenho um excelente alarme e nunca tive problemas. E você e a Simone moram logo abaixo. Imagino que você possa estar aqui em um minuto ou dois com um simples telefonema, certo? Além disso, a imprensa está sempre observando a casa. — A voz de Mama era sábia e controlada.

Ryan levou a mão à nuca.

— Não sei. Podíamos pedir que a patrulha passe pela casa a cada duas horas para garantir a presença da polícia no bairro. Acho que a maioria de vocês vai ficar bem aqui. Sonia tem sua própria equipe e o prédio adicionou mais segurança depois que o último guarda foi derrubado. Seria melhor se vocês pudessem ficar em algum lugar mais seguro, mas as pessoas mais importantes a serem observadas agora são Addison e Simone, já que elas estavam diretamente conectadas ao *Estrangulador do Banco de Trás*.

Genesis se levantou e bateu as mãos nas laterais de suas pernas.

— Bem, vou buscar a Rory. Ela está com a tia Delores na floricultura. Vou para minha casa e, mais uma vez, arrumar uma mala de roupas.

— Prefiro que não vá sozinha — Jonah afirmou. — Se vocês precisarem sair por qualquer motivo, como para ir ao trabalho ou coisas do tipo, seria melhor se o fizessem em pares e entrassem em contato uma com a outra regularmente.

— Vou com a Gen arrumar algumas roupas — Liliana disse.

— Charlie e eu podemos fazer o mesmo, pois moramos perto. Fiquei aqui com a Addy nos últimos três meses — Blessing anunciou. — Não há problema algum ficar mais tempo. Vou ligar para o cliente e informá-lo de que as filmagens estão encerradas até novo aviso.

Essa notícia chamou minha atenção, e eu balancei a cabeça.

— De jeito nenhum. Não vou deixar o trabalho. É o primeiro que faço depois do que aconteceu. E se eu deixar esses cretinos controlarem minha vida por mais três meses, nunca mais vou voltar. Estou com vinte e seis anos. Não tenho muito tempo no meu auge, e é a sua grande chance de colocar a lingerie *plus size* nas principais lojas. Não vou mais me esconder. Preciso viver minha vida.

Simeone assentiu enquanto cruzava os braços e esfregava os bíceps.

— Entendo. Senti o mesmo que você. Se desistirmos, o bandido vence. Nós só precisamos estar em segurança.

— Baby, não sei se ela deveria se expor... — Jonah avisou.

Me levantei e coloquei os polegares nos bolsos traseiros da calça jeans. Meu dedo encontrou o cartão. Peguei-o e li a inscrição.

Killian Fitzpatrick, fotógrafo e fotojornalista.

Estendi o cartão.

— Aquele fotógrafo de hoje disse que queria completar o

trabalho. Ele também afirmou que *é freelancer* e não só poderia ir onde eu precisasse, como também tinha um estúdio próprio. Talvez possamos fazer um acordo para tirar as fotos em particular?

Blessing estalou os dedos e apontou para mim.

— Não é uma má ideia. E você se sentiu confortável com ele.

Mais do que confortável, na verdade, o que foi uma estranha surpresa. Sem mencionar o pouco sobre ele querer sair em um encontro comigo. Minhas bochechas aqueceram e os lábios de Blessing se contraíram.

— Você gosta dele — ela acusou.

Fiz uma careta e dei de ombros.

— Ele foi legal.

— Legal — ela bufou.

— Sim.

— E estava gostoso naquela camiseta branca. Ele deve usar um coque masculino com todo aquele cabelo comprido. — Ela abriu um sorriso radiante.

— Blessing... cuidado com a boca, querida — Mama avisou. Ela não gostava que suas meninas xingassem. Achava que era vulgar e impróprio para uma dama.

— Desculpe, Mama. — Blessing falou e se virou para mim. Seus olhos escuros avaliando e cheios de malícia. — Está bem, está bem. Deixe-me fazer minha mágica com o cliente. Vou explicar que tivemos um problema inesperado e precisaremos tirar as fotos fora da locação, mas que vamos conseguir tudo o que eles precisam de cada item para que minhas peças saiam da loja por conta própria.

Abri um grande sorriso, o primeiro de verdade em meses. Parecia um pouco dolorido e estranho, mas bom. Como colocar um par de sapatos velhos e confortáveis que nem sempre estão na moda, mas ainda assim são amados e se encaixam perfeitamente.

— Quer que eu ligue para o fotógrafo ou você faz isso? — ela perguntou com um sorriso em seu rosto bonito e lábios cheios e brilhantes.

— Eu faço. — Aceitei a incumbência como se tivesse aceitado uma oferta de um prato cheio de *tacos* de rua. Por que eu amava *tacos*. Sempre havia espaço para um. Eu nunca me convenceria do contrário. Além disso, Killian me pediu para ligar. Praticamente implorou. Bem, implorar podia ser forçado, mas ele disse que ficaria preocupado se não tivesse notícias minhas, e agora eu tinha um excelente motivo para contatá-lo.

Toquei o cartão e o coloquei de volta no bolso. Em seguida, Mama foi cozinhar, o que ela sempre fazia quando estava preocupada. Uma a uma, cada uma das minhas irmãs, exceto Simone, me abraçou e me disse palavras de encorajamento antes de partir. Eu, por minha vez, me desculpei pelo problema que todas enfrentariam. Você poderia derrubar uma irmã Kerrighan, mas nunca poderia mantê-la no chão.

Cara, minha família era a melhor.

— Addy, baby, tenho cookies recém-assados e chá no fogo — Mama me chamou da cozinha. Doces e chá, sua resposta para todas as doenças.

Simone riu e se virou para Jonah.

— Vou com a Addy e a Mama Kerri. Você acha que seu pai e Luca vão se importar se eu não voltar ao trabalho pelo resto do dia?

Ele abaixou a cabeça e tomou sua boca em um beijo doce e rápido.

— De jeito nenhum. Vou ligar para eles no caminho de volta para o escritório. Fique aqui. Não saia por qualquer motivo. Vou pegar a Amber e trazê-la para cá antes de ir.

— Querido, não precisamos da nossa cadela aqui. — Simone inclinou a cabeça para o lado.

Ele segurou a nuca dela.

— Simone, aquela cadela lutaria até a morte para proteger sua mãe. Quero essa camada adicional de proteção para você e sua família, sim? Me deixe fazer isso. Vai me fazer sentir melhor quando eu estiver perseguindo esse monstro.

Ela revirou os olhos, mas então sorriu e o beijou nos lábios.

— Tudo bem.

— Te amo — ele sussurrou e a beijou mais uma vez. Desviei o olhar e olhei pela janela, porque toda vez que eles estavam por perto eu me sentia como se estivesse invadindo um momento privado, mesmo que fosse inocente. Um dia eu esperava ter isso também. Um homem que me adorasse e se preocupasse comigo. Por enquanto, eu estava feliz que pelo menos uma de minhas irmãs o tivesse.

— Tchau, Addy — Jonah falou.

— Tchau e obrigada! — eu disse, acenando.

Jonah sorriu para mim, olhou para Simone e piscou.

Nós duas suspiramos simultaneamente, então nos olhamos com grandes sorrisos e caímos na gargalhada. Simone colocou o braço em volta da minha cintura.

— Vamos. A Mama fez cookies e eu não almocei..

— Nem eu.

— Minhas meninas não almoçaram? — Mama gritou. — Vou fazer sanduíches para vocês primeiro! Combustível antes dos doces — ela emendou quando entramos na cozinha e nos sentamos na mesa estilo piquenique com a qual crescemos.

— Agora, me fale sobre esse fotógrafo. — Simone balançou as sobrancelhas e sorriu.

— *Go for Fitz* — a voz afetuosa falou quando liguei.

— Olá, sr. Fitzpatrick? — perguntei apenas para esclarecer.

— Sim, é ele.

— Oi, hum, aqui é a Addison Michaels-Kerrighan... você foi o fotógrafo na minha sessão esta manhã.

— Addison, oi, estou feliz que você ligou. Está tudo bem com você sendo levada pelo FBI? — Seu tom tinha humor, então eu sabia que ele estava brincando.

— Eu não fui levada pelo FBI. Meu cunhado ficou um pouco

superprotetor com uma situação na qual estou envolvida mais uma vez.

— Aquele cara de terno era seu cunhado?

— Não oficialmente, mas parece que está indo por esse caminho. Ele e a minha irmã Simone foram morar juntos há alguns meses e agora ela é a gerente do escritório da empresa de construção do pai e do irmão dele.

— Unidade familiar estreita — ele supôs.

— Dos dois lados, sim.

— E a mulher assassinada? Como você está envolvida? — ele perguntou em tom casual.

Respirei fundo e deixei o ar sair.

— Você não tem que me dizer se não quiser — ele afirmou em voz baixa.

Fechei os olhos.

— Não é que seja muito pessoal, é apenas… assustador. Uma situação em que me encontro que nunca pensei que estaria. E mal estou curada da última experiência assustadora.

— Tenho que admitir: procurei seu nome na Internet depois da nossa sessão esta manhã. Você foi sequestrada pelo *Estrangulador do Banco de Trás*?

— Sim. Minha irmã, Simone, estava no lugar errado na hora errada. O cara se escondeu na parte de trás do carro dela. O FBI a parou, e foi assim que ela conheceu o Jonah, o cara de terno, como você disse. O assassino atirou nos dois, mas felizmente nenhum deles ficou muito ferido. Então ele começou a aterrorizar.

— Você era próxima das outras vítimas?

O olhar sem vida de Tabby olhando para o nada naquele buraco infernal passou pela minha mente.

— Olha, é muito gentil da sua parte querer conversar, mas eu realmente não quero mais falar nisso. E não foi por isso que liguei.

— Certo. Entendo. Embora eu espere que você esteja falando com alguém sobre tudo isso. Dizer as coisas em voz alta tira um pouco do poder que elas têm de machucá-la emocional e mentalmente. E reconheço um sobrevivente quando vejo um. Estive no seu lugar, por assim dizer.

— O que aconteceu com você? — perguntei de imediato.

Ele riu.

— Agora essa conversa é para outro momento. Talvez com uma garrafa de vinho e uma boa refeição.

— Você é sempre tão atirado? — disparei, sem pensar.

— Quando estou conversando com uma mulher bonita, a qual gostaria de conhecer melhor, sim, sou. Embora já faça um bom tempo desde que conheci alguém que mexeu comigo.

— Suave, muito suave. — Eu ri. — Você fotografa modelos e ainda é bonitão. Tenho certeza de que muitos rostos bonitos mexem com você — provoquei.

— Você ficaria surpresa. E eu te disse, fotografar modelos é um empreendimento mais recente.

— O que você costumava fazer antes de fotografia de moda?

— Eu era fotojornalista de guerra — ele disse com bastante firmeza.

— Ah, uau. Não esperava isso.

— A maioria das pessoas não espera. É um tipo específico de trabalho e os bons têm treinamento especial. Primeiro, servi no Exército. Levei minha câmera. Tiramos fotos e compartilhamos o que vimos e muito do que fizemos. Explodiu a partir daí. Após meus quatro anos de serviço como soldado, trabalhei dez como fotojornalista.

— E agora?

— Agora eu tiro fotos de coisas bonitas. Coisas que me trazem alegria, não dor.

— Entendo. Trabalho nobre. Tudo isso.

— Obrigado. Você disse que ligou por um motivo específico?

— Ah, sim. Você disse que ficaria feliz em continuar a sessão de fotos como *freelancer* e que tinha um estúdio?

— Tenho, sim. E com certeza estou interessado em fotografá-la novamente. A câmera te ama.

Mordi o lábio inferior enquanto eu sentia um frio em meu estômago.

— Bem, para fazer um resumo da situação, precisaríamos fazer o ensaio completo, mas fora do processo normal.

— Você quer dizer por causa do homicídio que seu cunhado mencionou?

— Honestamente, não sei. Tudo o que sei agora é que o *Estrangulador do Banco de Trás* pode ou não ter feito parte de uma dupla, ou há um assassino imitador, e essa pessoa está à solta. Ele matou uma mulher que se parece muito comigo e que estava com uma foto minha arrancada de uma revista na mão, quando os policiais a encontraram.

— Meu Deus, Addison. Sinto muito. Você deve estar louca de medo.

— Não estou exatamente satisfeita com a situação. — Eu ri, mas pareceu fora de lugar e falso.

— Qualquer coisa que você precisar, estou feliz em ajudar.

— Bem, isso faz parte. Teríamos que manter o projeto em segredo, com pouquíssimas pessoas por perto para nos ajudar, se é que teria alguém. Não posso colocar a segurança de ninguém em risco. Do jeito que está, se você assumir este projeto, precisa entender que também estará sob um microscópio e poderá estar em perigo.

— Em primeiro lugar, sou soldado treinado e sobrevivi a quatorze anos de situações de guerra ativas. Quatro no Exército, os outros dez capturando-a. Passei mais da minha vida em perigo do que fora dele. Também tenho uma casa muito segura, com sistema de alarme incluso e um rottweiler malvado. Tirar fotos de forma tradicional é a minha preferência. Se tivermos carta branca com a fotografia, posso prometer que será diferente de tudo que você já fez antes.

— Não tenho certeza de qual era a visão inicial e o escopo do projeto, mas muito disso não poderá ser feito e o cliente realmente me queria no projeto, o que é ótimo, porque a estilista também quer. Toda a linha é de lingerie com alguns robes, camisolas e afins. Alta escala, caro. Temos que fazer as peças parecerem incríveis. Elas foram desenhadas pela minha irmã, a Blessing, que você conheceu hoje, e ela realmente precisa deste contrato para levar seus negócios para o próximo nível.

— Sua irmã? Blessing Jones, a estilista?

— Sim.

— Ela é sua irmã?

— Sim. — Fiz uma careta. — Por quê?

— Baby, ela é negra e você é branca.

Meu coração se derreteu quando ele me chamou de *Baby*. Então me dei conta de suas palavras e ri até minha barriga doer. Não era algo que eu tenha pensado, mas provavelmente seria um pouco esquisito para um estranho.

— Somos irmãs adotivas.

— Agora isso faz muito mais sentido.

Eu ri.

— Aposto que sim.

— Quando começamos?

— Estou pronta quando você estiver. A Blessing vai confirmar a mudança com os clientes e não tenho dúvidas de que ela será capaz de convencê-los. Então, depende de quando você estiver disponível para me enfrentar.

— Oh, Addison, eu definitivamente posso te enfrentar... — Ele riu, e minhas bochechas aqueceram enquanto a vermelhidão continuava fluindo pelo meu pescoço e até o topo do meu peito, onde meus mamilos perceberam e endureceram por baixo de minhas roupas.

— Killian — sussurrei seu nome, percebendo que estava rouca, insinuando algo mais quando *isso* não deveria ser considerado agora. Minha vida estava uma bagunça e ninguém merecia ser arrastado para isso. Especialmente um veterano de guerra que deixou claro que tinha seus próprios demônios para enfrentar.

— Só estou brincando. Prometo que serei o pilar do

profissionalismo... enquanto estiver no trabalho. Fora dele, todas as apostas estão canceladas.

Eu gemi e ele riu mais uma vez.

— Me avise quando você tiver o aval. Vou me certificar de que o estúdio esteja montado e que tenhamos o que vai ser preciso. Enviarei um e-mail para sua irmã, para pegar informações sobre o escopo do projeto completo. Ela me deu um cartão antes de vocês duas partirem hoje. O cliente não me forneceu nada quando cheguei mais cedo, além de você em pé, na frente do primeiro cenário, o que achei pouco inspirador, para dizer a verdade. Acho que podemos fazer muito melhor do que eles tinham disponível e deixá-los loucos.

— Obrigada, Killian, por estar disposto a fazer isso. Sei que as circunstâncias são incomuns...

— Fitz. Me chame de Fitz.

— Tudo bem, me chame de Addy.

— Addy. Combina com você — ele murmurou, e o som do meu nome vindo daquele tom quente de mel provocou um arrepio de excitação em minhas veias.

— Vou te mandar uma mensagem quando souber mais. Obrigada, Fitz.

— De nada, Addy. Vejo você em breve.

— Sim, eu acredito que verá.

TRÊS

Viver em uma casa com nove mulheres enquanto crescíamos foi bastante normal. Agora, sem Tabby, adicionamos Rory, a filha de três anos de Genesis, Jonah, o companheiro de Simone, Amber, a cadela, e Ryan, o parceiro de Jonah que dormiu no sofá. Aparentemente, uma casa enorme cheia de mulheres não impediu que o único homem em nossas vidas chamasse reforços e deixasse Ryan ficar. O andar de cima estava fervilhando de atividade, e eu estava feliz por ter acordado cedo, porque tomei banho e comi primeiro os cookies que Mama Kerri deixou no balcão embrulhados em papel alumínio.

Blessing desceu as escadas e parou onde eu estava tomando chá e enfiando um segundo cookie na boca. A mulher se movia como se estivesse de tênis quando usava saltos de dez centímetros. Eu não tinha certeza se a tinha visto de chinelos nos últimos anos. Minha irmã era uma fashionista de ponta a ponta. Eu não poderia culpá-la por isso, porque ela não apenas estava maravilhosa o tempo todo, mas também presenteava a todas nós com roupas que ela desenhava. Fazia parte de seu trabalho estar bem-vestida. O cara gostoso do FBI, Ryan Russell, parecia concordar comigo enquanto examinava sua forma.

— Oi. — Ela assentiu, colocando uma grande argola de ouro na orelha. Levei um minuto para apreciar Blessing Jones-Kerrighan.

Ela usava camisa preta transparente que se fechava no pescoço, mas tinhas as costas nuas e era sem mangas. Por baixo, usava um top tomara que caia preto, que cobria seus seios tamanho médio, mas realçavam sua pele escura. A camisa transparente estava por dentro de calças de tecido colante de cor creme, que se curvavam de um jeito mágico sobre seu bumbum e desciam afunilando nos tornozelos. Nos pés, ela usava um par de sapatos de saltos altos vermelhos que ostentavam uma tira sexy no tornozelo. Suas unhas estavam pintadas de vermelho da cor do carro de bombeiros e combinava com o batom. O cabelo estava preso em um coque abacaxi.

— Caramba, garota. Você tem um encontro quente? — provoquei quando ela se virou e pegou a bolsa.

— Sim, com você e seu fotógrafo. Assim que nos instalarmos, sairei para atender alguns clientes na cidade.

— Você não está planejando ir sozinha, está? — Ryan a interrompeu. Ele ficou a alguns metros de nós e esticou os longos braços enquanto segurava a madeira que emoldurava a entrada da sala de estar para a cozinha. A camisa que ele usava se esticava ao longo dos músculos, provando que ele cuidava do corpo. A calça de pijama preta, simples e folgada, nos deu uma dica do que o homem poderia estar carregando, e não parecia pequeno. Opa!

Observei com alegria quando o olhar escuro de Blessing pegou tudo o que era Ryan Russell: de seu cabelo dourado cortado em camadas no topo e curto nas laterais, a barba por fazer, e descendo por aquela forma longa, um pouco magra, mas definitivamente musculosa até seus pés descalços.

— Copo grande de leite — ela murmurou. — Pena que você está na aplicação da lei. — Ela suspirou como se estivesse genuinamente desapontada com aquele fato enquanto ele franzia a testa.

— O quê? — Ele inclinou a cabeça e passou a mão pelo peito largo até o estômago, onde esfregou o abdômen, depois apoiou a mão no quadril.

O homem era bonito, com certeza. Não, ele era muito bonito, mas nem de longe tão glorioso quanto Killian Fitzpatrick.

Sem mencionar que seus olhos estavam grudados na minha irmã como se ela fosse ovos e bacon, e ele estivesse pronto para a refeição matinal.

— Nada. — Ela suspirou quando a campainha tocou. — Aí está nosso armário. — Ela olhou o corpo de Ryan de cima abaixo mais uma vez. — Hummm — ela suspirou novamente, parecendo um pouco sonhadora e bastante provocante. A forma com que Ryan olhava para sua bunda provava minha constatação. Me interessei por aquele desenvolvimento.

— Identificação, por favor. — Ela estendeu a mão.

Os três homens gigantes, do tipo fisiculturista, estavam na porta. Eles usavam calças cargo e camisas polo pretas combinando, com uma insígnia vermelha costurada e botas pretas. Eles enfiaram a mão no bolso, pegaram as carteiras e entregaram as identidades a ela, que leu os documentos.

— Esperem um minuto, por favor. — Blessing sorriu, fechou e trancou a porta, deixando os três estranhos do lado de fora.

Blessing se virou e entregou as identidades para Ryan.

— Isso é verdadeiro?

Ryan pegou os três cartões de identificação e os avaliou.

— Parecem legítimos, mas eu precisaria de um scanner de código de barras ou do meu computador para ter certeza. Você contratou seguranças sem passar pelo FBI?

Ela deu de ombros e pegou as identificações.

— Sim. Não conto com nenhum homem para cuidar de mim e dos meus. — Blessing olhou as identificações. — *Meh*, parecem legítimos e têm os mesmos nomes que a empresa de segurança que contratei me passou. Acho que estamos seguras. Quero dizer, não é como se o assassino psicopata soubesse que contrataríamos essa empresa em particular. E, além disso, se a empresa não está relacionada ao FBI e foi contratada por mim, como alguém poderia se infiltrar nela?

Ryan resmungou.

— Não é assim que funciona, Blessing. O Jonah vai

enlouquecer. Nosso chefe também. O fato de estarmos envolvidos não seria uma boa ideia, mas como não estamos relacionados a Addison, conseguimos permanecer no caso. Você pode ter comprometido isso.

— O que está feito está feito — ela murmurou, ainda olhando para as identificações.

— Segurança? — Eu me animei.

— Sim, um guarda-costas para você e um para mim. A Simone tem o Jonah, a Sonia tem uma equipe, e a Gen, a Charlie e a Liliana terão um homem para conduzi-las para o trabalho com segurança. Esse mesmo homem vai buscá-las e levá-las de volta para casa depois do trabalho. A Mama Kerri estará aqui ou com a tia Delores na floricultura. Você está pronta? Seu cabelereiro e maquiador favorito vai nos encontrar no endereço do fotógrafo. Quando ele terminar de te embelezar, vamos liberá-lo. Seu guarda-costas vai ficar o dia todo com você, mas avisei que ele ficaria do lado de fora, já que você estaria trabalhando. Imaginei que você não gostaria de um cara enorme vendo você tirar fotos de lingerie. O outro homem vai ficar comigo, já que tenho reuniões por toda a cidade esta semana.

— Por acaso, você pensou em me falar isso ontem à noite? — Fui até a cozinha, lavei a xícara de chá e a coloquei na pia. Eu não gostava que ninguém programasse minha vida por mim.

Blessing colocou a mão no quadril.

— Mana, não use esse tom comigo. Há uma garota morta que se parece com você sendo velada hoje. Não vou permitir que isso aconteça comigo. — Ela apontou para as escadas. — Nem com nossa mãe ou irmãs. Já sofremos o suficiente. Você sabe como é, Boo. — Ela balançou a cabeça. — Eu cuido do que é meu, e quer você goste ou não... *Vocês. São. Minha. Família.* Nenhum filho da puta doente vai colocar suas mãos imundas na minha irmã novamente. Sem chance. De jeito nenhum. Não vai acontecer. — Ela ajeitou o cabelo. — Você me ouviu? Preciso explicar mais?

Apertei os lábios. Postura clássica de Blessing. Ela estava

preocupada com a nossa segurança, então fez algo sobre isso. Mesmo que significasse me irritar no processo, ela faria o que achasse que precisava fazer e pediria perdão mais tarde. Já que seu coração estava no lugar certo, e um guarda-costas era uma ideia muito boa, eu deixei pra lá.

— Você me amaaaaa. — Dei de ombros e sorri de brincadeira. Ela gemeu.

— Menina...

— Não pode viver sem miiimmmm — continuei, girando e dançando até bater meu quadril no dela. — Admita, e não vou reclamar que você fez tudo isso sem o meu consentimento. — Esfreguei a têmpora em seu ombro.

Blessing suspirou, franziu os lábios, então revirou os olhos.

— Tudo bem. Eu te amo.

— E não pode viver sem mim — pressionei, só de implicância. Ela grunhiu.

— Não posso viver sem você. — Ela balançou a cabeça e me empurrou. — Agora pegue suas coisas e vamos encontrar o bonitão sexy para que você possa babar nele, tirar fotos e fazer minhas peças ficarem bonitas.

Peguei minha bolsa grande, que tinha meus itens essenciais de modelo: dois pares de salto alto – um preto e um nude – *gloss*, calcinha preta e nude, sutiã sem alças, adesivo para mamilos, loção e outros itens que eu não saía de casa sem quando ia para um trabalho. No momento, eu estava usando calça jeans desgastada e um *cropped* com camisa masculina de manga comprida, que amarrei na cintura. As mangas escondiam minhas cicatrizes, mas também achei bonito. Calcei chinelo de couro marrom.

— Certo, estou pronta.

— Você vai usar isso? — Ela ergueu o lábio superior em um rosnado de desgosto. — Sabe que eu desprezo chinelos. Não são sapatos. São incômodos que fazem muito barulho quando você anda e podem estragar qualquer *look*... a não ser que você esteja na praia. Ainda assim, eu não usaria.

Olhei para o teto e resmunguei.

— Senhor, me dê forças para sobreviver a este dia sem bater na minha irmã.

— Ah, você vai levar uma bofetada mesmo — ela disse, e então deu um tapa na minha bunda.

— Jesus, as mulheres são loucas — Ryan murmurou e entrou na cozinha. — Isso é café?

Pulei para longe dela e ri, então torci o nariz e olhei para Blessing.

— Vai ter volta. — Eu ri e esfreguei meu bumbum como se estivesse dolorido, quando na verdade não estava.

— O que quer que vá colocar sua bunda a caminho está valendo. A vingança é é um prato que se come frio. Estarei esperando para dar o contragolpe, e você sabe que não vou parar até vencer.

— Sim, definitivamente loucas. — Ryan balançou a cabeça e foi até a cafeteira.

— As xícaras estão na parte de baixo do armário — menti e cobri meu sorriso com a mão.

Blessing ergueu as sobrancelhas e inclinou a cabeça para o lado para assistir ao show.

Como esperado, Ryan se inclinou, dando-nos um vislumbre de seu traseiro gostoso.

Blessing murmurou "Droga" e abanou o rosto com a mão.

Mal contive minha risada, mas adorei a vista.

Ryan abriu o armário e encontrou panelas e frigideiras.

— Não tem xícaras aqui... — Ele se virou e nos encontrou encarando seu bumbum e se levantou com um sorriso.

— Opa. — Dei de ombros. — Eu quis dizer o armário em cima. Desculpe.

— Sua mãe não te ensinou a não mentir? — ele brincou.

— Sim, ela ensinou. — Mama Kerri desceu as escadas com um roupão fofo, seus óculos multicoloridos na ponta do nariz e os cabelos loiros avermelhados bagunçados. — Minhas meninas estão se comportando? — Ela ergueu uma sobrancelha.

Assenti.

— Sim, mamãe.

— Sempre — Blessing mentiu.

— Hum-hum. Também não ensinei minhas filhas a não se atrasarem para o trabalho? Notei três sombras na porta através do vidro enquanto eu descia as escadas. Há uma razão para isso?

— Merda! — Blessing correu para a porta.

— Cuidado com boca, querida. — Ela suspirou e então veio até mim, segurou meu rosto e beijou minha bochecha. — Como está meu bebê esta manhã?

Pressionei a bochecha contra sua mão, me aconchegando no toque mais precioso do mundo.

— Estou bem, Mama. Pronta para voltar ao trabalho. Espero que o dia não traga mais más notícias.

— Bem, vamos ter esperança e focar no bem que temos: uma à outra, um lar aconchegante, roupas, comida e muito amor, certo?

Assenti e ela deu um tapinha na minha bochecha.

— Vá ser bonita para a câmera, menina. — Ela abriu os braços e eu me aconcheguei a ela. — Não deixe nada te derrubar, minha preciosa menina. Você é amada. Você é uma beleza. Você é um presente. Lembre-se disso. — Ela me apertou com força e eu inalei seu perfume de flores silvestres e deixei que me acalmasse.

— Eu te amo, Mama.

— E eu amo a minha menina. Não se aborreça com a Blessing por causa da sua superproteção, sim? Ela não conhece outra maneira de cuidar da família. E ela perdeu muito.

Assenti e respirei através das lágrimas que queriam vir à tona. Hoje eu seria forte, bonita e faria o trabalho. Não só por Blessing, mas por mim mesma. Eu precisava avançar na minha recuperação e voltar ao trabalho era apenas um obstáculo para esse objetivo.

— Mama te ama. — Ela beijou minha têmpora e recuou. — Você comeu alguma coisa?

Eu sorri.

— Sim, comi cookies e tomei chá.

— Por favor, almoce — ela pediu, indo até onde Ryan estava.

— Bom dia, agente Russell. Posso fazer um café da manhã para você?

Acenei para Ryan.

— Tchau, Mama — eu disse enquanto me dirigia para a porta da frente, onde um homem hispânico enorme estava de sentinela. Ele não era muito alto, talvez cerca de um metro e oitenta. Mas era uma parede de músculo da cabeça aos pés. Ele tinha cabelos pretos grossos repartidos para o lado. Seu rosto era anguloso, cortado com linhas duras que o faziam parecer perigoso, mas também elegante, como uma pantera selvagem.

— Ah, olá. — Eu sorri.

— Senhora. — Ele se moveu para abrir a porta para mim.

— É você quem vai cuidar das minhas irmãs? — Segurei a maçaneta para impedi-lo de continuar.

— Sim, senhora. Charlotte, Liliana, Genesis e uma criança pequena chamada Aurora.

Eu sorri.

— Não deixe a Charlie te ouvir chamá-la de Charlotte. — Estremeci.

Ele abriu um lindo sorriso que contrastava com a sua pele marrom. Estava barbeado e sua colônia era uma mistura inebriante e prazerosa de almíscar e homem.

— Eu sou a Addy.

— Omar Álvarado. — Ele estendeu a mão.

Apertei e observei seus olhos castanhos gentis e calorosos, a mandíbula quadrada e forma pesada. Liliana ia se apaixonar por esse homem. Ele era exatamente o tipo dela. Nossa duende amava um cara grande, e preferia namorar homens hispânicos.

— Você é casado?

Suas sobrancelhas se juntaram enquanto ele franzia a testa.

— Não, por quê?

Dei de ombros e pisquei.

— Nenhuma razão. Cuide das minhas irmãs.

— Vou protegê-las com a minha vida — ele afirmou com propósito.

— Estou contando com isso.

Eu estava prestes a abrir a porta quando ouvi o arrastar de pezinhos descendo as escadas.

— Espere, espere! — Ouvi Liliana gritar.

Ela desceu correndo as escadas e atravessou a sala de estar em um vestidinho de algodão que se moveu antes de ela me alcançar.

Eu a aconcheguei em meus braços. Ela usava um perfume com cheiro doce misturado com algo de limão. Minha irmã estava sempre cheirosa. Olhei para Omar, cujo corpo inteiro ficou imóvel, mas seu olhar, não. Ele olhou o corpo de Liliana de cima abaixo e mordeu o lábio inferior. Todo mundo dava uma dica quando estava interessado em uma pessoa romanticamente. Como modelo, eu pegava essas coisas. Especialmente um homem dando em cima de uma mulher. As pessoas sempre achavam que modelos eram desprendidos e festeiros. Eu não, mas isso não significava que não era paquerada. Omar estava atraído por Liliana. Eu apostaria minha conta bancária nisso.

Ela se afastou.

— Não queria que você fosse embora sem me despedir.

Segurei sua bochecha e absorvi sua beleza. Cabelos cacheados na altura nos ombros, castanho-escuros. Maçãs do rosto arredondadas super altas, pele bronzeada perfeita e dourada, sobrancelhas arqueadas pelas quais eu mataria e lábios carnudos como os de querubins. A mulher nem precisava de maquiagem, ela era genuinamente linda.

Omar grunhiu ao nosso lado.

— Ah. — Levantei o queixo para ele. — Este é Omar, seu guarda-costas. Ele vai te levar para o trabalho, junto com Charlie e Gen.

Ela franziu a testa.

— Guarda-costas... ¿Qué? Porqué?

— A Blessing contratou.

Ela revirou os olhos.

— Aquela garota. — Então ela o olhou. Arregalou os olhos e um lindo tom vermelho tingiu suas bochechas. Liliana ergueu a mão e empurrou uma mecha de cabelo atrás da orelha, depois olhou para o chão e para cima. — Hum, olá. Eu sou a Liliana.

Ele sorriu e observei enquanto ela engolia em seco. Então soltou o ar que estava prendendo.

Quase ri, mas eu tinha que trabalhar.

— Bem, vou deixar vocês dois se apresentarem. Te vejo em breve?

Lilian assentiu.

— *Si*. Hum, *te quiero*. Tenha cuidado e dê notícias. Ficarei preocupada se você não fizer isso.

Eu a puxei para outro abraço e beijei sua bochecha.

— Também te amo, duende. Tenha um bom dia com seu bonitão.

Ela arregalou os olhos novamente e colocou a mão no peito.

— Ele não é meu bonitão... — ela se defendeu.

— Eu poderia ser — Omar murmurou.

— O quê? — Ela o encarou e semicerrou os olhos.

— Tchau! — falei, então abri a porta e entrei no inferno. Como esperado quando saí de casa, as câmeras começaram a piscar. Blessing estava me aguardando, assim como os outros dois guarda-costas. Um deles segurou meu cotovelo e me conduziu pela multidão até o Escalade preto.

Olhei para trás e vi o outro homem fazendo o mesmo pela minha irmã.

Eles nos colocaram em segurança na parte de trás do veículo enquanto tomavam a frente.

Observei a grande multidão em frente à Kerrighan House.

— Isso é uma loucura. Quando vai parar?

Blessing suspirou.

— Não sei. — Ela pegou minha mão e segurou como fez ontem. Solidariedade entre irmãs. Podíamos brigar, discutir, mas mais do que isso, nos amávamos. Segurando a mão dela, senti a tensão começar a diminuir.

— Hoje vai ser um bom dia. Tenho certeza disso — falei, tentando acreditar.

— Essa é a Addy que eu quero ouvir. Positiva e motivada. — Ela deu um tapinha na minha mão para dar ênfase. — Vamos fazer de hoje um grande dia!

— Isso mesmo, irmã! — Eu ri. — Agora, me diga o que foi todo aquele flerte com o Ryan. Ele é o seu tipo e você não pode negar.

— Porque ele é branco? — ela desafiou.

— Porque ele é gostoso e não cai na sua provocação. E sim, ele é branco. Quando foi a última vez que você namorou um irmão?

Ela afofou o cabelo e esfregou os lábios vermelhos brilhantes.

— Não posso dizer que me lembro.

— Hum-hum. Isso porque você parou de namorar com eles no ensino médio. Não te conheci ontem. Por que você o afastou? Era óbvio que ele estava interessado.

Blessing começou a vasculhar sua bolsa.

— Ele é policial.

— É do FBI. E o que você tem contra os policiais?

Seu rosto ficou inexpressivo.

— Uma mulher negra, com um pai membro de uma gangue e cuja mãe foi assassinada por vingança não precisa pular na cama com um homem da lei. Simplesmente não dá certo. Somos de dois planetas diferentes.

— Não é como se você fosse próxima do seu pai, certo?

Ela olhou para longe, evitando minha pergunta.

— Blessing, você não vê o Tyrell, vê?

Ela deu de ombros.

— Estamos em contato.

— Blessing... — Meu coração começou a bater forte no peito, e eu segurei sua coxa. — Diga-me que você não está vendo seu pai. Sabe que isso não é inteligente.

— Ele é minha única conexão com minha mãe. — Ela levantou o queixo em uma tentativa real de me afastar.

Abri a boca para protestar, mas ela levantou um dedo como se estivesse apontando para o céu. Eu sabia que era um aviso. Ela estava prestes a dizer coisas das quais se arrependeria depois.

— Não comece, Addy. Não tenho tempo para isso. Vamos deixar as coisas como estão, certo? Isso é problema meu. E também não quero que conte para a Mama Kerri.

— Há uma razão pela qual você foi criada fora dessa vida, Blessing.

— E não preciso que me lembre desse fato, já que fui eu que encontrei minha mãe morta, com a garganta cortada depois ser espancada e estuprada, quando tinha só dez anos.

Fechei os olhos e estremeci.

— Agora é para coisas maiores e melhores. Lembra? — ela disse.

— Mas...

— Esqueça, Addy. Estou falando sério. Não estou com humor para discutir esse assunto. Sou eu que escolho o que quero compartilhar ou não, e não vou falar sobre meu pai, seus negócios ou meu relacionamento com ele.

— Então você admite ter um relacionamento com ele? — Apoiei a mão sobre meu coração.

Ela gemeu baixinho.

— Chega — ela avisou, e eu sabia que não ia conseguir mais nada.

— Tudo bem. Mas me reservo o direito de voltar a essa conversa em outro momento, de preferência durante uma boa refeição e uma ou duas garrafas de vinho.

Blessing assentiu.

— Combinado. — Então ela tirou um arquivo da pasta que estava a seus pés. — Aqui estão os designs completos para o projeto.— Ela abriu o arquivo e uma miríade de peças de lingerie de aparência delicada estavam dispostas em uma série de imagens.

Passei os dedos pelo desenho.

— São de tirar o fôlego, Blessing.

— Alguns dos meus melhores trabalhos. Lingerie linda para minhas garotas curvilíneas, não que não fosse ficar maravilhoso em qualquer tamanho. Olhe a curva ao longo da linha da calcinha. — Ela apontou para um conjunto roxo. — Que mulher não gostaria que seu bumbum ficasse assim?

— Lindo. E esta cor vai fotografar bem no meu tom de pele.

— Hum-hum. Exatamente o que pensei. Deixe seu cabelo solto, mostrando o recorte na bunda. Garota... vou vender como água.

Abri um grande sorriso, amando que ela acreditasse que meu corpo seria o que impulsionaria a venda de suas peças.

— Farei o meu melhor.

Ela bateu no meu ombro.

— Você vai ser perfeita, Addy. Não tenho dúvidas.

— Mostre-me o resto. Enquanto isso, vou te contar sobre o encontro entre Omar, o guarda-costas enorme, e Liliana.

Ela ergueu as sobrancelhas escuras.

— Droga, parece que eu perdi algo interessante.

Sorri.

— Perdeu. Ela mal conseguia falar quando o viu. E ele não estava melhor. Olhava para ela como se estivesse sedento no meio do deserto.

— Ah, caramba. — Ela esfregou as mãos, se inclinando para ouvir a fofoca. — Me conte mais.

QUATRO

— Tudo bem, senhoras. É óbvio que estão acostumadas a fazer suas coisas, mas minha empresa foi contratada para protegê-las e é isso que vamos fazer — o motorista afirmou em tom autoritário, com o olhar ainda na estrada à frente.

Senti Blessing estremecer e me sentei mais ereta.

— Já que o contratei, com certeza espero que façam o trabalho que estou pagando. — Blessing mostrou atitude quando o motorista de cabelos escuros entrou no estacionamento subterrâneo anexo a um prédio de tijolo e argamassa de dez andares. Era enorme e fora dos roteiros mais conhecidos, com vista para o Lago Michigan de um lado e a cidade do outro. Se eu fosse apostar, diria que era uma velha fábrica que havia sido reformada e transformada em *lofts*.

No entanto, os carros eram todos top de linha. Audi. BMW. Porsche. Tesla e Mercedes, para citar alguns pelos quais passamos antes do carro parar.

Ele se virou e nos encarou enquanto seu parceiro parecia analisar a área com atenção. Seus olhos claros estavam ardendo de frustração.

— Escute, você me contratou, mas deveria ter sido uma empresa com contrato com o FBI. Não sei por que ou como você escapou do radar deles, mas é possível que este seja o único dia em que trabalharemos para você. Pesquisei seu histórico e vi as notícias. Você, senhorita — ele apontou para mim de forma acusadora —, está envolvida em algo grande. Vou garantir que não haverá contratempos com meus serviços e que todos, clientes e seguranças, irão para casa no final do dia. Entendeu?

Assenti, entorpecida. Ele era muito bonito: cabelo castanho e olhos claros, sem mencionar a voz rouca e sexy. Mas ainda estava assustadoramente irritado, e eu não gostaria de piorar a situação.

Ele apontou para Blessing.

— Você não disse nada sobre ter um *serial killer* atrás de vocês. Contratou a minha empresa para cuidar de várias mulheres. Nem me contou sobre os paparazzi com que nos deparamos esta manhã, nem o fato de que está ligada a senadora de Illinois. — Sua voz se elevou, e eu inclinei a cabeça para trás para conseguir um pouco mais de espaço no carro. Ele continuou naquele tom irritado. — A falta de informação acaba aqui. Enquanto nos dirigimos ao *loft* do sr. Fitzpatrick, quero todos os detalhes. Então vou determinar se é seguro deixar um homem aqui ou se devo chamar reforços. Já tenho apenas um cara com três mulheres que ficarão separadas. Se eu soubesse que isso era mais sério, teria designado um por pessoa.

— Elas não estão envolvidas... — Blessing bufou.

Ele balançou a cabeça e gemeu baixinho.

— Não importa. Nada de contra-ataque. Se alguém quiser chegar até você — ele apontou um dedo indicador para mim com um grunhido —, ele ou ela poderia facilmente pegar uma das mulheres menos protegidas que fazem parte de sua vida. Isso é o que eu chamo de contra-ataque, e não quero isso. Não no meu turno.

— Hum, me desculpe, sr... — comecei.

Ele semicerrou o olhar para Blessing.

— Você nem disse nossos nomes?

Blessing deu de ombros, sem se impressionar, então olhou para as unhas vermelhas, possivelmente verificando se havia lascas ou manchas. Ela não aceitava ordens de ninguém.

Em especial de alguém que ela contratasse. Mas nesta

circunstância, o cara estava certo, e ela lhe devia um pedido de desculpas.

— Sylvester Holt, proprietário da Holt Security.

— Sr. Holt. Agradeço sua preocupação e a compreendo. Estou absolutamente aterrorizada com o que aconteceu com aquela pobre mulher e já fui sequestrada e torturada.

O olhar irritado do sr. Holt suavizou.

— Nada vai acontecer com você enquanto eu estiver de guarda. Isso eu posso garantir. E já verifiquei o seu cara.

— Meu cara?

— O fotógrafo. Foi do Exército. Passou uma década em países devastados pela guerra, viveu para contar sobre isso e trouxe a prova que o mundo pôde ver através de suas fotografias. Sou fã de seu trabalho. É ótimo. — Ele ofereceu o elogio como se fosse descartável, mas me deixou desesperada para conferir. Se eu não tivesse que me preocupar com uma mulher inocente que foi morta e se parecia comigo, já teria feito isso.

— Bem, isso é ótimo. Você mesmo pode dizer a ele. — Eu sorri.

Ele ignorou minha resposta e continuou com suas exigências.

— Escute, srta. Michaels-Kerrighan, o fato de você estar em perigo não muda nada, e é meu trabalho garantir que esteja segura. Então vocês precisam ouvir a mim e minha equipe. Vamos mantê-las em segurança. Vocês não farão mais nada sozinhas. Vamos conduzi-las, verificar os lugares e vocês vão ficar protegidas sob minha vigilância. O Lance aqui vai cuidar da srta. Jones-Kerrighan. O Omar vai cuidar das outras três hoje. Não tenho dúvidas sobre a capacidade dos meus rapazes. Só quero deixar claro que quando eu disser para fazerem algo, vocês devem fazer e não protestar. Entendido?

Assenti, não querendo irritar ainda mais o sr. Holt. Ele era gostoso, mas também um pouco desequilibrado e assustador.

— Você tem o cartão do agente do FBI atribuído ao seu caso? — ele perguntou.

Balancei a cabeça.

— Não, não tenho certeza de quem foi designado oficialmente, mas nossa irmã Simone mora com Jonah Fontaine. E seu parceiro, Ryan Russell, também ficou em casa ontem à noite para vigiar.

— Fontaine e Russel, eu os conheço. Bons agentes. Se eu soubesse que ele estava dentro da casa, teria obtido minhas informações diretamente da fonte.

Blessing olhou pela janela e fingiu ser invisível.

Bati no ombro dela.

— Veja o que acontece quando você age por impulso — sussurrei alto o suficiente para os dois homens ouvirem.

Blessing me olhou em resposta.

— Fiz o que tinha que fazer e obviamente consegui o melhor, então qual é o seu problema?

Suspirei e me virei para o motorista.

— Lamento que tenha sido mal-informado, sr. Holt, mas estamos atrasadas para a sessão de fotos, o que significa que a Blessing vai se atrasar para suas reuniões se não entrarmos em ação. Podemos conversar no caminho?

Ele tensionou a mandíbula e saiu do carro de forma abrupta. Lance fez o mesmo do meu lado do carro e abriu a porta para mim. Seus olhos não estavam focados em mim, mas examinando a garagem. Devia custar uma grana morar neste edifício. O sr. Holt fez o mesmo para Blessing e fomos juntos até o elevador.

No caminho, demos o máximo de informações que sabíamos, o que não era muito. Tudo isso tinha acabado de acontecer. No entanto, eu estava tentando ser inteligente enquanto fingia que tudo ia ficar bem. Esperava que essa situação com a garota fosse *única e terminasse com o FBI ou os policiais fazendo o necessário, e descobrindo que tudo era apenas uma grande coincidência.*

Me afastei enquanto o sr. Holt batia em uma das duas portas no pequeno corredor do último andar. Apartamento de número dez. Parecia que cada inquilino tinha metade de um andar, o que deveria ser considerado grande em termos de metragem quadrada.

Killian abriu a porta com um sorriso estampado em seu rosto bonito, então inclinou a cabeça para trás, e o sorriso se desfez. Ele olhou os dois grandes homens, com muita testosterona. Arqueou as sobrancelhas ao observar Blessing e, finalmente, pousou aqueles lindos olhos castanhos em mim.

Acenei, mas fiquei quieta.

O sr. Holt estendeu a mão.

— Sylvester Holt, da Holt Security. Vou avaliar sua casa. Podemos conversar por um momento?

Killian sorriu e piscou para mim antes de responder com um aceno de mão para todos nós entrarmos.

— Claro, entrem. Meu cachorro está trancado na lavanderia. — Ele apontou para uma porta onde eu podia ouvir um latido. — Rotweiller. Não é gentil com estranhos. Vou apresentá-lo a Addison e a equipe individualmente, se você não se importar.

— Preciso olhar lá.

— É claro. Posso levá-lo e quando estiver pronto, vou apresentá-los. O cachorro não irá atacar a menos que eu ordene, ou ele sinta que estou sendo ameaçado.

O sr. Holt assentiu de forma breve.

— Lance, você fica no ponto. — Ele ordenou e o cara levantou o queixo e cruzou os braços, ficando bem ao nosso lado, se preparando para fazer vigília enquanto seu chefe olhava o apartamento.

O maquiador saiu por outra porta, que assumi que levava a um banheiro, já que era uma das duas únicas portas do lugar. Acenei para ele com animação, sorrindo.

— Oi Cameron! — Ele usava preto da cabeça aos pés. Uma camiseta justa, que se encaixava como uma luva, adornava seu corpo magro. Jeans skinny e Vans preto e branco completavam o visual sem graça. Seu rosto, no entanto, estava coberto de maquiagem de cores vivas. Tons multicoloridos de sombras rosa, azul e roxo destacavam seus olhos azuis. Blush e maquiagem foram habilmente aplicados em seu rosto para acentuar a feminilidade de suas feições. Ele tinha cílios longos e tão pretos que não era possível dizer se eram reais ou falsos. Seu cabelo era de um surpreendente azul royal, cortado rente nas laterais e espetado no topo. Isso era novidade. Mas ele sempre estava com algo diferente. A última vez que o vi, seu cabelo estava rosa. Cameron preferia exaltar o cabelo e a maquiagem, que destacavam seu ofício, em vez de se vestir de forma exuberante.

Ele caminhou até mim e eu o abracei. Assim que me soltou, puxou Blessing para seus braços. Eu os deixei colocar a conversa em dia enquanto observava o loft. O espaço era enorme. Duas paredes eram totalmente feitas de tijolos, do chão ao teto. Havia uma escada em espiral no canto em direção ao que parecia ser um espaço verde muito legal, onde eu podia ver plantas exuberantes. Outra levava ao que assumi ser o telhado. Um pouco mais longe, vi uma sala com paredes de vidro, que continha equipamentos de ginástica.

No espaço principal, um longo sofá azul-petróleo em forma de L estava encostado em uma das paredes. Poderia facilmente acomodar de dez a doze pessoas. Colunas altas de madeira pontilhavam o espaço, provavelmente sustentando o telhado. Os pisos eram inteiramente revestidos de madeira de tom marrom. Uma mesa estranha de várias camadas estava na frente do sofá, com um vaso e uma pilha de revistas nela.

A cozinha ficava no centro da sala e podia ser vista de qualquer lugar, encostada em uma das paredes sem tijolos. Havia banquetas cercando o ambiente. Não havia mesa de jantar. Não que fosse importante, porque havia quatro banquetas em cada lado dos balcões da cozinha em forma de U. A parede dos fundos ostentava uma geladeira dupla de aço inoxidável, um fogão de seis bocas e um monte de armários. A pia e mais espaço no balcão faziam parte da grande configuração em forma de U, de modo que funcionava como espaço de alimentação e de trabalho. Parecia mais um bar ou restaurante confortável que uma cozinha na casa de alguém.

À direita, havia uma parede de janelas. Outra área de estar decorada com camurça marrom que parecia perfeita para relaxar e assistir à TV, algo que não vi. Na verdade, não tinha certeza para que servia o espaço aberto. Depois de tudo isso, havia outra escada que levava a outro cômodo. De onde eu estava, podia ver que havia portas que se abriam e fechavam como telas de shoji. Era onde eu acreditava que podia ver uma cama king-size contra a parede. Eu precisaria subir para ver o resto.

Sob a área do quarto, havia duas outras portas completamente fechadas. Eu podia ouvir latidos de uma delas, e a outra era o banheiro de onde Cameron saiu.

Vi um enorme pano de fundo branco e luzes, com adereços amontoados. Diferentes assentos, banquetas, blocos, duas araras de roupas que já estavam cheias de itens ensacados e uma tonelada de caixas fechadas. Devia ser ali que iríamos trabalhar. Também notei um aquecedor, luzes gigantes que todos os profissionais usavam e alguns sistemas de polias que pendiam do teto aberto.

— Este lugar é incrível! — Cameron se virou, e eu me concentrei nele e em sua explosão. — Não acredito que estamos na casa do fotógrafo vencedor do Prêmio Pulitzer Killian Fitzpatrick! Não é demais?

Vencedor do Prêmio Pulitzer... o quê?

Fiz uma careta e olhei para Blessing. Seus olhos estavam tão arregalados quanto os meus, transmitindo que ela também não conhecia essa informação. O que ele estava fazendo tirando fotos de moda?

Agora eu tiro fotos de coisas bonitas. Coisas que me trazem alegria, não dor.

Suas palavras passaram pela minha cabeça. Ele passou uma década fotografando a guerra. Isso deveria ser difícil, mas talvez houvesse algo mais.

Eu me virei quando ouvi os passos do sr. Holt e Killian vindo de onde eu acreditava que era o quarto.

— Tudo limpo. Farei o reconhecimento no entorno do prédio,

vou verificar minha equipe, entrar e sair. Isso será um problema? — ele perguntou.

— Na verdade, vai — Killian respondeu. — Não posso trabalhar com interrupções. Assim que a Addy e eu começarmos o trabalho, prefiro não ser incomodado. Ela estará protegida aqui comigo, meu cachorro e isso. — Ele puxou uma arma que tinha enfiado na parte de trás de calça jeans, em seguida, colocou-a de volta na cintura. — Ela vai usar lingerie e não quero que se sinta desconfortável.

Ele não me conhecia. Eu era a mulher menos modesta de todas as minhas irmãs. Até Simone, e ela deixava tudo rolar. Eu ganhava dinheiro com meu corpo. Se as pessoas não gostassem, poderiam parar de olhar. Eu não saía me exibindo em minha vida pessoal, mas não era insegura. Qualquer um poderia gostar das minhas curvas ou não. Por que eu deveria tentar me encaixar em uma caixa para fazer os outros felizes? E claramente, como comprovado pelo meu sucesso e pela lista de espera que ainda tinha de estilistas de todo o mundo, havia um lugar na indústria da moda para uma mulher do meu tamanho. Mas gostei da sua preocupação por mim.

Observei o homem que estava com os braços cruzados, olhando o sr. Holt. Uma coisa assustadora que eu não teria recomendado. Sylvester Holt parecia um atacante defensivo. Ele tinha o controle daquela estrutura maciça e a usava para intimidar. E Killian não era fraco. Ele era uma força a ser reconhecida. Podia ser mais atlético do que meu novo segurança, mas não menos forte.

Killian usava um par de jeans justos que abraçavam seu corpo com perfeição. Suas coxas grossas e musculosas se esticavam deliciosamente contra o tecido, assim como seu traseiro. Mordisquei o lábio inferior, apreciando a camiseta branca justa que não deixava nada para imaginação. O homem foi abençoado com músculos firmes, e meus dedos formigavam com o desejo de tocar.

Engoli minha resposta nervosa à arma e sua necessidade de garantir meu conforto.

O sr. Holt o encarou por um longo tempo. Então ele deve ter visto algo positivo, porque assentiu.

— Vou fazer rondas a cada trinta minutos e fazer do corredor do lado de fora de minha base. — Ele olhou para mim. — Srta. Michaels-Kerrigan, gostaria do número do seu celular. Eu tenho o seu, sr. Fitzpatrick, e mandarei uma mensagem de texto se eu sentir a necessidade de aparecer. Assim você pode prender seu cachorro. Mas se eu sentir alguma coisa ou tiver um mau pressentimento, ficarei sentado ali. — Ele apontou para o sofá azul-petróleo que era o mais distante do cenário fotográfico. — Assim, fico fora do caminho.

Killian assentiu.

— Certo.

— Tudo bem. — Ele veio até mim, trocamos números e ele me deu mais algumas dicas sobre minha segurança.

Pela primeira vez desde que Wayne Gilbert Black morreu, eu realmente me senti segura e confortável.

— Obrigada. — Estendi a mão e o sr. Holt a pegou.

— O prazer é meu. Estarei do lado de fora ou muito perto o tempo todo. Se precisar de mim, ligue, mande uma mensagem ou apenas grite, e eu estarei aqui. — Ele olhou para Killian. — Embora eu esteja pensando que o sr. Fitzpatrick irá protegê-la. Mas, mesmo assim, estou aqui.

Assenti

— Tudo bem.

Abracei Blessing e os três saíram do loft. Killian seguiu logo atrás e trancou a porta.

— Vou terminar de arrumar o banheiro. É enorme. Grande o suficiente para fazer minha mágica em você. Não que precise, sua aberração da natureza. — Cameron bufou, então se virou para Killian. — A mulher vem sem maquiagem e cabelo mal escovado e parece uma deusa. — Ele balançou a cabeça. — Não é justo. Já viu um rosto mais bonito que esse? — Cameron apontou para mim, e pude sentir minhas bochechas esquentarem de vergonha.

Killian olhou diretamente nos meus olhos quando falou.

— Não, não vi. Ela é uma beleza única.

— Pois é. — Cameron tagarelava enquanto se dirigia ao banheiro.

Olhei para Killian, me sentindo um pouco fora de ordem sozinha em uma sala com ele pela primeira vez.

— Oi — falei com timidez.

Killian veio até mim e parou a alguns metros de distância.

— Você está bem?

Assenti e empurrei uma mecha de cabelo atrás da orelha, me sentindo tímida de repente.

— É um pouco estranho, mas estou lidando com tudo. Obrigada por compartilhar seu espaço e fotografar em sua casa. Isso não deve ser divertido para você.

Ele sorriu de leve.

— Por que ter algo sublime para fotografar em minha casa não seria divertido para mim?

Mordi o lábio inferior e olhei para o chão, tentando esconder o quanto seu elogio aumentou minha confiança.

— Ainda estou com medo.

— Do cara que machucou aquela garota? — ele perguntou. Balancei a cabeça.

— Não... na verdade, sim, isso também. É só... Esta é a minha primeira sessão depois que tudo aconteceu e agora está me sobrecarregando um pouco. Só quero me desculpar antecipadamente se eu olhar para o espaço ou tiver um dos meus momentos.

Ele ficou tão perto que quase pude sentir o calor de seu corpo envolvendo o meu, me lembrando que havia alguém perfeitamente capaz de me proteger. Ele.

— A última vez que você pausou durante a sessão, se perdeu em memórias. O que aconteceu? — ele perguntou.

— Eu... uh, voltei para aquele lugar horrível onde fui mantida. O cara, ele tirou fotos e fez vídeos de mim. Às vezes, o som do *flash* pode me mandar de volta para lá.

Ele levantou um dedo.

— Tive uma ideia. E se abafarmos o som?

Inclinei a cabeça.

— Como assim?

— Música, é claro. Do que você gosta?

Dei de ombros.

— De quase tudo, mas estou em uma fase Lana Del Rey agora.

— Ela é demais. Por que você não vai fazer o cabelo e a maquiagem enquanto eu arrumo tudo e coloco uma música? Preciso escolher a primeira roupa e adereços para ver com o que estamos trabalhando.

Sem qualquer preâmbulo, cruzei o espaço entre nós e o abracei. Fiquei na ponta dos pés para sussurrar em seu ouvido.

— Obrigada. Por me fazer sentir segura. Por me dar um espaço. Por entender meus problemas...

Ele passou os braços em volta do meu corpo, me puxando contra ele. Relaxei em seu abraço.

— Quando digo que é um prazer, estou falando sério, Addy. Há algo sobre você. Sobre sua beleza. Seu corpo. Tudo o que há em você me chama e é diferente de tudo que já experimentei. *Tenho* que capturar sua beleza em foto. Parece... *importante* de alguma forma.

Tremi em seu aperto, não porque eu estava com medo, mas porque as coisas que ele disse transformaram meu interior em mingau e meu corpo em nada além de desejo líquido.

Eu o queria.

Muito.

— Vamos quebrar todas as regras sobre modelos e fotógrafos não se envolverem, não vamos? — sussurrei contra seu pescoço, onde senti o cheiro de uma colônia leve misturada com um almíscar inebriante e terroso que era todo Killian.

— Espero que sim. — Ele passou a mão pelas minhas costas

e segurou minha bochecha, acariciando meu lábio inferior com o polegar. Seu olhar queimou meu coração.

Achei que ele poderia me beijar. Desejei mesmo. Queria que ele se aproximasse e só me beijasse, mesmo que fosse a segunda vez que nos víamos. Mesmo que isso fosse um trabalho e não fosse profissional. Todas essas desculpas saíram pela janela quando esse homem colocou as mãos em mim. O simples toque de sua mão provocou um frio em meu estômago e fez meu sangue esquentar.

Foi quando ouvimos um som de batida. Ele me afastou e girou, levantando as mãos.

— *Nein!* — ele rugiu de repente.

Olhei ao redor e vi um Rottweiler enorme, deslumbrante e preto, correndo em minha direção. Fiquei de cócoras e abri os braços.

— Oi, bebê! — gritei de emoção. Eu *adorava* cachorros.

— *Nein, bleib!* — Não. Fique. Killian dava ordens em alemão, mas o cachorro me viu agachada e estava a caminho para contato máximo.

— Venha aqui, bebê! — eu disse e o cachorro se atirou em mim, me derrubando. Seu focinho estava em meu rosto, e ele me lambeu enquanto eu o abraçava, acariciava e afofava seu pelo. Ao contrário de outros Rottweilers que já tinha visto, este tinha um rabo que achei fascinante. — Ah, você é um menino bonito, não é? — murmurei e beijei sua cabeça. Ele me lambeu toda, então se abaixou e deu uma cabeçada no meu peito.

— Brutus! *Hier. Fuss!* — *Venha. Senta!* Killian falou em alemão rápido mais uma vez.

Brutus ganiu, mas foi até a perna do pai e se sentou bem perto de seus pés, ofegante, com o rabo ainda abanando.

Eu me levantei, limpei minha roupa e empurrei o cabelo do meu rosto.

— Você tem um cachorro incrível! — exclamei, feliz. — Ele brinca de pegar? A cadelinha da minha irmã, Amber, adora brincar de pegar coisas e cabo de guerra. — Dei de ombros. — Sou a melhor tia, porque posso brincar com um cachorro o dia todo e continuar feliz.

Killian apenas me encarou em silêncio, com a testa franzida, quase como se estivesse com dor.

— O que foi?

— Você acabou de olhar para uma máquina de matar e o transformou em um cachorrinho brincalhão em questão de segundos — ele disse, sem rodeios.

Inclinei a cabeça e fiz uma careta, depois apontei para o cachorro.

— Ele é um doce.

Killian balançou a cabeça.

— Não. Ele não é. Você deveria ter visto quanto tempo levou para apresentar seu amigo Cameron e ainda estou um pouco nervoso por tirá-lo da lavanderia até que aquele cara vá embora.

— Não acredito. Sério?

Ele acariciou o topo da cabeça de seu cachorro.

— Mais surpresas com você.

— Como assim?

— Linda, meu cachorro é perigoso. Ele é um protetor treinado. Ele vai morder e me proteger até a morte. E você se agachou e abriu os braços como um cordeiro deixado para uma matilha de lobos famintos. Você tem zero instintos de autoproteção. Nós vamos ter que trabalhar nisso, baby. Não é uma coisa boa.

Fiz beicinho.

— Não posso evitar se eles me amam. Sou como a encantadora de cães. Eu nunca conheci um cachorro que não gostasse de mim. É um dom.

Ele balançou a cabeça.

— Vamos ver isso. Brutus, *hier* — ele gritou *venha* em alemão, então levou o cachorro para a lavanderia. A cada dois metros ele diminuía a velocidade, olhando para mim com tristeza, o rabo entre as pernas. Pobre bebê.

— Ele não pode ficar com a gente? — questionei. — Ele está triste. Isso me deixa triste. — Dei a ele meu melhor olhar desolado.

Killian passou as mãos pelo cabelo no que eu percebi ser uma grande dose de frustração. Eu queria passar minhas mãos por aquele cabelo, de preferência enquanto o beijava.

— Depois que seu amigo terminar, talvez — ele se comprometeu.

Ainda assim, fiz beicinho. Eu realmente queria brincar com o cachorro.

— Esse "talvez" vai virar um não... — alertou.

— Uh, tudo bem. Estraga-prazeres. Tchau, menino! Até breve, querido — murmurei para o cachorro fofo.

Brutus abanou o rabo, e eu sorri.

— Viu? Ele me ama.

— Estou começando a ver uma tendência — ele falou baixinho.

— O que isso deveria significar? — questionei.

Ele apenas riu e levou o cachorro de volta para sua estúpida gaiola na lavanderia.

— Temos trabalho a fazer. — Ele apontou para a porta do banheiro onde eu imaginei que Cameron estava escutando e já tinha visto e ouvido toda a conversa.

— Tudo bem, mas durante o intervalo eu posso brincar com Brutus! — afirmei em tom irreverente, seguindo em direção a minha equipe de beleza de um homem só. Blessing tinha razão. Esses chinelos faziam muito barulho, especialmente em pisos de madeira.

— Vamos ver — ele afirmou de uma forma que fez parecer que eu não iria conseguir o que queria.

— Vamos, sim! — gritei de novo. Eu não era uma pessoa que desistia facilmente de um desafio.

CINCO

— Pare de se preocupar! Você está maravilhosa! — Cameron passou os dedos cobertos de pomada pelos cachos que fez em meu cabelo para deixá-los mais naturais. Eu tinha uma quantidade enorme de cabelo e era grata por isso, mas se quisesse que ele ficasse de uma certa maneira, era preciso muito produto e muito capricho. Era por isso que eu o deixava solto, o prendia em um rabo de cavalo ou em um coque bagunçado na maioria das vezes.

Ele ajeitou os dois lados e empurrou algumas mechas para que caísse sobre meus ombros e emoldurasse meu rosto. Killian tinha pendurado o primeiro item que escolheu para fotografar na maçaneta da porta. Era uma camisola verde esmeralda e calcinha combinando que me deixou louca. O que mais amei nessa peça que Blessing desenhou era que ficaria incrível em todas as mulheres. A maioria de seus projetos eram assim. A Victoria's Secret choraria com a beleza criada pela minha irmã, e eu esperava que eles vissem suas peças fazendo sucesso em todo o mundo e a contratassem para desenhar uma linha.

Puxei o laço central entre as taças para preencher e levantar meus seios. Eles eram incríveis. Ficavam bem em trajes de banho e lingerie de todos os tipos. O que tornava esta camisola especial era que, se alguém fosse menos dotada, poderia ajustar as tiras rendadas, como um mini espartilho costurado ao decote, e isso puxaria os seios para cima e os juntaria, dando-lhes uma aparência mais generosa. Genial, na minha opinião. Fiquei pensando se deveria sugerir a Blessing que contratasse uma modelo com o corpo menor para fotografar com as mesmas roupas, assim as compradoras e as grandes lojas poderiam ver que essas peças funcionavam para todas as mulheres e todos os tipos de corpo. Guardei essa ideia para compartilhar mais tarde. Eu tinha certeza de que ela havia pensado o mesmo, mas não fazia mal considerar uma boa ideia duas vezes.

Passei as mãos pelo busto e costelas, onde o tecido acetinado fazia pregas ocultas e se alargava no quadril de uma maneira sedutora. Acentuava a cintura e os quadris sem fazer com que a usuária se sentisse quadrada. As mulheres gostavam de se sentir voluptuosas e cheias de curvas, independentemente de quantas realmente possuíssem, e esse era outro truque da peça. As bordas eram decoradas em renda verde esmeralda combinando, que dava uma sensação de glamour atemporal e talvez até antiquada dos anos de 1940.

— Você está perfeita, Addy. Vá matar o fotógrafo gostoso. Faça-o largar a câmera e lutar contra uma ereção. Caramba, eu mesmo estou lutando contra isso só de olhar para você, e sou bem-casado com um homem. — Ele acenou com uma expressão dramática.

Ri, peguei o robe que combinava com a camisola e o vesti, amarrando na cintura. Ele chegava na altura do meio do tornozelo. Outra característica legal das peças de Blessing era que tinha robes em todas as cores da linha, então se alguém quisesse se cobrir, dar um pequeno show para seu companheiro ou usar a lingerie sexy, mesmo que estivesse cuidando das crianças, poderia.

Juntos, nós dois saímos.

— Deixei grampos para que você possa mudar o cabelo para um rabo de cavalo ou coque rapidamente. Eu gostaria de poder ficar, mas a Blessing conversou comigo ontem à noite. Sinto muito que você esteja tendo que lidar com isso... especialmente tão logo depois do que aconteceu. — Ele segurou minhas duas mãos assim que chegamos à porta da frente. — Se precisar de mim, estou com você, Addy. Dia ou noite. Sabe disso. Certo?

Dei um largo sorriso e o abracei.

— Obrigada, Cameron. Seu amor e amizade significam muito para mim. Diga oi para aquele seu marido bonitão e vamos marcar um jantar no próximo mês, quando tudo isso for apenas uma memória ruim.

Seu olhar deixou o meu e se moveu para a área onde eu podia ver que Killian estava montando enormes caixas brancas no centro, que ele também cobriu com papel branco.

— Talvez possa ser um encontro duplo. — Cameron balançou as sobrancelhas.

Revirei os olhos, suspirei, virei-o de frente para a porta e o empurrei para mais perto dela. Destranquei e a abri com um floreio.

— Você está bem? — sr. Holt perguntou, com a mão no ouvido onde segurava um telefone celular.

— Sim, apenas acompanhando meu amigo. Tchau, Cameron, e obrigada novamente.

— Não é uma dificuldade torná-la ainda mais bonita. — Ele beijou minhas bochechas e depois acenou.

— Tranque — meu guarda-costas ordenou, então assenti e fiz o que ele disse.

Eu me virei.

— O Cameron se foi. Podemos deixar o Brutus sair? — perguntei, indo imediatamente para onde Killian agora estava atrás da câmera e tripé. Havia uma mesa ao lado onde sua arma preta estava. Olhei para a pistola, sentindo meu corpo esfriar e envolvi os braços ao meu redor, como uma barreira protetora.

— Talvez mais tarde... — ele disse, e então não ouvi mais nada.

Tudo o que vi foi aquela arma.

Só que era uma diferente. Erguida, dois estilhaços. O corpo

da minha irmã Tabitha estremeceu no ar quando ela caiu sobre o atacante com sua lâmina.

Estremeci com cada tiro que me lembrei e recuei, sem ver nada na minha frente, apenas um quarto escuro e úmido, e o corpo sem vida de minha irmã no chão, sangrando, seus olhos ainda abertos, mas sem enxergar nada.

Eu tremia tanto que meus dentes batiam e era como se pedras de gelo perfurassem minha pele.

— Addy. Volte para mim. — Uma voz apressada falou perto de mim.

Balancei a cabeça ao sentir as mãos de alguém se fecharem em volta do meu bíceps.

— Não! — ofeguei. — Por favor não! — Eu podia sentir meu corpo inteiro se fechar, a escuridão tomando conta da minha visão.

Então fui cercada por calor. Ele cobria minha pele gelada e substituiu a sensação com ondas douradas de calor. Eu me aproximei do sentimento.

— É isso, Addy. Volte. Você está segura. Você está bem aqui. — Ouvi uma voz que reconheci, mas com a qual não estava super familiarizada.

Pisquei várias vezes e vi um ponto de luz. Luz branca brilhante. Depois foi ficando cada vez mais larga. A voz em meu ouvido era suave, calmante... e serena. Como entrar em uma fonte termal natural pela primeira vez. O cheiro de terra me cercou enquanto a luz branca se alargava e vi indícios de céu azul espreitando.

— É isso, baby. Volte. Estou bem aqui. Estou com você, Addy. Eu não vou te deixar.

— Não me solte. — Me agarrei ao calor como se minha vida dependesse disso, pressionando o peito contra ele, envolvendo os braços com mais firmeza ao redor dele. Mantendo-o perto. Me enchendo com tudo o que era bom e certo.

A escuridão se afastou da minha visão e vi a parede de tijolos com a grande janela que dava para uma vista incrível do lago e do céu além. Minhas costas estavam sendo esfregadas para cima e para baixo, enquanto eu voltava a mim respirando bem devagar. A cada toque de sua carícia poderosa, minha visão clareou e percebi que estava nos braços de Killian. Ele me segurou com tanta firmeza contra seu corpo, que não havia espaço para deslizar um pedaço de papel entre nós. Ele continuou a passar as mãos para cima e para baixo ao longo da minha coluna.

— Respire. Estou com você. Você está segura — ele me lembrou.

Fiz o que disse e então meus olhos se encheram de lágrimas, enquanto eu lentamente me afastava.

— Eu... sinto muito. Não sei o que aconteceu. Vi a arma na mesa e... — Umedeci os lábios e deixei o cabelo cair em meu rosto, enquanto olhava para meus pés descalços. A vergonha pressionou contra o meu peito como um aríete, o calor anterior que eu tinha desviado de Killian se transformando em um inferno ardente de mortificação e vergonha em seu rastro.

Ele colocou as mãos em meu bíceps mais uma vez e abaixou a cabeça.

— Addy, olhe para mim.

Balancei a cabeça mal-humorada, querendo correr e me esconder. Chamar o sr. Holt e fazer com que ele me levasse para a segurança da minha cama, em Kerrighan House. Eu nem tinha voltado ao meu apartamento desde que fui torturada e sequestrada por um louco e pensei que estava pronta para trabalhar? Com um homem assim? Um fotógrafo vencedor do Prêmio Pulitzer? O que eu estava pensando? Tremi. Eu *não estava* pensando. Assim como quando entrei de forma voluntária no carro de um louco.

— Addy, pare com isso! — Killian me puxou de volta para seus braços em um abraço apertado.

Desta vez, não o abracei. Eu não era digna de tanta compaixão. Minha vida estava confusa demais e esse homem... Ele tinha tudo. Não precisava dos meus problemas.

— Desculpe, Killian. Eu vou... — Me libertei de seus braços

e comecei a ir para o banheiro, para voltar a vestir minhas roupas normais.

— Não, você não vai. Nós vamos esclarecer isso, depois vamos tirar algumas fotos incríveis.

— Não acho uma boa ideia. Talvez eu não esteja pronta...

— Você estava pronta até vir minha arma. Então desabou. A culpa foi minha. Eu deveria ter sido mais sensível à sua história. Prometo que não acontecerá novamente. Estarei mais atento.

— Você não deveria ter que mudar nada por mim. Nem deveria precisar de uma arma. Não deveria ter que abrir sua casa e fazer tudo isso em seu espaço privado. Está tudo de cabeça para baixo. — As lágrimas ameaçaram cair de novo e desta vez eu não tinha esperança de conseguir contê-las.

Ele segurou minha mão e me levou até o sofá de veludo azul-petróleo. Ele se sentou me acomodando ao lado dele. Em seguida, se virou para ficar de frente para mim.

— Addy, quero estar aqui, tirando essas fotos. E não apenas porque você é linda e eu quero sair com você.

Eu podia sentir minhas bochechas esquentarem novamente por outro motivo. Desta vez não ligado à vergonha.

Ele segurou minhas mãos.

— Vejo em você o mesmo que vejo em mim quando me olho no espelho.

— Como assim? — Fiz uma careta, incerta para onde ele estava indo com essa admissão.

— Temor. Vergonha. Coragem. Insegurança. Mas, acima de tudo, vejo o desejo de melhorar. De se encontrar entre toda a tragédia. Isso é tudo que qualquer um de nós quer fazer, especialmente depois de uma experiência traumática. Às vezes, quando fecho os olhos, tudo o que vejo são meus irmãos de farda sendo explodidos. Crianças mortas a tiros em aldeias que foram transformadas em lixo. Mulheres estupradas e mutiladas. Está tudo lá, esperando como um vilão no fundo da minha mente e me sinto impotente.

Movi mais o corpo em direção a ele, puxando uma perna para cima do sofá.

— Isso é horrível.

— É. E o que você passou também foi. Você e eu não somos tão diferentes, Addy.

— C-como se supera isso? Como se faz para isso ir embora? — Minha voz tremeu e ele esfregou minhas mãos.

— Um dia de cada vez. Converse com amigos, familiares, um terapeuta. Fiz tudo isso e ajudou. Ainda assim, à noite, o medo e o trauma podem me tirar de um sono profundo e me fazer acreditar que estou de volta, correndo pela minha vida, lutando para sobreviver, ainda capturando os eventos na câmera. Só que estou fora há um ano e meio, Addy. Você acabou de sair de sua experiência há poucos meses e foi jogada de volta ao seu próprio inferno. Dê a si mesma um pouco de bondade. Você não é feita de pedra.

Ele passou as mãos até a parte interna dos meus antebraços e a pior das cicatrizes enrugou. Ele as traçou enquanto eu tentava me afastar. Não deixei ninguém tocá-las. Ele não cedeu, mas segurou mais forte.

— Essas feridas doem e serão para sempre uma parte de você. As cicatrizes agora fazem parte da história que é Addison Michaels-Kerrighan. E, linda... cada centímetro seu é pura beleza.

As lágrimas caíram em meu rosto.

— E suas cicatrizes... elas também fazem parte de você?

Ele inalou tão profundamente que suas narinas se dilataram e seus olhos castanhos ficaram com um tom mais escuro de café expresso. Então ele se levantou, levantou a barra da camiseta e a puxou para cima e sobre a cabeça. Um torso magnífico ardeu em minha visão. Peitorais quadrados, com um punhado de pelos loiro-acastanhado que se espalhavam pelo centro na quantidade certa e que fazia uma garota ansiar para passar os dedos. Segui essa linha de pelos enquanto via um abdômen muito definido. Era como lombadas que eu adoraria passar a língua. Sua calça jeans estava ajustada, mas pendurada em seus quadris, dando aos meus olhos um vislumbre do V que fazia uma garota como eu enlouquecer. Antes que eu pudesse me satisfazer com a visão, ele se virou lentamente. No começo, pensei que ele estivesse me presenteando com uma visão melhor de sua bela bunda, até que vi a carnificina que era a pele de suas costas.

Linhas brancas enrugadas se espalhavam em sua forma musculosa ao lado de cicatrizes menores, mais arredondadas e irregulares, algumas ainda rosadas. Elas deviam ser profundas como as minhas. Engoli em seco e me levantei de forma abrupta, pairando as mãos sobre a carne destruída.

— Fitz... — sussurrei enquanto passava um único dedo em uma cicatriz no topo de seu ombro e segui a carne nodosa e irregular até o cóccix. Ele estremeceu e cerrou os punhos. Eu podia ver seu peito subir e descer com o esforço necessário para ficar ali, vulnerável ao meu olhar e toque. Sem pensar, pressionei o corpo em suas costas, envolvendo as duas mãos nos ombros poderosos, e apoiei a testa no centro da coluna. — Quem fez isto com você? — sussurrei, minha voz quase irreconhecível.

— Artefato explosivo improvisado carregado com estilhaços. — Ele inclinou a cabeça para a frente, mas não se afastou, então eu também não. — Eu estava fotografando minha antiga unidade quando alguém atrás de mim pisou nele. O rugido da bomba explodindo foi tão alto, que não consegui ouvir por dois dias inteiros depois disso. Acordei quando o fogo em minhas costas estava sendo apagado. Havia partes de corpos de homens com quem servi caídos ao meu redor. Nunca vou me esquecer de abrir os olhos e ver uma mão decepada com a linha bronzeada de uma aliança de casamento ainda visível, apenas meio metro na frente dos meus olhos.

Deixei as lágrimas caírem enquanto ele compartilhava sua experiência horrível.

— E isso não foi tudo, Addy. Tem mais. Muito mais, mas a experiência me marcou física e emocionalmente para a vida. Eu nunca vou me esquecer daquele dia. Como o sol atingiu o céu perfeitamente. Os sons das pessoas com quem eu me importava, amava como irmãos, rindo apenas alguns minutos antes de suas vidas serem extintas. Minha câmera sobreviveu. Tenho fotos de alguns dos meus amigos momentos antes de darem seu último suspiro. Isso faz parte da minha história. Parte do meu legado. Parte de quem sou.

Ele se virou e me puxou em seus braços.

— O que aconteceu com você é apenas *parte* da sua história. O resto ainda está em branco. Você tem o poder e a capacidade de seguir em frente. Viver. Isso é o que digo a mim mesmo toda vez que sinto pena de mim pelo que aconteceu. Pelo que perdi. Consegui viver quando eles não o fizeram. É meu trabalho agora garantir que eu não desperdice a vida que me foi dada.

Levantei as mãos e segurei as bochechas de Killian, sentindo a suave combinação de barba e bigode contra as palmas das minhas mãos.

— Obrigada. Por compartilhar sua história. Por me mostrar essa parte de você.

Ele fechou os olhos como se estivesse deixando meu toque o envolver. Ele piscou e colocou as mãos nos meus pulsos, onde eu ainda segurava suas bochechas.

— Não desista, Addy. Vá até o fim. Você viveu o inferno. Agora é a hora de viver a vida que você quer.

— E se eu não souber mais o que quero? — Admiti uma verdade que não estava pronta para encarar. Deixei que este homem a tirasse de mim.

Ele sorriu de leve.

— Então permita-se a capacidade de descobrir. Mas não pare de viver no processo. Se você fizer isso, esses bandidos, as pessoas que te machucaram, irão vencer.

Assenti quando ele tirou minha mão de sua bochecha e deu um beijo quente no centro da minha palma.

— Quero te fotografar.

— Tudo bem... Mas podemos deixar o Brutus sair? Ele está

preso há séculos e odeio que minha presença aqui tenha estragado sua capacidade de vagar livremente em sua casa.

Killian fechou os olhos e soltou uma longa risada.

— Essa mulher é das minhas.

— Estou mais para a mulher que adora ter cachorrinhos aconchegados — provoquei para aliviar o peso que acabamos de compartilhar. Foi lindo e eu nunca o abandonaria ou compartilharia com os outros, mas ele estava certo. Nós dois precisávamos seguir em frente.

— Vá retocar seu rosto. A maquiagem está borrada e duvido que você queira isso em suas fotos. Vou buscar o Brutus.

— Combinado. — Bati palmas e dei alguns pulinhos antes de correr para o banheiro para consertar o que certamente estraguei com meu momento e crise de choro.

— Abra o robe e deixe-o cair de um ombro, e então incline-se para trás sobre o bloco, com uma mão na borda — Killian instruiu.

Tínhamos superado o momento pesado e eu arrumei meu cabelo e maquiagem e dei alguns bichinhos de estimação para Brutus. Atirei o brinquedo do outro lado da sala algumas vezes, permitindo que seu bom humor mudasse o meu anteriormente azedo. Tinha funcionado como um encanto.

— Assim? — Apoiei os dois cotovelos no bloco mais alto, com a bunda no mais baixo, e estiquei uma perna para fora.

A câmera disparou enquanto Lenny Kravitz cantava *American Woman* através do som *surround*. Balancei o pé de brincadeira e sorri como se estivesse me divertindo, quando na realidade a posição era super desconfortável e eu não seria capaz de segurar por muito mais tempo.

— Relaxe... Isso não está funcionando. — Ele suspirou.

Fiz uma careta. Ocasionalmente, um fotógrafo alegava que uma pose não estava funcionando e a alterava. Esses dias significavam sessões muito mais longas em posições muito mais difíceis, e eu já estava exausta pela falta de sono na noite passada e pela explosão emocional que tivemos cerca de uma hora atrás.

Killian trouxe a câmera para mim e me mostrou os quadros estáticos. Eram lindos, mas quanto mais eu olhava, mais em desagrado eu me sentia sobre eles também.

— Provavelmente serão ótimas para um catálogo ou um site de compras, mas tem algo faltando. — Ele prendeu o cabelo longe do rosto em um daqueles coques masculinos que eu adorava. O homem era sexy. Ele trabalhava descalço, subia e descia uma escada, rastejava no chão, sentava em uma cadeira, basicamente tudo que pudesse lhe dar os ângulos que ele queria. Eu adorava trabalhar com fotógrafos que faziam isso. Eles não tinham medo de se sujar. Estavam apenas focados em conseguir uma foto incrível e isso tendia a me fazer ganhar mais dinheiro. Era um ganha-ganha.

Ele suspirou novamente e olhou para a câmera.

— Estão muito frias. Os tons da camisola, o brilho em sua pele... tudo isso está lindo e sensual, mas o fundo branco e os blocos quadrados não estão me atraindo. — Ele franziu os lábios e se virou e olhou para o sofá de camurça marrom que estava contra a parede de tijolos do outro lado da sala. — Se sentindo aventureira?

Eu sorri.

— Sempre.

— Vamos experimentar o sofá.

— Tem certeza de que quer sua casa em fotos que podem acabar em *outdoors*? — Eu o lembrei do que estava em jogo.

— Quero a foto perfeita. Uma que não apenas irá acentuar sua beleza e apelo realista, mas a luxúria e o calor do vestuário. Sei que nos disseram para usar fundos que poderiam ser manipulados, mas acho que podemos fazer os dois. Dar a eles a imagem padrão de catálogo online, e algo artístico e mais consistente para seus anúncios de moda em revistas.

Fui para a cozinha no centro e tomei alguns goles de uma garrafa de água antes de me dirigir para o sofá.

— E o que você sabe sobre meus anúncios de moda?

Ele sorriu e levou uma das luzes gigantes até o sofá. Ele a conectou e a acendeu. O sofá instantaneamente tinha um holofote que eu tinha que admitir, era bem hipnotizante.

— Eu disse que te pesquisei. Quando procuro algo, sou minucioso. Por favor, sente-se no círculo para que eu possa avaliar a iluminação. — Ele apontou para o holofote no sofá.

Me sentei no centro enquanto ele brincava com as coisas.

— Já estou gostando mais disso. Sua pele parece luminescente e aquele verde contra o marrom claro do sofá faz maravilhas pelo contraste e tons desse tecido.

Observei enquanto ele voltava e pegava a câmera portátil. Killian preferia segurar a câmera na mão quando tirava fotos. Muitos fotógrafos optavam por usar um tripé quando fotografavam porque reduzia a possibilidade de o movimento borrar a imagem.

— Você pode fazer algumas poses? — Ele abaixou a cabeça atrás da lente.

Me sentindo ousada, tirei o robe e o coloquei artisticamente sobre um lado do sofá. Se fosse pego na foto, o comprador veria que havia um robe para comprar também. Virei-me para o lado me certificando de que meu torso estava em plena exibição dando uma boa visão dos seios, mas também levantei o quadril. A câmera clicou. Puxei a fenda lateral da camisola, que se abriu até o meu quadril, onde a calcinha podia ser vista.

— Perfeito. Puxe um pouco mais a camisola e poderemos ver a borda da calcinha, bem como aquela bunda que eu gostaria de morder.

Minha boca se abriu em choque, e ele tirou fotos como um selvagem.

— Cacete — ele murmurou e eu sorri enquanto ele ajustava o jeans na virilha. Se eu não estivesse enganada, havia calor ao lado de outra coisa. Meu coração disparou e mudei de posição, ficando de joelhos na superfície fofa e encarando-o de frente. Levei as mãos ao cabelo, entreabri os lábios em um movimento de inspiração sensual que aprendi com alguns profissionais quando comecei, fechei os olhos e virei os braços de uma forma que minhas cicatrizes não apareceriam.

A câmera ganhou vida.

Esperei um momento, abri os olhos e puxei a renda entre os seios, deixando os dois lados das alças finas caírem delicadamente ao longo de meus braços como se estivesse me preparando para removê-la.

Mais cliques.

Entrei no clima da música e no local mais melancólico e muito mais confortável até o ponto em que acabei deitando no sofá, com o cabelo espalhado por toda a almofada enquanto Killian estava em cima de mim. Puxei a camisola para descobrir minha barriga com uma mão para que fosse possível ver a totalidade da calcinha de renda e cetim. Enganchei uma borda do lado no quadril com o polegar e puxei para baixo apenas o suficiente para parecer que eu estava me preparando para removê-la. Esperando que a imagem retratasse uma mulher usando lingerie incrível que estava pronta para fazer amor.

— Puta merda. Eu deveria estar *te* pagando para tirar essas fotos. Que foda! Isso é muito melhor do que tirar fotos das guerras no exterior. — Ele tirou mais algumas, em seguida olhou para a tela com atenção.

Pisquei para a câmera de brincadeira quando, na realidade, eu estava piscando para Killian.

— Isso seria bom, não é?

Sorri e ele tirou uma foto.

— O quê?

— Ter uma foda. — Arqueei uma sobrancelha.

Todo o seu corpo ficou imóvel.

— Você está tentando tornar esse trabalho duro para mim? — Ele semicerrou o olhar.

— Duro? — Eu ri e mordi o lábio inferior enquanto olhava

descaradamente para o que eu sabia o que estava bem duro atrás daquele jeans. Seus olhos aqueceram e eu não pude deixar de me contorcer com o desejo.

Ele estava me excitando.

Esta sessão estava me deixando quente e incomodada.

Eu estava me conectando com esse homem em um nível visceral e emocional e ainda não tinha provado seu beijo. Era incompreensível a química e o calor entre nós.

— Addy, estou me segurando por um fio aqui. Estou fazendo o meu melhor para ser profissional quando tudo em mim quer ficar bem em cima de você e estocar nesse seu corpo insano até você ficar rouca de tanto gritar meu nome. Então vou querer fazer isso várias e várias vezes.

Umedeci os lábios enquanto suas palavras contundentes me atingiram, fazendo meus mamilos endurecerem e a excitação me inundar. Ele seguiu o movimento da minha língua com seu olhar de aço.

— Essa é uma situação bastante difícil — eu sussurrei.

Ele saiu do sofá, balançou os braços e ombros e inclinou o pescoço de um lado para o outro como se estivesse aliviando a tensão. Ele estava murmurando algo baixinho que eu mal podia ouvir. Soou como "se contenha, Fitz. Não coloque suas mãos ou boca sobre ela".

— Quem te pediu para não colocar as mãos ou a boca em mim? — Levantei meu queixo em afronta e coloquei as mãos em meus quadris.

Ele fechou os olhos e baixou a cabeça balançando-a.

— Addy, você sabe que eu te quero. Deixei isso bem claro. O que você não disse é se também me quer ou não. Você fez algumas insinuações provocantes, mas preciso ouvir essas palavras exatas...

Antes que ele continuasse, eu disse o que ele queria ouvir.

— Também te quero.

Ele levantou a mão como se fosse me afastar.

— O quê? — Ele franziu a testa.

Eu sorri.

— Também te quero. Mas não sou o tipo de garota que transa com um cara que ela mal conhece.

— E beija um cara que mal conhece? — Ele mordeu o lábio inferior.

Eu girei, levantei a mão e movi um dedo para ele vir até mim.

— Ah, sim. Sou absolutamente esse tipo de garota.

SEIS

O homem se movia como se estivesse deslizando. Seu corpo poderoso cintilava com energia, enchendo o ar ao nosso redor com um magnetismo que eu não podia negar, nem queria.

Ele me provocou. Parou a centímetros do meu corpo.

Tentei não me contorcer. Me esforcei para não ser a primeira a me inclinar e o segurar.

Ele arqueou as sobrancelhas.

— Estou aqui. Me beije.

Um desafio.

Umedeci os lábios e suas narinas se dilataram.

Muito lentamente, segurei sua mandíbula e tracei seus lábios com o polegar, em um gesto semelhante ao que ele fez comigo mais cedo. Ele colocou as mãos em meus quadris, prendendo-os e me puxando para si até que nossos corpos estivessem unidos. Eu podia sentir o calor de sua respiração contra meu rosto.

Me aproximei, deixando meus lábios roçarem os dele. Ele abriu a boca ligeiramente. Movi a língua e toquei a ponta da dele. Eu me afastei no pequeno chiado de excitação que deslizou pelo meu corpo. Com a outra mão, enfiei os dedos em seu cabelo e segurei sua nuca. Os pelos ao redor de sua boca fez cócegas em meus lábios e pressionei mais. Nossos lábios se tocaram quando Brutus latiu de forma descontrolada e abriu caminho em nossa direção.

Ele pulou e bateu em nós com suas patas poderosas, fazendo com que nós dois caíssemos no sofá.

— *Nien*, Brutus! Qual é o seu problema? Perdeu a cabeça, garoto! — Killian o repreendeu.

Brutus pulou sobre nossas pernas e subiu no sofá onde eu estava sentada, ofegante. Ele pressionou o corpo nas minhas costelas e lambeu meu queixo e minha bochecha. Caí na gargalhada, sentindo a barriga tremer enquanto Brutus continuava latindo e lambendo meu pescoço, meu ombro... O que quer que ele pudesse alcançar.

— Acho que temos outra pessoa que planeja te reivindicar. — Killian acariciou a cabeça do cachorro e aceitou a lambida em sua mão. — Seu *timming* poderia ter sido melhor, amigo — ele advertiu.

Uma batida forte ecoou na porta e o cachorro passou de doce a assassino cruel em dois segundos. Ele pulou do sofá e correu para a porta latindo como um louco. Saltou contra a superfície de madeira de uma maneira feroz que roubou o riso dos meus pulmões e me fez arrepiar. Brutus rosnou e latiu como se fosse destruir o que quer que estivesse do outro lado que ousasse bater em sua porta.

— *Sitz* — Killian ordenou, e o cachorro sentou-se de forma ameaçadora perto da porta, rosnando.

Uau. Aparentemente, Brutus gostar de mim foi um grande acaso. Killian estava certo. Talvez eu precisasse ser um pouco mais cuidadosa.

Killian atravessou o *loft* tirando o telefone do bolso. Caminhou até um ponto mais distante da porta e apontou.

— *Hier*, sente-se. — Ele usou o mesmo tom enérgico e o cachorro se moveu exatamente para onde ele apontou e então se sentou, com o corpo voltado para a porta, sempre alerta.

— Sim, estou indo — ele disse ao telefone, em seguida, enfiou a coisa no bolso de trás novamente antes de abrir a porta.

O sr. Holt estava com a arma na mão e ao seu lado.

— Ouvi o cachorro latir, queria verificar. — Ele olhou para

o cachorro sentado parado como uma estátua, então seu olhar se ergueu até mim. — Você está bem?

Assenti e peguei o robe que tinha deixado no sofá mais cedo e o vesti.

— Sei que está trabalhando e a srta. Jones-Kerrighan não especificou o horário, mas são quase seis da tarde. Omar e Lance já levaram as outras mulheres para a Kerrighan House e estão esperando lá embaixo para levá-la para casa.

— Ah, uau. O tempo realmente voou. Vou demorar um minuto! — falei e corri para o banheiro, vestindo o jeans, camisa e chinelos mais uma vez.

Peguei a lingerie, fui até as araras de roupas e pendurei os itens. Ela precisava ser lavada, especialmente depois que as coisas esquentaram durante a nossa sessão, mas esses acabariam ficando comigo. Outra coisa boa ter uma irmã estilista era que eu podia manter as roupas que usava para as campanhas dela. Não era o caso dos outros estilistas para os quais fotografei.

— Estou pronta. — Fui até Brutus e me agachei, colocando os braços ao seu redor. Ele começou a bater a cauda contra o piso de madeira. — Certo, seja um bom bebê para o seu pai. — Beijei seu focinho algumas vezes e acariciei sua cabeça. — Te vejo em breve. Talvez eu possa lhe trazer um presente? — Olhei para Killian, que estava com os braços cruzados e assentia com um sorriso malicioso estampado em seu rosto bonito.

— Ele não tem permissão para comer coisas que não são específicas para cachorro, a menos que seja carne ou vegetais. Coisas saudáveis.

— Ah, ele pode comer petiscos? — perguntei.

Seus lábios se contraíram.

— Sim, se forem orgânicos.

— Você dá comida orgânica ao seu cachorro? A Mama Kerri vai te amar. — Eu sorri.

— Se essa é sua mãe, estou ansioso para conhecê-la — ele

comentou em tom descarado, insinuando que ele seria a favor de um encontro em família, embora tivéssemos acabado de nos conhecer.

Uma pontada de medo misturada com excitação e antecipação me atingiu. Conhecer os pais era um grande negócio. Eu sabia disso, já que nunca encontrei um homem que achasse digno o suficiente para conhecer a mulher que me criou. Minhas irmãs em bares e eventos, com certeza. Mas Mama Kerri, não. Por alguma razão, todas nós tratávamos a Kerrighan House e nossa mãe adotiva como nosso refúgio sagrado. Apenas namorados, ou namoradas no caso de Charlie, eram convidados depois de um bom período de namoro. Não costumávamos levar caras com quem tínhamos relacionamentos casuais. Esse era o motivo pelo qual Jonah era o único homem visto em nossa família. Ryan aparecia bastante, mas atribuí isso ao fato de ser amigo de Jonah.

— Hum... não sei sobre isso — murmurei e me levantei.

— Podemos ter um minuto a sós? — Killian perguntou ao meu guarda-costas.

Um lado do lábio do sr. Holt se curvou e ele ergueu o queixo, em seguida, fechou a porta. Antes que eu pudesse responder, Killian segurou meu pulso e me puxou para si. Ele passou os braços em volta de mim e me segurou em seus braços. Não tentou me beijar, nem retomar o que tinha começado não muito tempo atrás diante do sofá, o que eu meio que gostaria que ele fizesse, mas não me sentia mais ousada o suficiente para sugerir. O momento foi interrompido e me senti estranho e fora de ordem, querendo sair e colocar a cabeça no lugar para repassar tudo o que aconteceu.

— Tudo certo para amanhã? Temos mais onze roupas para fotografar e eu tenho algumas ideias — ele disse passando as mãos para cima e para baixo nas minhas costas em um movimento suave que me fez derreter contra ele. Passei a mão por seu cabelo e deixei os dedos correrem pelos fios sedosos várias vezes, conhecendo a sensação, o peso e a espessura de seus lindos cachos.

Ele cruzou as mãos e apoiou os pulsos contra a parte inferior das minhas costas acima do meu bumbum.

Inclinei a cabeça para que eu pudesse ver seu rosto. Ficamos olhando nos olhos um do outro. Meu azul esverdeado ao seu castanho claro.

— Eu me diverti hoje e isso é um milagre. Uma prova do quanto você me deixou confortável. Obrigada. — Eu queria que ele soubesse o que hoje significava para mim sem ser muito sentimental.

Ele sorriu e isso fez todo o seu rosto se iluminar.

— Eu também. Mesma hora amanhã?

Assenti.

— Provavelmente. Vamos ter que checar com o FBI. A agenda do Cameron e tudo mais. Vou saber mais quando encontrar a Blessing hoje à noite, na Kerrighan House.

— Você vai ficar lá?

— Todas nós estamos ficando.

Ele franziu a testa.

— Todas as suas irmãs, sua mãe e...

— Provavelmente Jonah, que você conheceu, e seu parceiro Ryan. E a Rory, minha sobrinha. E Amber, é claro. — Sorri, ansiosa para brincar no quintal com o golden retriever. *Eu deveria ter um cachorro*, pensei pela milésima vez, mas cachorros e viagens não combinavam. Eu não podia pegar um animal e depois empurrá-lo para uma de minhas irmãs quando precisasse viajar a trabalho.

— Casa cheia. — Ele colocou as mãos em meus quadris. — Quantas irmãs você tem mesmo? — ele perguntou.

— Tem a Sonia, a senadora de Illinois, como você provavelmente descobriu quando me pesquisou.

Ele assentiu.

— A irmã dela de sangue, mais nova, é a Simone. Você conheceu a Blessing. Tem também a Liliana, a Genesis, que tem uma filha chamada Rory. A Charlotte, que chamamos de Charlie e só atende pelo nome de batismo se a Mama Kerri a estiver castigando. E então você... uh... sabe sobre a Tabitha, que faleceu.

Ele levantou a mão, segurou a parte de trás da minha cabeça e me abraçou.

— Sinto muito, linda. Não queria trazer sua perda à tona novamente. Só quero te conhecer melhor.

— E você? — provoquei.

— Na maioria das vezes, sou um livro aberto.

Eu me afastei e puxei a bolsa mais para cima no meu ombro.

— De alguma forma, eu duvido disso.

Ele deu de ombros e sorriu.

— Me teste.

— Talvez eu vá. Aposto que há alguns segredos para descobrir.

Seus olhos se aqueceram mais uma vez e então ele esfregou as mãos.

— Você tem meu contato e eu tenho o seu. Envie uma mensagem ou me ligue hoje à noite com o planejamento para amanhã. Estarei aqui, seja cedo ou tarde. Apenas me dê um aviso.

Dei um passo à frente novamente e apoiei as mãos em seu peito, descansando em seu poderoso peitoral. Por instinto, fiquei na ponta dos pés e beijei sua bochecha logo acima da barba antes de soltá-lo e andar de costas para a porta.

— Hoje foi divertido. — Coloquei a mão na maçaneta.

— Sim, foi. Até amanhã, Addy.

— Tchau, Fitz. — Usei seu apelido, me sentindo mais confortável fazendo isso agora que nos abraçamos, tocamos as línguas e passamos um ótimo dia juntos. Acenei e abri a porta, sendo recebida pelo sr. Holt que já estava segurando a porta do elevador aberta.

Em poucos minutos eu estava na parte de trás do Escalade, seguindo pelas ruas de Chicago em direção a Oak Park, onde a Kerrighan House estava localizada.

* * *

No segundo em que entrei na Kerrighan House, fui atropelada por uma loira sensual. O corpo de Simone me jogou contra a porta de madeira enquanto seus braços me envolviam com tanta força que eu mal conseguia respirar. Ela estremeceu em meus braços e eu a apertei, de repente com medo de que algo tivesse acontecido.

— Si, querida, qual é o problema? — murmurei em seu ouvido.

— E-eu... eu só precisava te ver. Você demorou tanto para voltar para casa que fiquei com medo, e então pensei... — seu corpo vibrou contra mim, seu medo era palpável.

Eu a segurei perto por um longo tempo, olhando para o grande sofá em forma de U e notando Jonah com a cabeça entre as mãos, cotovelos nos joelhos, o cachorro ao lado dele mantendo vigília. Ele levantou a cabeça, e seus olhos castanhos escuros encontraram os meus, preocupação cobrindo suas feições esculpidas, sua mandíbula quadrada firme e implacável.

— Tudo certo? — perguntei com medo de que talvez houvesse mais coisas acontecendo no caso.

Jonah se levantou e foi até onde Simone estava literalmente agarrada a mim.

— Solte-a, querida. Ela está bem. — Ele colocou uma mão em suas costas, a outra em sua mão. — A Addy chegou em casa em segurança do trabalho, como esperado — ele a lembrou enquanto usava os dedos para tirar seu aperto de morte do meu ombro. Ela se afastou e seus olhos azuis estavam devastados com preocupação enquanto observavam cada centímetro do meu rosto.

— Você está bem? — ela perguntou.

Segurei sua bochecha.

— Hoje foi um bom dia. Eu me diverti muito tirando fotos e foi tudo maravilhoso. Sem problemas. — Achei prudente não mencionar meu momento de gatilho ao ver a arma ou a história horrível que Killian compartilhou comigo.

— Sem problemas — ela repetiu. — Você está bem.

— Sim, estou ótima, mas faminta como um hipopótamo! — provoquei fazendo referência ao jogo que costumávamos passar horas jogando até deixar Mama Kerri maluca com o barulho dos hipopótamos de plástico.

— A sopa está pronta! — Mama chamou da da cozinha.

Inalei o cheiro de comida mexicana e fiquei com água na boca. Eu sorri.

— A duende está cozinhando com a Mama? — Não escondi a esperança em meu tom. Liliana era uma cozinheira incrível. Ela decidiu aprender a fazer comida mexicana, algo que ela e sua mãe biológica faziam antes de ela morrer e a Duende aparecer aqui aos nove anos de idade. Suas refeições eram da qualidade de restaurantes, e eu mal podia esperar para encher a barriga!

Simone piscou algumas vezes como se tentasse afastar a preocupação e o medo, e mudar de marcha. Ela sorriu de volta e assentiu com animação.

— Ah, sim. Aparentemente, ela irritou seu guarda-costas, então está cozinhando com raiva.

Segurei Simone pelos ombros e bati em Jonah de brincadeira até que ele riu, a preocupação da resposta de Simone por eu estar mais atrasada que o normal desaparecendo a cada segundo que passava.

— Deveríamos implicar com a Duende com mais frequência. Toda vez que ela está brava, nós comemos bem. — O cheiro de pimenta e arroz emanava pelo ar. Esfreguei a barriga que estava roncando, percebendo que a única coisa que comi foram os dois cookies naquela manhã.

Juntas, Simone e eu fomos para a cozinha, onde encontrei o que esperava. Liliana no fogão remexendo uma enorme quantidade de arroz espanhol. Três bandejas de vidro do que eu sabia que eram enchiladas fumegavam na bancada, cobertas com papel alumínio. Mama Kerri estava no balcão preparando uma salada tamanho família.

— São aqueles tomates do jardim? — perguntei, deixando Simone e indo até Mama Kerri.

Ela colocou as verduras e legumes na grande tigela de madeira. Me inclinei e beijei sua bochecha.

— Acabei de escolher essas belezas, junto com uma abóbora amarela fresca — ela se gabou.

Mama Kerri era como um jardineiro caprichoso. O quintal parecia algo saído de um filme. Árvores verdes exuberantes, um jardim solar, estufa e muito mais. Sempre que Blessing ou eu a incentivávamos a enviar fotos de seu trabalho para revistas de casa e jardinagem, ela recusava. Adorava se gabar que comíamos as verduras que cultivava e vivia dizendo que seu quintal seria um lugar perfeito para se casar. Algo que começou a sugerir para Simone e Jonah, sempre que eles estavam presentes em um jantar ou reunião em família.

Aparentemente, Jonah queria se casar, mas Simone ainda estava arisca e queria morar com ele primeiro. Movimento inteligente, na minha opinião. Como Jonah só queria Simone feliz, ele cedeu. Para desgosto de Mama Kerri. A mulher queria mais netos e nos lembrou que estava envelhecendo e deveríamos começar a nos estabelecer. Nada disso nos impediu de fazer uma aposta sobre quando Simone e Jonah ficariam noivos. Fui forçada a contribuir, porque apostar não era minha praia, e escolhi o aniversário de um ano deles.

— Parece estar uma delícia, Mama — comentei e acariciei suas costas antes de me mover atrás de Liliana para olhar por cima do ombro.

— Uau, feijão frito também? A quem eu tenho que agradecer por te irritar? — Passei o braço em volta da cintura de Liliana, que se inclinou, deixando-me abraçá-la antes de gemer.

— Aquele *gran idiota* — ela resmungou.

— Grande idiota hein? — Encostei no balcão e esperei Liliana explodir.

Ela mexeu o feijão com força, e eu mordi a língua para segurar minha risada.

— Ele me disse para ficar quieta. ¿O quê? *No soy un perro.* Acho que não, grande homem! — ela grunhiu.

— Só entendi uma parte, Lil. Algo sobre tratá-la como um cachorro? — perguntei.

Ela ergueu uma colher de pau em direção ao meu rosto como se fosse uma arma. Seus olhos cor de café estavam ardendo em fogo incandescente e seus cachos estavam saltando ao redor das bochechas com os movimentos bruscos. Ela era bonita, mas com raiva... era deslumbrante. As maçãs do rosto salientes exibiam um tom rosado, e seus lábios estavam vermelhos, provavelmente por mordê-los tantas vezes em sua fúria.

— Ele me deixou no carro quando foi buscar a Charlie no Centro — ela retrucou.

Ela se referia ao centro de caridade para jovens que Charlie dirigia, onde trabalhava para ajudar crianças rebeldes. Especialmente aquelas que lidavam com a sexualidade, questões de gênero, pais abusivos ou órfãos e fugitivos. Charlie costumava trabalhar com Genesis. Ela era assistente social e gerenciava um grande número de casos. As duas tinham formação em desenvolvimento infantil.

— Certo, então por que é um problema? — perguntei, não querendo deixá-la mais irritada, se é que seria possível.

— Ela o deixou escapar. — Charlie bufou quando ela entrou pelo quintal. Provavelmente estava brincando com Amber e Rory. Observei enquanto ela colocava uma garrafa de cerveja vazia no balcão e se dirigia à geladeira.

Humm... cerveja e enchiladas seriam uma boa pedida. Meu estômago roncou.

— Eu não o deixei escapar! ¡*Mierda*! — Aquela palavra eu conhecia. Todos nesta casa conheciam palavrões em espanhol, cortesia de crescer com nossa garota.

— Xingar em espanhol também não é aceitável, Liliana.

— Mama Kerri virou a cabeça e olhou para a Duende por cima dos óculos.

— *Lo siento* — ela murmurou o pedido de desculpas antes de colocar a colher no suporte, levantar a panela e colocá-la em uma grade de resfriamento ao lado das enchiladas. — Me lembrei de que precisava de uma nova máscara de cílios e a Mama mencionou que precisava de sais de Epsom, então saí do carro para ir até a farmácia do outro lado da rua. Eu sabia que levaria apenas alguns minutos. Pensei que poderia voltar antes da Charlie. Você sabe como ela demora.

Apertei os lábios com muita força. Eu sabia que o riso ia sair de mim a qualquer segundo.

— Não coloque a culpa de seu mau comportamento em mim, irmã! Além disso, demoro! Eu administro o centro, Lil. Leva tempo para fechar um prédio e garantir que todos tenham saído. — Ela tirou a tampa de uma cerveja nova e a ergueu apontando o gargalo da cerveja para Liliana. — Não me coloque no meio, porque você discutiu com um cara gostoso e está envergonhada.

— Discutiu? — perguntei, agora super interessada no que aconteceu.

Liliana olhou para Charlie e então se virou para mim, com as mãos nos quadris e a atitude inflamada.

— *El idiota* arrogante gritou comigo durante todo o caminho para casa. Me dizendo — ela apontou para o peito com um toque dramático — que tomei decisões ruins e poderia ter sido ferida ou machucado *mi hermana*. Não fiz tal coisa. Eu fui à loja. Por cinco minutos!

— Bem, não estou dizendo que você estava errada ou algo assim, mas ele foi contratado para mantê-la segura. Você deixar o carro provavelmente o assustou muito, não?

Ela semicerrou seus lindos olhos.

— Você está do lado dele?

Balancei a cabeça e levantei a mão em um gesto apaziguador na minha frente para aliviar sua ira, antes que ela me tirasse a chance de comer sua comida incrível. Ela era briguenta assim.

— Não, nem perto. Só estou dizendo que leva tempo para se acostumar a ter um guarda-costas e os caras que a Blessing contratou levam seus empregos a sério. Apenas esta manhã a Blessing e eu fomos repreendidas também. Então, você não é a única.

Ela inclinou a cabeça para o lado.

— Gritaram com vocês também?

Assenti.

— Sim.

— Humm. A Blessing deveria ligar para o chefe desses idiotas. Afinal, ela é a cliente, não eles.

Não achei que fosse um bom momento para dizer a ela que meu guarda era o chefe. Não adiantaria.

— Idiota não é um palavrão, mas não é bonito, menina — Mama avisou, pegando uma pilha de pratos e colocando-os no balcão onde o resto da comida estava.

Foi quando Jonas entrou na conversa.

— Na verdade, agora eu vou assumir a posição de garantir toda a sua segurança. — Simone aconchegou-se ao lado dele com os braços ao redor de sua cintura e costas para que pudesse apoiar a cabeça no peito dele.

— Vamos ter que ajustar as coisas. Vocês precisam de proteção. Felizmente, consegui resolver o problema da segurança com nosso chefe, mas apenas porque a Blessing contratou uma equipe que, não apenas tem uma das maiores taxas de sucesso dos negócios, mas está de acordo com as normas do FBI. A agência vai assumir o contrato e vocês começarão a seguir nossas regras. A morte daquela garota foi horrível e depois do que aconteceu com Wayne Gilbert Black, não vamos correr nenhum risco. Estamos a bordo ou precisamos discutir isso ainda mais?

Dei de ombros.

— Vou fazer o que me disserem. Enquanto eu puder continuar trabalhando, não vou me irritar. Estou feliz por ter um segurança. O sr. Holt, embora assustador e rude, foi muito respeitoso em me dar espaço para trabalhar.

Jonah assentiu.

— Depois do jantar, vou me sentar com vocês para pegar seus horários para que possamos designar a equipe de segurança de acordo.

Genesis, Blessing e Rory entraram pela porta dos fundos junto com uma Amber saltitante, que tinha uma bola de tênis verde na boca.

— Tia Addy! — Rory gritou e correu até bater em minhas pernas. Ela me abraçou e olhou para mim enquanto eu colocava minha mão em seus cachos escuros. — Posso brincar de casinha com você? — Seus incríveis olhos cor de âmbar eram enormes e cheios de alegria. Absorvi cada grama de seu amor, beleza e inocência.

— Depois do jantar, podemos brincar de vestir. Mas quero ser a princesa! — exigi de forma altiva.

Ela assentiu.

— Eu serei a rainha.

— Muito bem — Blessing elogiou Rory, com uma nota de orgulho em suas palavras. — Nunca seja a princesa quando você pode ser a rainha, docinho — ela se gabou.

Revirei os olhos, abaixei a cabeça e beijei a testa de Rory, depois a levantei e a coloquei no colo. Ela começou a brincar com meu cabelo comprido, passando os dedos por ele de uma forma que só ela fazia. Rory brincava com os cabelos de todas nós. Talvez porque sua mãe estava sempre acariciando os cachos dela ou fosse sua maneira de se conectar.

Gen se sentou no banco e eu me acomodei ao lado dela com Rory no colo, contente em brincar com meu cabelo e ver todos se movimentarem pela cozinha se preparando para comer.

— Você parece cansada, Gen. — Notei as olheiras.

Ela bocejou, cobrindo a boca.

— Sim, é difícil dormir em uma cama com uma criança de

quatro anos que chuta como se estivesse tendo terrores noturnos, mas na verdade está dormindo alegremente.

— Sinto muito que você tenha que ficar aqui novamente. É tudo culpa minha.

Gen se virou para me encarar.

— Addy, nada disso é culpa de ninguém, muito menos sua. Ninguém tem o direito de insultar ou ferir os outros do jeito que essa pessoa está fazendo. Estou mais preocupada com você, com isso acontecendo tão logo depois da outra coisa — ela disse em voz baixa, com palavras escolhidas para que só eu compreendesse.

Suspirei e Rory saiu do meu colo, indo até onde Blessing estava. Ela levantou a mão, e Blessing roubou um tomate e o entregou para nossa sobrinha.

— Estou bem, de verdade. — Antes que eu pudesse dizer outra palavra, Mama Kerri colocou dois pratos cheios de enchiladas, feijão e arroz diante de nós.

Nós duas olhamos para nossos pratos, pegamos um garfo e comemos sem mais conversa. Comida antes do drama. Sempre. Voltaríamos a isso mais tarde, como fazíamos com tudo o mais em nossas vidas.

Mama colocou os pratos por toda a mesa e cada um dos membros da família tomou um lugar. Rory se sentou em sua cadeira alta que não precisava mais da bandeja. Mama a empurrou para a mesa e Liliana se aproximou por trás dela com a enchilada já cortada, feijão e uma pequena tigela de arroz com uma colher. Rory encheu sua colher com feijão e enfiou tudo na boca cantarolando alegremente.

A única que faltava era Sonia, que trabalhava até tarde na maioria das noites e Tabitha, que nunca mais se sentaria à mesa. Meu coração se apertou com o pensamento, mas em vez de voltar a essa dor, olhei ao redor da mesa. Mama Kerri na frente, Jonah no final - o homem da família no momento. Simone ao lado dele, Charlie ao lado dela, e Blessing. Eu, sentada ao lado de Gen e Rory, e Liliana do outro lado. Ryan provavelmente apareceria mais tarde.

Sorri e observei os rostos felizes de todos e me senti abençoada. Esta era a família que eu apresentaria ao homem da minha vida.

Esse homem era Killian Fitzpatrick? Achei que só o tempo diria. Mas estava esperançosa. A química entre nós era promissora. Vi quando Rory pegou um pedaço de frango e jogou para Amber, que se sentou ao lado da cadeira esperando os mimos.

— Rory — Genesis advertiu. — Eu vi. Não dê mais nada para Amber.

— Cachorrinho com fome, mamãe — ela alegou.

— O cachorrinho tem uma tigela de comida e pode comer quando quiser. Essa comida é para a sua barriga, para que você possa crescer.

— E ser uma rainha — Rory declarou com seriedade. Blessing riu.

— Minha menina — ela elogiou em voz alta e tom orgulhoso. Genesis respirou fundo e expirou lentamente.

— E uma rainha.

— Puta merda, com certeza — Blessing acrescentou e colocou um pedaço de enchilada na boca.

— Blessing, sério? — Mama Kerri a repreendeu. — Sem palavrões. — Ela balançou a cabeça. — O mundo vai pensar que criei mulheres mal-educadas, cujo vocabulário é pobre.

— Desculpe, Mama. — Blessing sorriu e olhou para mim como um cachorrinho, até que eu ri.

— Eu amo minha família! — soltei em voz alta para toda a mesa, a sensação de calor no meu estômago crescendo e se espalhando pelo meu peito até o ponto em que eu não podia mais contê-la.

Ouvi a porta bater na outra sala e Jonah se levantou de forma abrupta, com a mão na arma. Sonia entrou, usando um terno azul marinho e estava sorrindo, mas sumiu assim que nos viu comendo.

— Vocês não podiam esperar? Estou dez minutos atrasada.

— Você está quarenta e cinco minutos atrasada e na maioria das vezes está mais do que isso — Simone esclareceu.

— O que eu perdi? — ela perguntou, jogando a pasta no balcão perto do telefone e pegando o prato que mamãe já tinha feito para ela. — Obrigada, Mama — ela disse, puxando o papel alumínio e jogando-o no lixo para reciclagem.

— A Addison nos ama — Charlie respondeu em tom prestativo.

Sonia sorriu e olhou em meu rosto. Seus olhos eram da cor do céu azul mais claro.

— Eu também te amo, irmã.

Isso era tudo que eu precisava. Minha família. Boa comida. Risada. E amor.

Ah, e talvez um fotógrafo bonitão.

SETE

As cobertas sendo puxadas e o ar frio atingindo minha pele me acordou de um sono exausto. Abri os olhos e me deparei com Simone ajoelhada na cama de solteiro e se deitando ao meu lado. Cheguei para trás até que meu bumbum bateu na parede para que ela tivesse espaço suficiente.

Ela se virou para o lado e colocou as duas mãos debaixo da bochecha enquanto eu a cobria com o edredom.

— Não conseguiu dormir? — sussurrei. Embora Blessing estivesse dormindo em sua cama do outro lado do quarto, ela não acordaria. A mulher apagava por completo. Era preciso gritar seu nome ou sacudi-la para despertá-la. Era por isso que seu alarme era o mais barulhento e irritante do universo.

Simone balançou a cabeça.

— Tive um pesadelo.

Inspirei lentamente e passei o braço ao redor de sua cintura, mantendo nossos rostos juntos.

— Conte-me sobre isso.

Ela balançou a cabeça.

— Você não quer saber.

— Si, você não precisou vir para a minha cama durante um mês. Aquela garota assassinada foi um gatilho. Não há problema em falar a respeito, porque eu também me preocupo. — Estendi a mão e afastei os cachos loiros dourados de sua bochecha para que eu pudesse ver seu rosto inteiro.

Simone umedeceu os lábios, e sua voz falhou quando ela falou.

— Eu estava andando pelo parque à noite. Tropecei em algo e caí. E dei de cara com o seu cadáver. Seus olhos estavam abertos e havia marcas azuladas em volta do seu pescoço.

— Irmã, isso não vai acontecer comigo. — Passei os dedos pelo cabelo dela de forma contínua, querendo que ela sentisse minha presença tanto quanto ouvisse minhas palavras.

— Foi tão real, Addy. Como foi com a Tabby. Em um momento, eu estava andando até que, *bum*, você estava morta. Não vou sobreviver à perda de outra irmã. Acho que eu ficaria louca. — Eu podia ouvir a dor e o desespero em seu tom de voz.

— Como está indo as sessões de terapia? — perguntei, me certificando de que meu tom não fosse crítico. Eu não procurei um psicólogo. Em vez disso, passei os últimos três meses me escondendo na casa de Mama Kerri e fingindo que estava tudo bem. Usando minha necessidade de cura como motivo para me afastar do trabalho e para não fazer terapia. Algo que Mama me incentivava a fazer regularmente.

— Bem, acho. Embora eu tenha saído cedo do trabalho hoje e tenha ido a pedido do Jonah. A terapeuta acha que ver vocês bem e felizes vai ajudar. Ela sente que é o tempo que vai resolver o problema.

— Faz sentido.

— Você disse que teve um dia bom fazendo as fotos. A Blessing me contou que você teve um de seus momentos quando estava com os clientes antes do Jonah e do Ryan aparecerem ontem. Foi melhor fazer as fotos na casa do fotógrafo?

— Na verdade, sim, mas para ser honesta, também tive um momento lá.

Sua voz se elevou um pouco em surpresa.

— Teve?

— Não sou feita de pedra. — Usei a analogia que Killian havia compartilhado comigo.

Ela sorriu.

— Você parece estar sempre bem. É muito forte. Eu me sinto uma perdedora perto de você. Não me machuquei, mas ainda assim, tenho que vir para a sua cama para ter certeza de que você está respirando e viva. Preciso verificar você o tempo todo. É estúpido, mas não posso evitar.

Acariciei seu cabelo.

— Gosto que você se preocupe comigo. Faz com que eu me sinta mais normal quando tudo parece tão fora de controle

— Faz mesmo. Quando as coisas estavam começando a ir bem e estamos tentando seguir em frente, somos jogadas de volta para aquele inferno.

— Eu sei. Mas você confia no Jonah, certo?

— Com a minha vida.

— Ele te ama mais do que tudo no mundo. E sabe que sua família é tudo com que você se importa. O Jonah vai fazer tudo ao seu alcance para nos manter em segurança. Você tem que ter fé de que ele fará como foi treinado.

— Sim, você está certa. — Ela bocejou. — Me conte sobre o fotógrafo. A Blessing disse que ele está a fim de você e faz seu tipo. Aconteceu alguma coisa hoje? — Abri um grande sorriso. Ela arregalou os olhos e me cutucou. — Me conta!

Peguei sua mão e a segurei.

— Ele é lindo. Sem brincadeira, é o homem mais bonito que já vi.

— Uau, isso é surpreendente, já que você tira fotos com modelos.

Assenti.

— Ele tem cabelos grossos e compridos, que caem sobre os ombros. É um tom castanho claro, quase loiro. Ele tem uma combinação de barba e bigode que lhe dá aquele toque rude e viril.

— Ah, você sempre gostou de caras com pelos faciais.

— Totalmente — murmurei. — Ele é mais alto que eu, o que é incrível.

— Porque você é uma amazona com um metro e setenta e cinco.

— Verdade.

— O que mais? — Ela riu.

— Seu corpo é definido. Tipo, abdômen tanquinho.

— O Jonah tem o abdômen assim e, vou te falar, garota, a quantidade de tempo que eu passo explorando com os dedos... — Ela suspirou em tom sonhador.

Eu bufei.

— Espere, como você viu a barriga dele? Hummm? — ela perguntou, quando a ficha pareceu ter caído.

— Como eu disse, tive um dos meus momentos. Ele me ajudou e depois compartilhou algumas de suas próprias histórias de terror. Ele foi soldado, mas, mais do que isso, era fotojornalista de guerra que viajava com o Exército enquanto eles estavam em combate. Ele viu muitas pessoas morrerem, muitos amigos.

— Ah, meu Deus, isso é horrível. — Simone apertou minha mão.

— É, sim. Ele se machucou com uma bomba. Sobreviveu, mas tem muitas cicatrizes nas costas. Acho que ele me mostrou porque não queria que eu me sentisse sozinha ou feia por causa das minhas cicatrizes, sabe?

— Uau. Olha, odeio dizer que é incrível, porque provavelmente foi aterrorizante o que ele passou, e as perdas que ele sofreu imensuráveis, mas o fato de vocês terem isso em comum, é uma conexão bastante poderosa e incomum. Tem química aí? Quero dizer, romanticamente? — ela perguntou, em um tom cheio de esperança.

Eu sorri.

— Com certeza. Ele já me disse que quer sair comigo, mas é claro que agora é um pouco difícil, quando estou tentando me manter discreta e tenho um guarda-costas me vigiando o tempo todo.

Ela deu de ombros.

— Ainda assim, pode ser feito, como você sabe pela minha experiência.

— Verdade. — Eu ri. — E tivemos algumas sessões de fotos sensuais. Em um ponto eu senti... — Balancei a cabeça. — Não, é estúpido.

Ela me cutucou e baixou a voz para um sussurro ainda mais profundo.

— Me fale. Estou morrendo de curiosidade.

Respirei fundo.

— Tudo bem. Mas juro que se você contar a mais alguém sobre essa parte, vou contar ao Jonah sobre aquela vez que você fez xixi nas calças enquanto estava gritando em um show de rock, e eu tive que comprar uma camiseta masculina tamanho extra- grande no estande e te dar meu cinto para que você pudesse usá- -la como um vestido.

Seu corpo inteiro estremeceu, e ela semicerrou o olhar.

— Você não ousaria... — ela sussurrou.

— Eu faria isso se você compartilhar o que estou prestes a lhe dizer. — Levantei a mão e estendi o dedo mindinho.

— Tudo bem, mas é melhor que seja bom. — Ela enganchou seu dedo mindinho no meu e os mantivemos presos enquanto eu contava.

— Certo, em um ponto, as fotos não estavam funcionando para ele. Então ele nos transferiu para seu sofá confortável. Mergulhei fundo e comecei a me sentir, você sabe, sexy.

— Como deveria, porque você é muito gostosa.

— Obrigada. Mas quando eu digo que mergulhei fundo, foi fundo mesmo. Em um ponto ele estava montando em mim, tirando fotos. Fiquei tão excitada que sei que minha calcinha estava úmida.

— Ah, merda! O que você fez? Dormiu com ele? Diga-me que você dormiu com ele! — ela soltou a pergunta em uma lufada de ar.

Eu torci o nariz.

— Não, não dormi com ele, mas comecei a me exibir e a agir abertamente sexy como se eu fosse... — Eu gemi. — Como se eu estivesse fazendo amor com ele através da câmera. Me exibindo e o provocando.

— Puta merda. — Ela se abanou. — Isso me dá ideias para um tempo em particular com Jonah. Então o que aconteceu?

— Bem, depois que ele ajustou sua ereção muito grande...

— Ah, merda — ela riu.

— Sim, *muito* grande — repeti, porque valia a pena. Era grande demais. — Disse a ele que não transava com estranhos.

— Boooooooo. Se havia um momento para se soltar e viver um pouco, Addy, era esse.

Assenti. Simone sempre foi a que se arriscava. Sempre pronta para viver ao máximo e de todas as maneiras que se podia. Tanto eu quanto o resto das mulheres da minha família estávamos muito felizes por ela ter encontrado um homem estruturado e focado, que poderia manter seu lado selvagem sob controle.

Eu gemi.

— Não comece com esse papo. Você deve saber que eu o beijei... mais ou menos.

Ela franziu a testa.

— O que quer dizer? Ou você o beijou ou não.

— Bem, estávamos prestes a fazer isso, e nossos lábios mal se tocaram, antes do cachorro dele pular, nos jogando no sofá, o que fez meu guarda-costas surtar e bater na porta. O cachorro enlouqueceu para nos proteger.

Simone colocou a mão na boca e riu tanto que sacudiu a cama inteira.

Suspirei alto.

— Pode voltar para sua cama agora?

— É isso o que vim fazer aqui. — Ouvi Jonah falar da porta do quarto que eu compartilhava com Blessing. Ele usava calça de pijama xadrez e nada mais. Seu peito definido estava em plena exibição. Droga, Simone não estava errada. Seu homem tinha um corpo de matar.

— Simone, combinamos que você me acordaria e falaríamos sobre o porquê você sentiu que precisava ver sua irmã, e aqui está você, de volta à cama dela. Outro homem ficaria complexado por ter sido preterido — Jonah disse em tom de provocação.

Cutuquei Simone, e ela se sentou.

— Desculpe, lindo. Tive um sonho ruim. Precisava vê-la. — Seu corpo caiu com a admissão.

Ele a segurou pela nuca e ergueu seu queixo com o polegar até que ela olhou em seus olhos.

— Está melhor agora? — A voz dele era doce e cheia de compaixão.

— Sim. — Ela se virou para mim. — Obrigada pela conversa e pelas risadas.

— Lembre-se do que eu disse...

Ela sorriu.

— Espero que o amanhã traga mais coisas boas com seu fotógrafo bonitão.

Sorri e puxei as cobertas até o queixo.

— Eu também.

— Fotógrafo bonitão? — Jonah murmurou.

Simone passou o braço em volta da cintura de Jonah.

— Vou te contar sobre isso mais tarde.

Sorrindo, fechei os olhos e apaguei em minutos, sonhando com o fotógrafo bonitão.

A manhã trouxe um caos absoluto. Blessing se esqueceu de programar o alarme, então fomos acordadas por Mama Kerri nos dizendo que os seguranças estavam nos esperando na cozinha. Como eu tinha Cameron para me embelezar e tomei banho ontem à noite, deixei Blessing usar o banheiro e o resto da água quente para ela.

Coloquei um lindo vestido azul-marinho com pequenas flores e alças grossas. Ele tinha um corpete estilo espartilho, o que deixou meus seios empinados e voluptuosos. Adicionei um cardigã branco fino para esconder as cicatrizes e calcei Keds Kate Spade brancos. Saí de uma sessão de fotos usando os tênis acidentalmente. Liguei para meu agente, que por sua vez notificou o cliente, mas eles me disseram que poderia ficar com eles. As pessoas não enriquecem comprando tudo que querem. Elas ficavam ricas guardando dinheiro e investindo de forma inteligente. Para mim, isso significava que ganhei um par de tênis fofos e um bom salário pelo trabalho.

Desci as escadas depressa e fui recebida pelo sr. Holt, Lance, Jonah, Ryan e por Mama Kerri. Ela estava carrancuda fazendo chá e assando cookies.

Chá e cookies significavam más notícias.

— O que está acontecendo? — perguntei, afastando o cabelo do rosto.

A mandíbula de Jonah estava tensionada e seu rosto, sombrio.

— Venha aqui, Addy. Precisamos conversar.

— Preciso ir trabalhar... — Eu não queria ouvir o que eles tinham a dizer.

— Minha menina. — Mama passou o braço em volta dos meus ombros e me levou até a mesa da cozinha, onde tivemos um jantar incrível em família, cheio de amor e risos ontem à noite. Eu queria instantaneamente voltar a isso. Ela se retirou e me trouxe uma xícara de chá e um prato de cookies.

Fechei os olhos sabendo que o que estava por vir seria muito ruim.

— Quando foi a última vez que você esteve em seu apartamento? — Jonah perguntou se sentando ao meu lado.

Meu apartamento.

— Hum, não sei... Talvez alguns meses? Depois da situação, voltei para pegar a maioria das minhas roupas e itens essenciais, mas não fui lá desde então.

— Você não voltou para sua casa em meses? E quanto a correspondência?

— Eu já tinha transferido para cá. Por quê?

Jonah olhou para Ryan e então estendeu a mão e segurou a minha. Mama Kerri se aconchegou nas minhas costas e meu coração começou a bater descompassado.

— Sinto muito em lhe dizer isso, Addy. Ontem à noite, os vizinhos reclamaram com o zelador que o andar em que você mora estava cheirando mal. Eles detectaram que vinha do seu apartamento. O zelador entrou para conferir. Ninguém te via há algum tempo e suspeitavam que você não estava lá. Eles uh... Querida, encontraram outra mulher assassinada.

Quase caí para trás, mas Mama me segurou.

— O quê?!

— Ela está lá há um tempo, Addy. Pelo menos um mês, de acordo com as informações iniciais do legista. A bolsa dela estava lá, então sabemos sua identidade. E ela se parece muito com você. Não só isso, mas também encontramos roupas ao lado de seu corpo que haviam sido rasgadas. O corpo estava vestido com algo que acreditamos ser seu.

— O-o quê? — Eu não conseguia nem entender o que eles estavam dizendo.

— Ela foi estrangulada como as outras e tinha queimaduras de cigarros em seus antebraços. Com base na hora estimada do assassinato, acreditamos que ela foi morta e deixada para você encontrar. Como você não voltou ao apartamento, o assassinato não chamou sua atenção. Então ele matou Hillary Johnson, a mulher no parque, fazendo uma tentativa pública de chamar sua atenção.

Fechei os olhos enquanto meu corpo tremia.

— E-eu não sei o que dizer.

Mama Kerri me colocou ao seu lado.

— Não precisa dizer nada, menina. — Ela passou os braços em volta de mim, e eu a abracei. Em vez de lágrimas, fiquei completamente entorpecida. Choque era o sentimento predominante.

Jonah passou a mão para cima e para baixo no meu braço do ombro ao cotovelo.

— Você conhece uma mulher chamada Alison Wills? Ela era recepcionista de um escritório de advocacia no centro da cidade. Talvez você tenha cruzado com ela na cidade ou a trabalho?

Balancei a cabeça, o nome não soava familiar.

— Certo, sei que isso é difícil de se ouvir e que você precisa de algum tempo para processar, mas querida, vamos precisar levá-la ao seu apartamento.

Pulei nos braços de minha mãe e balancei a cabeça.

— Ah. Puta merda. Não vou voltar lá. — Eu estava firmemente no campo de Simone. Ela não pisou em seu apartamento depois que sua amiga, Katrina, foi encontrada assassinada em sua casa e eu ia seguir o mesmo que ela fez.

— Addy, precisamos saber se *e* o que pode ter sido levado. O corpo não estará lá. Posso garantir que as coisas assustadoras sejam cobertas, mas você é a única que saberia se algo importante estivesse faltando. Muitas vezes, *serial killers* levam troféus, como a foto de família que Wayne Gilbert Black tirou da casa da Simone. Isso nos levou a entender que ele estava indo atrás de vocês, irmãs Kerrighan. É uma parte importante da investigação.

Balancei a cabeça e me afastei, então me levantei de forma abrupta.

— Isso é tudo?

Jonah franziu a testa e Mama remexeu os dedos.

— Por enquanto, sim, querida. Isso é o que sabemos.

— Preciso ir trabalhar — afirmei de forma categórica, não me permitindo demonstrar nem mesmo uma partícula de emoção. Eu não estava preparada mental ou fisicamente para lidar com essa nova tragédia, e tudo em que conseguia pensar era em me afastar desses caras e desse caso, e voltar para Killian, onde me sentia segura e protegida de toda essa maldade.

— Menina, acha mesmo que deveria ir trabalhar hoje?

— Mama Kerri perguntou naquele tom maternal que alcançou o centro do meu medo.

— A Blessing está contando comigo — eu disse com zero emoção.

— Ela vai entender — Mama ofereceu.

— Não, eu preciso ir. — Olhei para o sr. Holt. — Estou com você hoje?

Ele assentiu.

— Podemos ir agora? — perguntei.

— Sim, srta. Michaels-Kerrighan. Podemos ir. Estacionei no beco dos fundos para evitarmos os paparazzi.

— Maravilhoso — falei, como se fosse tudo, menos isso. — Estou pronta.

— Mas você não comeu nada... — Mama reclamou.

Estendi a mão.

— Eu só... preciso ir.

— Addy... — Jonah suspirou. — Quando podemos levá-la de volta ao seu apartamento?

Estremeci com seu pedido.

— Não sei. Preciso pensar. Dê-me um pouco de tempo.

— Claro. — Ele colocou as mãos nos bolsos e olhou para mim com aqueles olhos tristes e escuros. — E você sabe, estamos todos ao seu lado. Simone, eu. Ryan. Sua família. Você não está sozinha nessa.

Ele estava errado. Eu estava sozinha. O meu apartamento que foi violado. Minha roupa que o assassino colocou em sua vítima. Minha tortura que ele repetiu em duas mulheres inocentes.

Era minha culpa que aquelas mulheres estivessem mortas.

Eu era o problema.

Precisava sair de lá.

Me afastar disso tudo.

— Podemos ir? — perguntei uma segunda vez.

O sr. Holt assentiu e eu o segui pela porta dos fundos.

Seguimos em completo silêncio para o coração de Chicago, a

cidade fervilhando logo cedo pela manhã. O sr. Holt não disse uma palavra, deixando-me em paz. Ele estacionou no mesmo local vazio e acessível de antes, mais próximo do elevador do prédio de Killian.

Ele me levou para fora do elevador, e eu fiquei ali parada enquanto ele batia na porta.

Killian abriu, vestindo outro par de jeans e camiseta preta que realçava seu cabelo mais claro. Seu sorriso acolhedor morreu no segundo em que ele olhou no meu rosto.

Ele segurou minha mão e me puxou para dentro.

Brutus estava latindo como um louco na lavanderia e percebi que Cameron ainda não tinha aparecido, porque a porta do banheiro estava aberta e a luz apagada.

— Vou fazer minhas rondas — o sr. Holt afirmou, e observei enquanto Killian assentiu, depois se virou para mim. — Qual é o problema?

Pisquei e apenas encarei seu rosto. Não era capaz de dizer muita coisa. A dormência estava impregnando meu corpo, coração e alma. Não havia mais nada de mim para dar. Nem mesmo minhas palavras.

Ele olhou para o meu rosto por longos minutos. Sua mandíbula se firmou e seus olhos brilharam com aborrecimento.

— Fique aqui — ele ordenou e então saiu na direção que meu guarda-costas estava indo.

Não fiquei onde ele pediu. Fui até uma das grandes janelas que davam para o Lago Michigan. Lá estava eu, segurando meu cardigã bem preso ao peito e observando as ondas baterem na praia e os barcos brancos pontilhando a superfície ao longe.

— Jesus. Você está tremendo — Killian disse vindo atrás de mim e colocando um cobertor de chenile sobre meus ombros. — Você não vai trabalhar hoje, nem vai para casa. Vai ficar aqui comigo. Precisa de um pouco de espaço.

Mais uma vez, não falei. Mesmo quando ele me virou para encará-lo, colocando o cobertor com mais segurança ao redor do meu corpo.

— Vou ligar para a Blessing, fazer com que ela cancele com o Cameron e diga à sua família onde você está. O sr. Holt me atualizou sobre o que aconteceu. Você não vai a lugar nenhum, especialmente naquela merda de apartamento.

Meus lábios tremeram enquanto eu olhava para os olhos mais bonitos e gentis que eu já tinha visto. Este homem estava preocupado comigo. Irritado em meu nome. Sua única preocupação era eu e meu bem-estar. Nada mais importava. E ele assumiu o comando. Cuidando de mim da única maneira que ele sabia, fazendo isso sozinho.

Foi quando desabei.

Me senti estilhaçar.

Explodi em lágrimas.

Ele me puxou em seus braços e me deixou chorar. Fiz isso por muito tempo. Sem dizer uma palavra, apenas chorando até não poder mais. Quando minhas lágrimas se transformaram em fungadas contra seu corpo poderoso e peito quente, ele me afastou um pouco para que pudesse olhar para mim.

— Vou fazer uma bebida quente para você. Uísque, chá e mel. Tudo bem?

Assenti.

— Certo. — Ele me levou até o sofá marrom confortável e me acomodou. Eu me aninhei no canto, envolvendo o cobertor ao meu redor com mais força. Ele pegou um controle remoto e apertou alguns botões. Um zumbido ecoou no espaço e uma tela de projeção branca, como nos filmes, saltou de uma caixa pendurada no teto que eu não tinha notado antes. O movimento atrás chamou minha atenção, e me virei para ver a janela ficando mais escura pouco a pouco. Era como se houvesse persianas ou algum tipo de tela escura dentro dos caixilhos das janelas que bloqueavam a luz branca e brilhante do dia.

A sala escureceu, e eu suspirei.

Ele se ajoelhou perto de mim e me entregou um controle remoto.

— Há o botão de liga e desliga, o de guia para escolher um programa. É claro, aumentar e diminuir o volume, passar os canais e, se souber o número do canal que deseja assistir, é só digitar. Tenho Netflix e todos os *streamings*. Escolha o que preferir enquanto eu preparo uma bebida para você.

— Tudo bem — murmurei.

Ele segurou minha bochecha.

— Há mais alguma coisa que eu possa te dar para te deixar mais confortável? Qualquer coisa no mundo, Addy. O que você quiser, vou conseguir.

— Brutus — sussurrei.

Ele sorriu e assentiu.

— É claro. Ofereço o mundo e ela quer meu cachorro. Cara de sorte — ele brincou e caminhou descalço pela longa extensão aberta em direção à porta da lavanderia, com o telefone já em seu ouvido.

Brutus saiu pela porta abanando o rabo para o pai. Ele apontou para mim e o cachorro olhou na minha direção. Acenei.

— *Pass auf*, Brutus. — Ele falava em alemão, mas eu não conhecia as palavras que ele disse. Devia ser algo como a palavra guarda ou vigia. Eu só conhecia um pequeno número de palavras no idioma porque eu tinha feito muitos trabalhos na Alemanha. Peguei algumas coisas, mas não específicas, como comandos de cães.

Brutus correu para mim, pulou no sofá, virou o corpo e sentou-se ao meu lado. Passei os braços ao redor dele e aconcheguei seu corpo, mas ele não se deitou, o que achei estranho, mas ainda estava feliz.

— *Platz* — Killian falou e o cachorro se deitou, com a cabeça no meu colo, mas eu podia dizer que ele ainda estava alerta.

— Sim, ela está aqui. Estou com ela — ouvi Killian dizer enquanto se movia na cozinha. Eu o vi colocar a chaleira embaixo da torneira de água e depois colocá-la no fogão. — Você precisa cancelar com o Cameron. Ela não está em condições trabalhar hoje. — Ele foi até um armário e tirou uma garrafa de Jameson e depois foi para outro armário onde pegou uma caneca enorme e um pote plástico de mel em forma de urso.

Acariciei Brutus, permitindo que o conforto do doce menino envolvesse meu corpo gelado e assustado.

— Eu disse estou com ela. Ela não vai voltar hoje. Blessing, sua irmã está traumatizada. — Ele franziu a testa. — Não, ela precisa de uma pausa de tudo isso e é o que vou dar a ela. — Ele espremeu um pouco de mel na xícara.

— Quem sou eu? O homem da vida dela — ele resmungou em um tom que não tolerava discussão. — Tudo bem, talvez você possa estar certa — ele emendou para qualquer crítica que ela jogou em seu caminho. Provavelmente algo bem escolhido depois que ele alegou ser o homem da minha vida.

Blessing saberia que não era de fato o caso, não importando o que eu dissesse sobre ele ser um cara gostoso que queria sair comigo.

— Então sou o homem que quer estar na vida dela. O homem que vai trabalhar por essa honra. Mas hoje, vou ser o homem que vai cuidar dela e a ajudar nessa nova tragédia. Por enquanto, só cancele a porra do cabeleireiro, e quando ela estiver acomodada e tiver vontade de conversar, pedirei que ela entre em contato com você. Certo?

Ele assentiu.

— Vou garantir que ela coma. Sim, entendi. Não me importo. Me ligue de hora em hora, mas se ela não quiser falar com ninguém, não vou forçá-la. Ouça, posso dizer que você está preocupada. Eu também estou. Neste momento, a melhor coisa para a Addy é relaxar. Assistir TV, comer um pouco, descansar e dar a si mesma algum tempo para absorver tudo o que aconteceu e como isso a afeta.

A chaleira assobiou, e ele riu.

— Combinado. Vou cuidar dela. E não, não vou me aproveitar. Jesus, com que espécie de homens vocês têm saído?

Na verdade, senti o riso subir pela minha garganta e sair pela minha boca enquanto aconchegava Brutus e assistia Killian discutir com minha irmã pelo telefone e me fazer chá.

Em que tipo de mundo eu estava vivendo era uma pergunta melhor.

Imaginando que Killian resolveria isso com Blessing, me acomodei no sofá até estar deitada. Brutus se ajustou e se acomodou bem na minha frente. Passei o braço em torno de seu corpo musculoso e robusto, e apontei o controle remoto para a TV, clicando na Netflix.

Imediatamente, vi um programa que focava em pessoas que fazia vidro com sopro. Parecia interessante e nem de longe a loucura da minha vida.

Cliquei no primeiro episódio e apertei o *play*.

OITO

— Uau! A garota ganhou o programa! Isso é muito legal! — Comemorei quando o locutor proclamou vitoriosa a mulher sopradora de vidro. — Arrasou! — Cambaleei, sorrindo.

Killian revirou os olhos.

— O trabalho dela foi incrível, mas eu gostaria de ter tirado algumas fotos do que Pozniak fez. A conexão com a terra foi inspiradora.

Dei de ombros.

— Verdade. Não sou fã daquela imitação de prato de carne em forma de vidro, mas ela trabalha em um mundo ocupado principalmente por homens. E foi melhor que a maioria. Conquistou seu lugar.

Killian se levantou e se alongou. Não pude deixar de olhar quando um movimento sexy dos músculos do abdômen apareceu à medida que a camiseta subia.

— Tire uma foto. Vai durar mais tempo — ele brincou com um sorriso que fez minhas partes femininas pulsarem.

— Me dê uma de suas câmeras que faço isso! — respondi em tom de brincadeira.

Ele riu e esfregou a barriga.

— Estou com fome. E você?

— Também. — Passei a mão pelo corpo de Brutus. Ele não me deixou durante toda a manhã.

— Bem, levante e venha para a cozinha para que possamos fazer uma refeição.

Eu ri e me levantei. Caminhei até o centro do enorme *loft* onde ficava a cozinha.

— Quer dizer que você não vai cozinhar para mim? A donzela em perigo? — Coloquei a mão no peito e fiz um pouco de drama.

Ele sorriu.

— Vou, mas você vai ajudar. Cozinhar é mais divertido com duas pessoas.

— Acho que é verdade. O que você tem em mente?

— Pizza caseira?

Minha boca começou a salivar.

— Eu amo pizza. — Gesticulei para minha forma. — Obviamente.

Seu olhar castanho-dourado traçou meu corpo, parou em meus seios e depois voltou para o meu rosto.

— É exatamente o que me excita — ele declarou de forma corajosa. — Gosto de ter algo para segurar. Algo macio e generoso pressionado contra mim à noite. — ele moveu a mão para cima e para baixo — Você é a mulher dos meus sonhos.

Minhas bochechas aqueceram.

— Você é sempre tão honesto e aberto?

— Sim, sou. Quando vejo algo que gosto ou quero, vou atrás com tudo dentro de mim. Meus pais me ensinaram a trabalhar duro, estabelecer metas e não parar até alcançá-las.

— E você aplica essa filosofia a todas as coisas da vida. Incluindo as mulheres?

Ele abriu a geladeira e tirou um rolo do que parecia ser massa protegida em filme plástico.

— Não acredito em jogos. Não acho certo namorar um monte de mulheres ao mesmo tempo. E não trago ninguém para minha casa com a intenção de me aproveitar.

— Ah, então você é um cavalheiro e um bruto ao mesmo tempo.

Ele sorriu.

— Gosto dessa analogia. Eu só trato as mulheres com o mesmo respeito que espero delas. Tive experiências ruins. Na maioria das vezes, se uma mulher descobre meu histórico antes de nos conectarmos em um nível pessoal, elas costumam vir atrás de mim pelo dinheiro ou descobrem que sou veterano e querem me consertar.

— Você precisa ser consertado? — perguntei, encostada no balcão a.

— Todos temos algo dentro de nós que precisa de um toque suave, não? Sei que não sou perfeito, Addy. Tem muita coisa que você não sabe sobre mim. Só estou dizendo que o que me atrai em você é o fato de ser linda, por ter olhos tristes que quero fazer brilhar de felicidade e por ver algo que me chama. Um espírito afim. Chame do que quiser.

— Nós dois estamos com corações partidos — sugeri.

Ele deu de ombros e pegou duas grandes tábuas de madeira.

— Talvez. Acho que isso significa que podemos entender um ao outro melhor. O que posso dizer é que você é a primeira mulher com que quero passar um tempo desde que voltei. E isso tem um ano. — Ele pegou um elástico de cabelo que estava em torno de seu pulso e eu assisti, fascinada, enquanto ele puxava aquele cabelo incrível e o prendia.

Minha boca se encheu de água por um motivo diferente e tive que apertar minhas coxas com a visão. Caramba, eu queria escalá-lo como uma árvore. Em vez disso, agarrei as bordas do balcão e segurei firme, me certificando de não fazer o que tinha imaginado.

Ele foi até a pia ao meu lado e lavou as mãos.

— Venha, vamos trabalhar a massa — ordenou.

Ainda tendo perdido minha linha de pensamento com a imagem mental de pular nele, fiz o que ele disse sem uma resposta sarcástica à sua ordem.

Ele colocou as tábuas de corte uma ao lado da outra e pegou uma vasilha de vidro que pude ver que tinha farinha. Ele jogou um punhado na superfície da minha e repetiu o processo na sua própria. Então ele jogou um pedaço grande de massa na minha tábua e depois na dele.

Sem perguntar, comecei a trabalhar minha massa, tendo uma ideia geral do que precisava fazer. Eu o vi sovar e moldar a mistura em forma de pizza com uma facilidade que demonstrava familiaridade com a tarefa.

— O que aconteceu quando você tentou namorar quando voltou? — perguntei, me sentindo intrometida. Se íamos nos conhecer, precisávamos fazer as perguntas difíceis.

Ele suspirou.

— No começo, pensei que poderia afogar a dor em bebidas e mulheres. Quando tinha um dos meus pesadelos, ou elas surtavam ou, como eu disse, queriam me *consertar*. Na época, não havia nada que pudessem fazer por mim. Eu precisava de apoio. Precisava falar sobre tudo, mesmo que doesse. Saber que as pessoas com quem eu me importava não estavam vivas junto comigo fodia com a minha cabeça.

Amassei e achatei minha massa, mas não parecia tão boa quanto a dele. Eu precisava de um rolo.

— Minhas irmãs falam sobre a Tabby o tempo todo. Toda vez que elas dizem o nome dela, quero fugir.

Ele assentiu.

— Eu também me sentia assim. Dói pensar naqueles que perdemos. Dói muito, mas fazer como se eles nunca tivessem existido dói ainda mais. Foi o que aprendi nos grupos de apoio do *Veterans Affairs*. Eles têm reuniões semanais.

— E você costuma participar?

— A princípio, não. Como eu disse, afogava minhas mágoas em bebida e mulheres. Era isso ou briga. Tentei uma ou duas vezes.

— Caramba, isso não parece bom.

Ele balançou a cabeça.

— Não foi. Então um dos meus irmãos de farda, Atticus, que também conseguiu sair, decidiu se mudar para cá para ficar perto de mim. Ele me fez ir às reuniões. Somos muito próximos. Éramos da mesma unidade e, mesmo quando me transferi para o fotojornalismo, permaneci com a equipe. Principalmente, porque eu podia lutar, mas também estava lá para compartilhar a experiência, e os caras queriam que as pessoas soubessem o que estava acontecendo. Pelo que eles estavam lutando. E eu estava determinado a lançar luz sobre isso. Em seu sacrifício.

— Até que o sacrifício tomou muito — sussurrei e olhei para seu perfil.

Ele fechou os olhos e baixou o queixo em direção ao peito.

— Até que demorou demais. Exatamente. — Seu olhar se voltou para o meu. — Como você faz isso?

— Faça o quê? — sussurrei.

— Olha lá dentro e encontra a minha verdade? Entende o que é tão difícil de colocar em palavras?

— A dor reconhece a dor. Tenho uma vida incrível, mas nem sempre foi assim. — Olhei ao redor de seu *loft* chique que eu sabia que valia milhões. — Você tem tudo isso, mas a que custo?

Rápido como um relâmpago, sua mão coberta de farinha segurou a parte de trás da minha cabeça e seus lábios cobriram os meus. Ele me pegou surpresa. Abri a boca por instinto e ele penetrou na abertura com sua língua quente. Me derreti contra ele, envolvendo seus ombros largos com minhas mãos sujas. Inclinei a cabeça para o lado e devolvi o que eu estava recebendo.

Ele foi intenso, me segurando em sua boca para que eu não tentasse fugir. Fiz o mesmo. Segurando com todas as minhas forças. Nossas línguas emaranhadas, nossas cabeças viradas de um lado para o outro, cada um de nós tentando assumir o controle, mas nenhum de nós o tinha. O beijo foi selvagem. O melhor da minha vida.

Seu aperto afrouxou, mas ele não parou de me beijar. Fomos de quente e faminto para suave e provocante, quase gentil. Ele mordiscou meu lábio inferior enquanto eu sugava o superior. A barba macia roçava de leve a minha boca, mas de forma alguma me machucando. Quando ele começou a se afastar, me inclinei, mergulhando a língua e engoli seu gemido quando ele passou os braços em volta de mim e me apoiou contra o balcão. Suas mãos desceram para minha bunda e ele a apertou, me acariciando com a língua. Suspirei e gemi com seu beijo, permitindo que ele continuasse enquanto suas mãos subiam e desciam pelas minhas costas. Sua ereção pressionou meu corpo e tudo que eu queria era tirar sua camisa e cair com ele no chão da cozinha.

Meu coração batia forte, meu sexo pulsava e minha mente estava em uma névoa de luxúria tão forte que eu estava pronta para qualquer coisa que ele quisesse fazer. Segurei sua camiseta e comecei a puxá-la quando ele se afastou, pegou meus pulsos e os trouxe entre nós. Apoiou a testa na minha e nós dois ofegamos como se tivéssemos acabado de correr oito quilômetros.

— Addy, fiz uma promessa e não volto atrás.

— Promessa — murmurei, permitindo que as palmas das minhas mãos e dedos sentissem todo o músculo do seu peitoral.

— Para sua irmã, para você. Não vou me aproveitar.

Parei por um momento e movi a cabeça para trás franzindo a testa.

— Hã?

Ele riu, deu um beijo suave e rápido na minha testa, e então deu um passo para trás. Esfregou sua protuberância e gemeu.

— Puta merda. — Ele suspirou e apoiou as mãos no balcão.

Me aproximei, pressionando meu corpo. Passei os braços ao redor de sua cintura e antes que eu pudesse movê-los, , ele os segurou em um tipo de abraço.

— Você sabe que te quero — ele resmungou em tom baixo e rouco, respondendo a uma pergunta que não fiz.

— Hum-hum — assenti contra suas costas. — E eu a você. Nós dois somos adultos e estamos consentindo...

— É verdade, mas você não está em seu juízo perfeito. Caramba, *eu não estou no meu juízo perfeito depois daquele beijo.*

Eu ri contra suas costas.

— E?

Killian se virou e eu me pressionei contra ele, querendo muito tocar cada parte de seu lindo corpo. De preferência sem roupa.

— Você teve uma manhã difícil. A pior de todas. Conseguimos mudar isso. Estamos nos conhecendo. E prometi a sua irmã, a você e a mim mesmo, que não tiraria vantagem da situação. Não quero nada mais do que me afogar em sua doçura, Addy. Mas não está certo. Quando isso acontecer, quero mais do que um bom momento.

Fiz uma careta.

— Você está me pedindo em namoro? Depois de três dias?

Ele riu muito.

— Não, não exatamente. Mas de certa forma, sim. Eu quero mais com você do que sexo sem compromisso.

— Não posso acreditar nisso. Um homem que quer compromisso antes do sexo. Chamem a imprensa! — gritei e Brutus veio correndo, latiu uma vez e depois se sentou ao lado da minha perna, encostando seu corpo pesado em mim. — Certo, Brutus. Seu pai é um esquisitão!

— Agora você está colocando meu cachorro contra mim? — Ele sorriu.

— Se a carapuça serviu.

Killian se recostou no balcão.

— Não estou te pedindo para esperar para sempre. Só acho que precisamos nos conhecer. Passar tempo juntos. Não quero que nenhum de nós avance pelas razões erradas.

— Concordo. Essa é uma razão muito boa — falei.

— Também acho. É por isso que não quero estragar tudo. Eu sei como é afogar as mágoas. Acabei de dizer que não funcionou para mim. E não vai funcionar para você.

— Você tem medo de que eu te use do jeito que você usou

aquelas mulheres quando voltou da guerra? — Fiz uma careta, desconcertada pela comparação.

— Não intencionalmente.

— Então o que você está dizendo? — Fiz uma careta enquanto acariciava Brutus.

— Estou dizendo que gosto de você. O suficiente para querer fazer o certo por você. Por essa coisa que está crescendo entre nós.

— E fazer o certo por mim é não transar comigo quando com certeza quero ir para a cama com você?— Eu esclareci porque alguém tinha que neste momento.

Ele gemeu e esfregou o queixo.

— Quando você diz assim, soa estúpido. Podemos esperar um pouco? Vou me sentir melhor com isso.

— Esse "tempo" será preenchido sem intimidade? Nada de beijos, toques...

Ele sorriu com malícia.

— Ah, não, acho que te conhecer tem que ser por inteiro. Que tipo de carícia te faz suspirar. Que tipo de beijo te faz gemer. E o mais importante, que tipo de toque faz você choramingar.

— Sim, por favor. Vamos fazer isso — falei com honestidade e de todo o coração.

Ele riu.

— Vamos nos lavar. Temos farinha por todo o lado.

Eu bufei.

— Vou lembrá-lo que foi você quem me beijou primeiro. O que significa que você começou!

— Aí está a garota atrevida que eu queria ver de volta hoje. Significa que você está começando a se sentir melhor. — Ele estalou a língua e me seguiu até a pia onde eu já estava lavando as mãos.

— Eu teria me sentido ótima se alguém tivesse me comido no chão da cozinha, mas agora você nunca vai descobrir. Agora aguenta!

— Ah, não sei nada disso. Tenho certeza de que haverá uma segunda e uma terceira chance. — Ele beijou a pele nua do meu ombro e meu pescoço. Eu tinha tirado o cardigã enquanto assistia ao show. Killian viu o pior das minhas cicatrizes e não parecia se importar, então não as escondi dele.

Minha pele se arrepiou enquanto ele girava a língua sobre um ponto bem atrás da minha orelha. Eu suspirei.

— Humm, com certeza vou ter uma segunda chance — o homem presunçoso se gabou quando colocou as mãos debaixo da água que deixei correndo para ele.

— Não se gabe. Não é legal.

Ele riu, foi para a cozinha e começou a me entregar tigelas cheias de recheio para pizza. Calabresa, queijo muçarela, molho, espinafre, cogumelos, entre outros.

Então, pelos próximos vinte ou trinta minutos, nos provocamos e brincamos enquanto cozinhávamos. Foi de longe a coisa mais divertida que fiz em meses. Talvez até no ano passado.

— Voltando um pouco para o assunto pesado — Killian disse enquanto nos sentamos em banquetas com nossas deliciosas pizzas e duas cervejas geladas para acompanhar.

— Sim? — Inclinei um cotovelo no balcão e inclinei a cabeça para o lado, apoiando-a na minha mão para que eu pudesse vê-lo melhor.

— Como você foi parar na Kerrighan House? É um lar para meninas órfãs, certo?

— Ah, isso mesmo. Você leu sobre mim. — Me lembrei.
Ele assentiu.

— Só para descobrir que você é parente da senadora de Illinois, que os artigos que li afirmavam claramente que foi criada na Kerrighan House, junto com a irmã. A outra pessoa atacada no caso do *Estrangulador do Banco de Trás*.

— Simone. — Assenti. — E a Tabitha que não conseguiu se salvar.

Seu olhar suavizou. Ele estendeu a mão e colocou-a na minha coxa e deu um aperto, mas a deixou lá como se estivesse dando um apoio silencioso.

— A senadora também tem um nome hifenizado, Wright-Kerrighan, mas usa apenas o Wright em suas relações políticas. Considerando que seu nome no contrato com a Blessing também estava, mas publicamente você usa Michaels.

— Cara, você pesquisou mesmo. — Eu sorri.

Ele riu.

— Não muito, juro.

— Fui deixada recém-nascida nos degraus de um quartel de bombeiros, junto com minha certidão de nascimento, mas só tinha o nome de uma mulher. Melissa Michaels. Não havia nome do pai. Parece que depois que fui colocada no Serviço de Apoio à Infância e Família, minha mãe biológica foi encontrada morta. Hemorragia alguns dias após o parto. Isso é tudo que sei. Não tenho ideia de quem era meu pai biológico, mas imagino que talvez tenha sido ele quem me levou para o quartel.

— Meu Deus, Addy... Lamento ouvir isso.

Dei de ombros, me sentei mais ereta e levei a cerveja à boca, tomando um gole da bebida.

— A partir daí, fui colocada em lares adotivos, mas nunca fui adotada. O que, acredite em mim, não era o que eu queria de nenhuma das famílias com que morei. Aprendi da maneira mais difícil a fazer o que me diziam, não fazer bagunça, nem chamar a atenção. Até que uma das casas em que fiquei tinha um adolescente que era mais complicado que qualquer outro com quem dividi espaço antes. Ele era pura maldade. Houve uma inspeção domiciliar surpresa feita pela assistente social. Ela nos encontrou no armário onde ele me empurrou. Ele foi pego com as mãos dentro da minha calça, a outra na minha boca para me manter quieta. Não era a primeira vez que ele fazia aquilo, mas foi a última.

Isso fez Fitz ficar de pé tão abruptamente que a banqueta voou para trás e caiu no chão. Levantei as mãos para evitar qualquer reação, mas ele se afastou, virou-se para me encarar, e vi seu corpo inteiro vibrar de fúria. Suas mãos estavam fechadas em punhos, a mandíbula travada no lugar, e seu peito subia e descia como se ele não conseguisse inspirar ar suficiente em sua estrutura poderosa.

Ele nunca esteve tão como naquele momento.

Seu corpo inteiro estava pronto para atacar, lutar, vingar meu passado como se fosse meu presente.

A única vez que senti uma resposta assim foi quando admiti o que aconteceu comigo para Mama Kerri. Mas levou um ano inteiro morando com ela antes que eu lhe contasse as coisas assustadoras que assombravam meu sono.

— Estou bem. Superei isso, Killian. — Tentei chamá-lo de Fitz do jeito que os outros faziam, mas parecia diluído de alguma forma. Menos íntimo. E com Killian eu certamente queria ser mais íntima, não menos.

Ele continuou a me encarar como se fosse literalmente destruir qualquer homem em seu caminho que pudesse me prejudicar.

— Você está meio assustador agora — admiti, mordendo o lábio inferior, tentando não deixar sua resposta me assustar mais do que já estava.

— Estou com uma raiva assustadora — ele reconheceu de forma honesta.

— Essa é a resposta que a Mama Kerri teve quando contei. Mas foi há muito tempo. Eu tinha oito anos. Fui levada para a Kerrighan House logo depois disso. Mama Kerri me acolheu e, de repente, eu tinha um lar. Irmãs. Uma mãe. Uma vida real. Família. Uma boa. Algo que eu poderia me orgulhar, e eu floresci lá. Ela deu a todos nós todas as ferramentas que poderíamos precisar para ter sucesso na vida. Devo tudo a ela.

Seus ombros relaxaram e sua respiração ficou mais superficial. Ele abriu as mãos e caminhou lentamente de volta para mim, com a expressão torturada e triste.

Assisti em silêncio enquanto Killian levantava a banqueta e a colocava de volta no lugar antes de se sentar e me encarar. Ele segurou minhas mãos e as levou até seu rosto. Beijou as palmas, pulsos, meus antebraços, onde havia algumas das piores marcas de queimadura, e meus cotovelos. Em seguida, ele fungou contra meu peito e pressionou os lábios na pele onde meu coração batia mil vezes por minuto.

— Me desculpe por ter te assustado — ele murmurou. — Eu não estava preparado para o que você compartilhou ou como isso me faria sentir. Não vou cometer o mesmo erro duas vezes. Pode contar com isso.

Passei os braços ao redor dele e o deixei me abraçar, confortando-o tanto quanto a mim mesma.

Ele me segurou por um tempo e depois recuou, pegou sua cerveja e esvaziou tudo de uma vez.

Eu ri e tomei um gole da minha, pegando um pedaço da minha pizza incrível.

— Chega de falar de mim...

— Você nunca fala o suficiente a seu respeito. Quero saber tudo o que há para saber.

Eu sorri.

— Bem, levaria muito tempo.

— Estou contando com isso.

— Fala mansa — provoquei, embora eu estivesse sentindo um frio no estômago. — E quanto a você? Pais, irmãos?

— Dois irmãos. Meus pais moram em Naperville. Meu pai é professor de história em uma das escolas de ensino médio de lá. Minha mãe administra uma creche. Sem os filhos em casa, ela ficou entediada. Decidiu que queria bebês ao seu redor e nenhum de seus três filhos lhe deu netos. Ela foi a luta para conseguir as crianças pequenas por conta própria.

Eu sorri.

— A Mama Kerri cuida da Rory, que vai fazer quatro anos em algumas semanas, por três dias na semana. Mas, se dependesse dela, todas nós estaríamos casadas e dando netos a ela.

Killian assentiu e deu uma mordida em sua pizza. Ele limpou a boca enquanto mastigava.

— Acho que é o que acontece quando se passa dos cinquenta anos. Ou se quer a liberdade de viajar e aproveitar o ninho vazio ou quer enchê-lo com os filhos de outras pessoas.

— Você quer filhos algum dia?

Ele assentiu.

— Sim, um casal seria legal. Parte do motivo pelo qual não quero apressar o que temos. Vejo potencial aí, Addy. Potencial para mais do que diversão.

— Também quero filhos.

— Como isso funciona com o trabalho de modelo? — ele perguntou.

— A verdade é que a carreira de modelo só dura até certo ponto, antes de se envelhecer ou do corpo mudar muito com gravidez. A menos que a pessoa seja uma aberração e o corpo se recupere sem peso extra ou estrias. Eu odeio essas mulheres — resmunguei.

Killian riu.

— Aposto que sim.

— Meu plano está bem definido. Vou trabalhar como modelo o máximo que puder, pelos próximos quatro anos, até completar trinta e então estou pensando em abrir minha agência. Aprendi muito neste negócio, e tenho muita experiência como modelo plus size. Essas coisas não são exclusivas, então sei que tenho algo especial. Ainda assim, sinto que poderia ajudar mulheres de tamanho grande, ou melhor, todas as *mulheres* a fazerem seu trabalho nesta indústria. E a Blessing e eu conversamos muito sobre formar uma equipe. Ela desenha, eu encontro as modelos, treino, trabalho com elas, e contratamos uma pessoa excepcional para fazer o marketing do nosso negócio. Levaria muito trabalho e tempo, mas parece certo.

— Isso é incrível, Addy. Saber o que quer fazer, ter metas,

planos e um cronograma. A única pergunta que tenho é: onde um homem em sua vida se encaixa em tudo isso?

Olhei para a minha pizza e brinquei com a massa, me sentindo um pouco tímida de repente, não tendo planejado compartilhar tanto sobre meus planos futuros com esse homem.

— Não sei ao certo. Acho que eu teria que encontrar alguém do tipo forte e solidário. Um homem que não quisesse que eu deixasse meus sonhos de lado para ser o que ele precisa. Não que eu não fosse apoiar seus desejos em troca.

— E se esse homem quisesse você do jeito que é? Linda. Independente. Focada. Com um objetivo orientado. Mas quisesse que você voltasse para casa com ele no final do seu dia atarefado. Você arranjaria tempo para esse tipo de homem?

— Bem, não sei. Você está se referindo a algum herói imaginário. Como eu poderia encontrar um homem assim? — provoquei.

Ele se inclinou para frente até que nossos rostos estivessem a apenas alguns centímetros de distância.

— Talvez você já o tenha conhecido. — Ele se inclinou alguns centímetros e tomou minha boca em um beijo lento e sensual.

Suspirei quando ele se afastou.

— Sabe que você tem razão? — Me levantei e fiz um show sobre pegar minha bolsa e o celular.

Ele franziu a testa.

— O que você está fazendo?

— Vou fazer uma ligação.

— Para...? — Sua expressão assumiu um horror absoluto. Eu mal conseguia manter o ardil sem perdê-lo.

— O homem da minha vida. Você acabou de me fazer ver o que eu estava perdendo todo esse tempo... — Disquei, prendendo a respiração.

— Mas não vai mesmo! — Killian resmungou, chegou até mim e arrancou o telefone da minha mão no momento em que seu bolso começou a vibrar.

Ele pegou o telefone e eu sorri. A tela dizia *Beleza Selvagem*. Ele sorriu também.

— Muito engraçado, Addy. — Ele passou os braços em volta da minha cintura, jogando nossos telefones na mesa mais próxima de nós. Ele começou a nos conduzir para o sofá.

— Te peguei. Você tem que admitir! — Ri como uma colegial, mas ele continuou me puxando em direção ao seu destino.

Killian balançou a cabeça e pressionou o rosto em meu pescoço, onde ele riu junto comigo. Quando ele me apoiou no sofá, passou os braços em volta de mim e nos virou até que ele se sentou. Eu o segui, montando em seu colo.

Uma vez lá, ele me beijou. E não parou por muito, muito tempo.

NOVE

Acordei com um sobressalto. Brutus estava latindo como um louco na porta da frente. Meu telefone estava tocando na mesa de centro e uma batida alta soou da porta.

— FBI! Abra a porta ou vamos derrubá-la! — Ouvi a voz de Jonah.

Killian acordou. Nos aconchegamos depois da sessão de amassos e deitamos um ao lado do outro, assistindo a segunda temporada do reality de sopro de vidro na Netflix. A tela do projetor estava ligada, mas a sala estava escura, exceto pela luz da mensagem na tela que dizia: — Você ainda está assistindo...

Eu me levantei e tirei o cabelo do rosto, limpando a boca. Killian fez o mesmo com suas longas madeixas enquanto se levantava do sofá e se dirigia até a porta.

— Estou indo! — ele gritou, agarrando a coleira do cachorro. — Brutus, lavanderia. Agora! — Ele apontou.

O cachorro ganiu e correu até mim, então se sentou.

— Brutus, *hier*. — *Venha*, ele disse.

Acariciei o topo de sua cabeça.

— Vá, querido, está tudo bem. Nós vamos tirá-lo de lá em breve. — Beijei sua cabeça.

— *Hier!* — Killian usou mais força em seu tom.

O cachorro se levantou e correu para o pai. Killian balançou a cabeça e apontou para a lavanderia. Brutus enfiou o rabo entre as pernas e foi para seu quarto.

As batidas na porta recomeçaram.

— FBI! Abra! — Jonah gritou.

Caramba!

Killian foi até a entrada e abriu a porta. Ele ficou cara a cara com o oficial do FBI irritado.

— Onde está a Addison? — ele questionou.

— Ela está bem aqui. Relaxe, mano — Killian advertiu, estendendo a mão para Jonah entrar.

Meu cunhado entrou, com minha irmã atrás dele. Simone me olhou e e correi em minha direção.

— Addy! — ela gemeu, seu rosto vermelho e com lágrimas escorrendo por suas bochechas.

Abri os braços e dei um passo para trás quando ela bateu em mim. Seu corpo tremia tanto e suas unhas cravaram em meus ombros.

— Addy — ela soluçou.

Segurei a parte de trás de sua cabeça.

— O que houve, Simone? Querida, fale comigo. — Olhei por cima do ombro para ver Jonah e Ryan sendo escoltados para a área da cozinha, onde Killian caminhava descalço e com o mesmo jeans e camiseta que usava ontem. Na verdade, nós dois ainda estávamos com as roupas amarrotadas de ontem.

— Querida, aconteceu alguma coisa? — perguntei.

— Não conseguimos falar com você... — ela chorou contra o meu pescoço.

— Merda, deixamos os telefones no silencioso. — Me lembrei de termos feito isso para assistir ao programa. Nem pensei nas repercussões.

— Puta merda. — Killian xingou. — Sinto muito. Eu disse a Blessing ontem à noite que manteria contato.

— Querida, isso é por causa da noite passada? Por você não ter me visto? — perguntei, acariciando seu cabelo.

Ela balançou a cabeça.

— Na verdade, eu estava tendo uma das minhas noites boas até acordarmos esta manhã... — Ela continuou a chorar.

Eu a levei até uma banqueta perto de Jonah.

— Sente-se aqui. Vocês podem me dizer o que está acontecendo? Vocês sabiam onde eu estava. Tenho certeza de que a Blessing contou o que o Killian disse ontem.

— Sim. Mas outro corpo apareceu e não conseguimos falar com você. Com nenhum de vocês.

— Outro corpo? Não! Eu... sinto muito, nós adormecemos. Quando isto aconteceu? — Abracei Simone e esperei que ela se acalmasse e percebesse que eu era real e estava viva.

— Às cinco da manhã de hoje. Jogado em uma lixeira. Tivemos sorte que o coletor visse algo estranho antes de descarregar.

— Minha nossa. Isso é horrível. Que horas são?

— Sete — Killian respondeu, colocando cinco xícaras de café na frente do bule. — Tecnicamente, Holt sabia que ela estava aqui. Eu o atualizei ontem de manhã antes de falar com a Blessing sobre a Addy ficar comigo.

— Isso foi há quase vinte e quatro horas, e ninguém mais teve notícias de vocês, *mano* — o grunhido de Jonah e a ênfase na palavra *mano* mostraram exatamente como ele se sentia.

Parei entre eles para compensar a testosterona fervendo no ar.

— Se você já viu o corpo, sabia que não era eu. — Fiz uma careta. — Perdi alguma coisa?

— Vou lavar o rosto. Onde é o banheiro? — Simone fungou e enxugou os olhos. — Não quero ouvir isso de novo.

Apontei para a porta certa e esperei até que ela se fechasse lá dentro.

— Por que ela está tão chateada? Quero dizer, sei que isso desperta gatilhos assustadores, mas foi pior que na outra noite.

Jonah suspirou, apoiou os cotovelos no balcão e o queixo nos dedos entrelaçados.

— O corpo foi encontrado com o rosto queimado. Uma foto

sua de revista estava grudada nele. Não sabíamos que não era você, pois não havia identificação.

— O quê? — Essa informação me deixou gelada.

Killian deu a volta no balcão, segurou meu pulso e me puxou para um abraço protetor e solidário. — Certo, vá em frente. Conte tudo de uma vez, cara. — Ele me segurou perto e esfregou meu ombro e braço enquanto fazia isso.

As sobrancelhas de Ryan se ergueram ao perceber o gesto íntimo e sorriu com malícia.

Mas Jonah não reagiu da mesma forma. Ele ergueu o queixo como se estivesse julgando.

— O que está acontecendo? Você a conhece há quatro dias e já está fazendo com que ela passe a noite e fica abraçando-a desse jeito.

— E daí? O que você tem com isso? — Killian endireitou a coluna, mas seu tom era direto e combativo.

Ryan colocou a mão no ombro de Jonah.

— Só os iguais se reconhecem, irmão. — Ele riu.

Jonah girou para o lado e gesticulou com uma mão irreverente para nós e depois para si mesmo.

— Não é a mesma coisa.

Ryan inclinou a cabeça para trás.

— Claro que é. Você fez com que a Simone se mudasse para nosso apartamento em um dia.

Jonah semicerrou os olhos e fez uma careta.

— Não é a mesma coisa.

— Não? Ela está em perigo, assim como a Simone estava. — Ryan olhou ao redor. — Qual é a raça do seu cão?

— Rottweiler.

Ryan sorriu.

— Bom. Ele parecia prestes a derrubar a porta. Ele é protetor.

— Isso é um eufemismo. Se alguém me tocar ou a ela de um jeito que ele não goste... — Ele respirou fundo o suficiente para fazer um som de assobio. — Não gostaria de ver os resultados.

Ryan cutucou Jonah.

— Ex-veterano que o Holt disse que possui uma arma e sabe como usar. Um cão assustador que é protetor. *Loft* no último andar com mais de uma fechadura. Segurança no prédio. Addy, você se sente segura aqui? — ele perguntou.

Assenti.

— Mais do que em qualquer outro lugar. Quem quer que seja esse cara, não saberia quem é o Killian ou onde ele mora.

— A menos que tenha seguido um de seus motoristas. O que não estou dizendo que fez, mas não podemos descartar a possibilidade. — Jonah ergueu a mão. — Talvez não seja provável, visto que o Holt é bastante atento a esse tipo de coisa. Acho que você está segura. Mas Addison, você não pode desaparecer. Caso contrário, teremos que encontrar um esconderijo para você.

— Você não pode me obrigar a me esconder — afirmei com convicção. Eu tomava minhas decisões. Fazia minhas escolhas, mas também era inteligente e ouvia a razão.

Jonah fechou os olhos, levantou a cabeça para o teto, então suspirou.

— Não, mas você não pode assustar sua família. — Ele apontou para a porta do banheiro que estava se abrindo. Simone saiu com o cabelo preso em um rabo de cavalo alto e sem um pingo de maquiagem no rosto. Seus olhos estavam avermelhados, mas ela parecia mais calma.

Ela notou a forma como Killian estava me abraçando e seus lábios se curvaram em um sorriso radiante. Estava vestida com um cardigã que cobria a maior parte de suas mãos, mas ela levantou um único dedo e acenou.

— Fotógrafo gostosão, presumo?

Revirei os olhos enquanto Killian ria e olhava para o meu rosto.

— Você está falando sobre mim para suas irmãs? — Dei de ombros, não querendo revelar muito quando ele se inclinou na frente de *todos* e me deu um beijo nos lábios. — Como você gosta do seu café, linda?

— Ela gosta de creme aromatizado e nada mais — Simone tagarelou, indo na direção de Jonah e enganchando o braço em volta dos ombros dele. Ele passou um longo braço em volta da cintura dela e a puxou para perto de seu lado, onde estava sentado.

— Não tenho creme aromatizado, mas tenho leite e açúcar — Killian respondeu.

— Perfeito, obrigada.

Ele me deu um segundo beijo na frente da minha família e me soltou. Me virei e vi Simone sorrindo. Todos os sinais de sua chateação foram completamente apagados.

— Calada. Nem uma palavra — avisei.

Ela assentiu, em seguida, fingiu trancar os lábios e jogou uma chave imaginária por cima do ombro.

— O que mais sabemos sobre a última vítima? Havia algum bilhete além da minha foto? Qualquer coisa que possa ajudar? — perguntei.

Ryan e Jonah balançaram a cabeça.

— Nada disso faz sentido. A vítima tinha seu tipo de corpo e cor de cabelo, mas não as queimaduras nos braços. E ela não foi estrangulada. Morreu com um golpe na parte de trás da cabeça, em seguida foi queimada. Como se o assassino tivesse usado um incinerador, mas não saberemos até ouvirmos o relatório forense. Estão trabalhando rápido, mas ainda leva tempo.

— Onde ela foi encontrada? — Estremeci e fiz uma pequena oração silenciosa para que a vítima descansasse em paz, grata por ela não estar acordada pela violência que sofreu após o golpe na cabeça.

— Na lixeira em frente ao antigo prédio em que você ficou com a Simone.

— Qualquer um poderia ter pesquisado isso — comentei. — O caso do Estrangulador do Banco de Trás foi amplamente divulgado, e a imprensa estava presente quando a Simone e eu fomos tiradas daquele prédio, sem mencionar o fato de a Sonia ser senadora.

Killian colocou uma xícara de café na minha frente e eu envolvi as mãos geladas em torno dela, deixando o calor me envolver antes de tomar um gole. Ele pegou o resto dos pedidos de café, mas eu poderia dizer que ele estava atento à conversa, além de estar agindo como um bom anfitrião.

— A outra coisa que sabemos sobre essa vítima é que ela lutou. Havia hematomas em seus dedos e unhas quebradas.

— DNA? — perguntei.

Ryan deu de ombros.

— Estamos esperançosos. O Estrangulador do Banco de Trás nunca deixou o DNA, então se este é um parceiro, está sendo muito estúpido, e seu *modus operandis* é um pouco caótico. Quase frenético. A garota no parque não foi morta lá, mas deixada para ser encontrada. O *modus operandis* foi exatamente o mesmo do Estrangulador, exceto pelas queimaduras nos braços, que sabemos que o Estrangulador fez com você, mas não com as outras vítimas. Isso foi feito para chamar a atenção de Simone e levá-la a se oferecer em uma bandeja de prata, o que ela fez sem querer.

— Eu teria feito isso de qualquer maneira. — O olhar cheio de tristeza de Simone encontrou para o meu.

— Eu também — admiti.

Ela assentiu. A família que construímos com Mama Kerri, na Kerrighan House, era inquebrável. Não havia nada que se pudesse fazer a uma de nós que todas não sentissem. Nosso vínculo era tão profundo que, se cortassem um, cortava o todo. Éramos leais no mais alto grau. Colocávamos nossa irmandade acima de tudo. Era o que nos mantinha vivas. O que nos ajudou a prosperar. E seria assim até cada uma de nós dar nosso último suspiro nesta terra.

Irmandade não era apenas uma palavra para nós. Era o nosso modo de vida. Forjada nas chamas mais quentes de dor, medo e amor incondicional. Não havia como quebrar nossos laços.

Morreríamos umas pelas outras. Era isso o que a irmandade significava para nós.

— Espero que você esteja ouvindo isso, amigo — Jonah falou, cansado, esfregando a testa enquanto olhava para Killian. — São todas assim. Quando se apaixona por uma delas, precisa saber que ela vem acompanhada de uma casa cheia de mulheres fortes, inteligentes e opinativas que se metem na sua vida o tempo todo.

Killian carregava duas xícaras de café em cada mão antes de colocá-las no balcão e distribuí-las.

— Se forem como a Addy, isso só tornará minha vida mais completa. Mas obrigado pelo alerta. — Ele sorriu, não deixando nenhum aviso de que Jonah acertou o alvo.

— Ah, eu gosto dele — Simone disse para mim, apoiando o cotovelo na mesa e o queixo na mão, claramente apaixonada pelo meu novo namorado. — Eu gosto de você — ela falou em tom emocionado, olhando para Killian.

Ele sorriu e deu-lhe uma piscadela.

— O sentimento é mútuo, Simone.

Ela suspirou de forma dramática enquanto Jonah resmungava baixinho.

— Não posso dizer que não avisei.

Ele tomou um gole de café e eu ri. Gostei de ter parte da minha família aqui tomando café. A razão por trás da visita deles era atroz, mas tê-los sentados aqui, tomando uma xícara de café, com Jonah, meu cunhado, provocando o cara com quem eu estava saindo... era bom.

Fui até Killian e me aconcheguei ao seu lado.

— Vou precisar ir à Kerrighan House pegar algumas roupas e me trocar antes da sessão de hoje.

— Por quê? Você tem o que precisa vestir aqui e um chuveiro tão quente quanto o da Kerrighan House.

Passei a mão em seu peito, amando a sensação de dureza dos músculos flexionados.

Ele abaixou a cabeça.

— Tenho uma ideia melhor: que tal irmos à sua casa, pegar roupas para algumas semanas e ficar aqui, onde você mesma admitiu que se sente segura? Também seria muito mais fácil tirar fotos sempre que o clima ajudasse.

Inclinei a cabeça.

— Verdade. — Levantei a mão e bati com o dedo indicador em meus lábios. — E onde eu dormiria? — provoquei.

Ele murmurou e passou os braços em volta de mim, travando os pulsos na parte inferior das minhas costas.

— Tenho certeza de que vamos pensar em alguma coisa.

— É mesmo?

Ele assentiu e tomou minha boca em um beijo rápido.

Quando me virei, percebi que tinha me esquecido por um momento que tínhamos visitas.

— Hum, desculpe.

Simone balançou a cabeça sorrindo.

— Não se desculpe, irmã. Mal posso esperar para contar à nossa família que você arranjou um cara protetor.

— Simone!

Ela balançou a cabeça.

— Não, você não vai sair dessa. A Mama vai ficar sabendo de cada detalhe.

Gemi e me encostei em Killian.

— Addy, nós precisamos levá-la ao seu apartamento... — Jonah disse em voz baixa.

Fiz uma careta e fiquei gelada enquanto balançava a cabeça. A ideia por si só parecia horrível e eu não queria fazer parte dela.

— Baby, não. Ela não pode voltar lá. Não. Não mesmo — Simone desabafou, inflexível em sua convicção.

— E se eu te levar? — Killian murmurou contra meu ouvido.

— Eu estaria com você o tempo todo, junto com o Jonah, que é alguém em quem você confia, certo?

Olhei para Jonah, seus olhos castanhos parecendo resignados.

— E eu não vou ver nada que me dê pesadelos? — questionei.

Eu não queria ver nenhuma parte de uma cena de crime, sangue ou qualquer coisa remotamente relacionada. Se eu pudesse escolher, poderiam incendiar o lugar depois que tirassem alguns dos meus bens mais valiosos de lá. Não guardava muitas coisas especiais, porque o que mais importava para mim eram as pessoas, não objetos ou recordações. Contanto que eu tivesse minhas irmãs, Mama Kerri e Rory, eu não sentiria falta de muita coisa.

— Faremos o nosso melhor para esconder qualquer coisa que possa ser perturbadora para você.

Cerrei os dentes.

— Tudo bem. Se o Killian puder ir conosco, eu vou.

Ele me abraçou por trás.

— Estou orgulhoso de você, baby.

Sorri e levantei meu café.

Eu também estava orgulhosa de mim.

Killian parou na frente do meu apartamento. Jonah e Ryan lideravam o caminho.

— Eu gosto do seu carro — sussurrei, olhando para meus dedos gelados. A partir do segundo em que entramos no carro e nos dirigimos para minha casa, me senti assim.

Killian bufou.

— Só você gostaria de um modelo antigo de um Jeep Wrangler 4x4.

— Quantos anos tem isso?

— Ele é de 2012.

Assenti enquanto observava Ryan e Jonah saírem do carro e virem até a minha porta. Killian estendeu a mão e segurou a minha.

— Ei?

Eu me virei e olhei em seus olhos. Eram tão bonitos. Muito mais do que o que eu estava prestes a ver.

— Você vai ficar bem. Estarei ao seu lado o tempo todo, certo?

— Sim, é só que não quero fazer isso. Apesar de saber que preciso.

— Ninguém vai culpá-la por estar assustada, Addy. É perfeitamente normal. Mas coloque desta forma: você está fazendo o que pode para ajudar a pegar um cara muito ruim antes que ele machuque outra pessoa. Além disso, você está seguindo em frente. Não precisa voltar lá depois de hoje. Eu prometo. Agora, espere que eu dê a volta no carro.

Assenti, entorpecida, e esperei enquanto Killian saía e dava a volta. Ele disse algo para os caras, mas não consegui ouvir, nem me importei muito. Todo o meu foco era em entrar e sair. Fazer uma abordagem lógica e analítica do local e pronto. Eu não morava mais ali. Nunca mais deitaria minha cabeça lá. Eu estava bem. Tinha três homens para garantir minha segurança.

— Você pode fazer isso, Addy. Seja forte. Seja corajosa. Peitos para fora — falei baixinho enquanto Killian abria a porta do meu lado do carro. Saí, ajustei a postura, estiquei os ombros e segurei na mão de Killian com um renovado senso de confiança. Jonah e Ryan flanquearam meus lados, olhos ao redor para verificar a vizinhança enquanto todos os três me levavam para o meu prédio.

Ignorei todas as pessoas por quem passei. Eu não tinha nenhum desejo de entrar em qualquer tipo de conversa ou discutir o que havia sido encontrado em meu apartamento.

Jonah cortou a fita policial e abriu a porta com uma chave que presumi ser a cópia de Simone. A maioria de nós, irmãs, tinha cópias das chaves das casas umas das outras para o caso de termos problemas.

Pude sentir instantaneamente um mau cheiro que não associava à minha casa anterior. O lugar estava em condições surpreendentemente boas, apesar do lençol branco no centro da sala de estar e o que parecia ser poeira de impressões digitais em todas as áreas onde as pessoas tocaram. Maçanetas, gavetas e afins. O lençol no chão eu evitaria como se minha vida dependesse disso.

Killian apertou minha mão.

— Você está bem?

— Sim — falei enquanto olhava ao redor. — Estou surpresa em ver que parece quase exatamente igual a quando o deixei. Acho que esperava que estivesse destruído como a casa da Simone foi.

— Nós notamos a diferença no *modus operandis* também — Ryan disse em voz baixa.

Jonah veio até mim e colocou a mão no meu ombro.

— Certo, o que preciso que você faça é olhar para cada parte de sua casa como se estivesse tentando encontrar algo que estivesse faltando. Concentre-se em uma área de cada vez. — Ele apontou para o lindo sofá branco, muito feminino com almofadas floridas. Ao lado estava a mesa de tampo de vidro com pernas pintadas de branco. Havia duas luminárias com cristais pendurados. Quando comecei a ganhar dinheiro, investi em decoração. Blessing adorou, porque combinava com seu estilo. No entanto, agora que eu estava olhando para aquela peça, percebi que nunca a amei. Achei que era o que eu deveria comprar porque tinha dinheiro para pagar. O estilo de Killian era muito mais confortável e esteticamente agradável para homens e mulheres.

— Vê alguma coisa fora do lugar?

Balancei a cabeça.

— Próxima parede — ele falou, gesticulando.

Fizemos isso por um tempo, mas nada estava fora do lugar.

— Vamos para o seu quarto — Jonah sugeriu.

Killian me seguiu em silêncio, nunca soltando minha mão.

Quando entramos, notei algumas coisas imediatamente.

— A cômoda e aquelas gavetas estão abertas. Sou fanática por isso. Eu sempre as fecho para que quando eu entrar no quarto o lugar pareça arrumado.

— Excelente. Faz sentido, pois descobrimos que a roupa que a vítima estava usando não era dela. Ela foi vestida com suas roupas.

Estremeci onde estava e dei um passo para trás, diretamente

para Killian. Ele colocou as mãos nos meus quadris e falou baixinho contra a minha cabeça.

— Você está indo muito bem, linda. Estamos quase terminando. Vê algo mais?

Engoli o medo e a ansiedade e me inclinei contra Killian para mais contato. Ele passou um braço em volta do meu peito, me prendendo em seu abraço forte e seguro.

— Hum, essas coisas da mesa de cabeceira estão no chão. Não ficavam assim. — Semicerrei os olhos e observei a pequena pilha de álbuns de fotos e diários que eu mantinha na prateleira de baixo do criado-mudo.

Eu me afastei de Killian e caí de joelhos na frente deles.

— Não está aqui — falei de forma frenética, sentindo meu coração bater forte.

— O quê? — Jonah perguntou.

— Meu álbum! O álbum de fotos da Tabby! — Estremeci quando tirei tudo da prateleira, então olhei debaixo da cama e puxei minha caixa de lembranças que estava debaixo dela, deixando-a no chão. — Onde está meu álbum? — Examinei o espaço, mas estava vazio. — Não está aqui! — Meus olhos se encheram de lágrimas. — Ah, meu Deus, não. Ele levou meu bem mais precioso! — gritei quando as lágrimas caíram tão rápido pelo meu rosto que parecia ácido deslizando pelas minhas bochechas aquecidas.

Killian veio até mim e me puxou para cima e me envolveu em seus braços.

— Que álbum?

— Meu álbum da Tabby. Nós... nós os encontramos depois que ela m-morreu. — Sufoquei através das minhas lágrimas.

— Cretino nojento — Jonah grunhiu. — O álbum não tem preço. — Jonah reiterou com tristeza exatamente o que minhas emoções não suportariam dizer. — A Tabitha fez um álbum de fotos de sua vida para cada membro de sua família. Eu vi o da Simone... — Ele estendeu a mão e a passou pelas minhas costas. — Sinto muito, querida. Sei o quanto isso significa para você.

Mas juro, quando encontrarmos esse canalha, vamos recuperá-
-lo. Prometo.

Eu funguei contra o peito de Killian e enxuguei as lágrimas. Ele moveu a mão para a minha nuca e levantou meu queixo com o polegar.

— Há mais alguma coisa aqui que você queira levar conosco, que seja especial? — ele perguntou.

— Isso ainda é uma cena de crime... — Ryan murmurou.

Killian deu um olhar mortal do tipo que eu nunca gostaria que ele apontasse na minha direção.

— Tenho certeza de que ela poderia pegar algumas lembranças importantes, já que perdeu algo tão especial.

Apontei para a foto em frente à minha cama. Era uma das fotos que Tabby tirou e pendurou em seu apartamento. Cada uma das irmãs havia escolhido uma das fotos dela. A que eu escolhi foi de Kerrighan House em plena floração. Mama Kerri estava cuidando das flores com seu grande chapéu, com o rosto inclinado para cima olhando para suas filhas brincando com sua única neta. Liliana, Charlie e Genesis estavam de mãos dadas brincando com Rory, que na época tinha dois anos, na grama. Blessing estava sentada no banco da varanda, lendo. Simone e Sonia estavam nos degraus, rindo de alguma coisa. Eu estava aproveitando o sol, deitada em uma espreguiçadeira. Meus braços, livres de cicatrizes, estavam esticados, segurando o encosto e minhas pernas estavam cruzadas. Eu usava regata, shorts jeans e um grande par de óculos de sol Jackie O. Meu cabelo estava solto e bagunçado. Eu estava sorrindo com a cabeça erguida em direção ao sol. Aquelas flores, aquela casa, as pessoas naquela foto significavam tudo para mim, e ficou claro na forma como Tabby nos capturou que ela sentia o mesmo.

Killian me levou até a foto e juntos olhamos para a imagem incrível.

— Ela era muito talentosa — ele falou baixinho.

— Era mesmo. — Limpei uma lágrima que caiu.

Killian tirou a foto da parede.

— Algo mais? — ele perguntou em voz baixa.

— Apenas a caixa de memórias. Nada mais aqui importa. Preciso ver minha mãe e irmãs. — Minha voz falhou. Eu estava perdendo o controle.

— Sem problemas. Iremos lá depois que terminarmos aqui. Rapazes, vamos levar essas coisas. Vocês querem tirar foto disso e declarar que a proprietária as removeu?

Jonah se aproximou e tirou uma foto com o celular enquanto Ryan pegava a caixa do chão e deixava Jonah fotografar isso também. Ele abriu a longa caixa branca. Dentro havia fotos, cartas e pequenas bugigangas que me foram dadas como presentes por minhas irmãs quando éramos garotinhas. Boletins de notas da escola. Minhas primeiras fotos e revistas em que apareci. Nada importante para o caso. Ainda assim, Ryan espalhou tudo e tirou várias fotos.

— Terminamos aqui? — A voz de Killian era mais um comando do que uma pergunta.

— Sim, nós o seguiremos até a Kerrighan House, depois voltaremos para a sede para uma reunião com nossa equipe.

Killian me levou para fora, me acomodou em seu carro e abriu o porta-malas onde colocou a foto de Tabby e a caixa de memórias com cuidado. Ele entrou no veículo, segurou minha mão e a levou aos lábios. Beijou-a e a segurou com força. — Estou muito orgulhoso de você. Sei que não foi fácil.

Me inclinei para ele e esfreguei a bochecha em seu ombro.

— Não foi, mas com você lá, senti que conseguiria. Obrigada por estar comigo. Obrigada por me apoiar todo esse tempo.

— Addy, você ainda não percebeu? Não há lugar que eu prefira estar que ao seu lado.

Levantei a cabeça, e ele abaixou a sua, tomando minha boca em um beijo lento, mas doce.

— Mal posso esperar para conhecer sua mãe! — Ele sorriu e balançou as sobrancelhas de uma forma brincalhona que me fez rir.

Killian manteve minha mão em sua coxa enquanto ligava o carro e se dirigia para a minha casa de infância, dirigindo com uma mão só. Ele não me soltou nem por um momento. Se continuasse assim, meu sentimento por ele se transformaria em amor muito mais rápido que jamais pensei ser possível.

Com a vida sendo tão curta quanto parecia nos dias de hoje... eu não me importava nem um pouco com a rapidez com que tudo estava acontecendo com ele. Eu planejava ir com tudo nessa rela-ção com Killian Fitzpatrick, o único homem que poderia me fazer sentir segura e protegida em todas as situações.

DEZ

Os paparazzi estavam loucos esta manhã quando chegamos à Kerrighan House.

— Que merda é essa? — Killian resmungou. — É assim todos os dias?

Deixei o cabelo cobrir a maior parte do meu rosto. Toda modelo conhecia esse truque. Normalmente, eu usava esse movimento quando estava saindo exausta de voos internacionais.

— Sim. Diminuiu um pouco alguns meses depois do caso, mas estão sempre tentando tirar fotos de Sonia, Simone ou de mim. Passei a maior parte dos últimos três meses sem sair de casa. Agora há uma nova ameaça contra mim... — Suspirei e fechei os olhos.

Jonah abriu minha porta e estendeu a mão.

— Eles são abutres! — ele rugiu para a multidão que estava em torno do 4x4 de Killian.

Me encolhi perto de Jonah, de cabeça baixa, e deixei que ele me conduzisse até a porta de casa. Killian era acompanhado por Ryan enquanto a multidão nos enchia de perguntas.

— *O Estrangulador do Banco de Trás tinha um cúmplice?*

— *O que se sabe sobre as mulheres mortas que se parecem com você?*

— *Você está com medo, Addison?*

— *Esse homem é o seu namorado?*

— *O que a senadora pensa sobre tudo isso?*

Jonah usou a chave de casa e nos levou para dentro. Assim que ele fechou a porta, me virei e afastei o cabelo do rosto.

— Você deveria ter me deixado vir sozinha. Eles vão descobrir quem você é.

Killian veio até mim e me envolveu em seus braços.

— Não me importo se descobrirem quem sou. Eles não podem me machucar.

Me apoiei em seu corpo.

— Isso significa que vão descobrir onde você mora e começar a persegui-lo. Vão desenterrar tudo a seu respeito e vão espalhar nos canais de imprensa.

Ele se moveu para trás e segurou minhas bochechas.

— Baby, eu disse que não me importo. Não tenho nada a esconder.

— Você ficaria surpreso — respondi, arrasada.

Ele se inclinou e beijou minha testa, meu nariz e depois meus lábios.

— Tudo o que me importa é você. Estamos nisso juntos, Addy.

Fechei os olhos. Absorvi a preocupação genuína e o cuidado que ele mostrava em tudo o que dizia e fazia.

Eu estava me apaixonando por esse homem.

De forma intensa e rápida.

Abri os olhos e foquei em seu rosto gentil e bonito. Segurei suas bochechas, fiquei na ponta dos pés e o beijei.

— Pelo que estou vendo, parece que minha filhinha está bem. — A voz de Mama Kerri nos assustou. Eu me afastei e me virei com a mão na boca, ofegante, como se não conseguisse respirar rápido o suficiente. Ser pega beijando alguém na casa da minha mãe. Era a primeira vez.

Jonah e Ryan riram e foram para a cozinha.

— Cookies? — Jonah perguntou ao passar por Mama Kerri.

Juro que aquele homem era um monstro dos cookies. Sempre caçando doces para comer.

— Sempre. Na jarra, ao lado do bule de café, filho — ela murmurou, mas não deu a mínima para ele. Seu olhar azul-esverdeado preso em mim e Killian.

— Mama, eu... quero que conheça alguém. — Esfreguei as mãos. — Killian Fitzpatrick, esta é a minha mãe, Aurora Kerrighan.

Ela acenou e depois enxugou as mãos no avental antes de cumprimentá-lo.

— Pode me chamar de Mama Kerri. Todo mundo nesta casa me chama assim.

— Obrigado — Killian disse e segurou a mão dela. — Pode me chamar de Fitz. Quase todo mundo me chama assim. Menos a minha garota aqui. — Ele sorriu.

— Sua garota? — Ela sorriu.

— Mama. — Eu a encarei, pedindo em silêncio que ela o deixasse, algo que eu sabia que ela nunca faria.

— Ainda estou tentando conquistá-la. — Ele riu de leve.

Arregalei os olhos, em choque com a admissão de Killian.

Minha mãe riu.

— Fique tranquilo. Gosto de homens que sabem o que querem. Bem, entrem, as meninas estão lá fora. — Ela acenou enquanto se dirigia para a cozinha, em seguida, foi direto para a porta dos fundos que levava ao jardim.

Killian me fez andar.

Olhei por cima do ombro.

— Não posso acreditar que você disse isso para a minha mãe! — sussurrei.

Ele riu, bem-humorado. Nada daquilo parecia afetá-lo.

Quando chegamos lá fora, havia uma mesa repleta de ingredientes para sanduíches, frutas, salada verde e de batata. Minha boca se encheu de água ao me dar conta de que fomos direto para o apartamento depois do café e que não tínhamos comido. Havia cobertores na grama e minhas irmãs estavam em vários estágios de descanso enquanto Rory brincava de pegar com Amber, a cadela de Jonah e Simone. Sonia estava acomodada em uma mesinha de quatro lugares, com cadeiras dispostas ao lado. Ela estava debruçada sobre alguns papéis, conversando com seu assistente, Quinn, enquanto apontava para algo.

Como era sábado, todas estavam em trajes casuais.

— Ei, pessoal. Vejam quem finalmente apareceu — Mama Kerri anunciou ao grupo. — Eu disse que ela estava bem. Meu radar de mãe saberia se um dos meus bebês estivesse sofrendo — ela proclamou.

Todos os olhares focaram em nós de uma vez, sorrisos se estendendo por seus rostos.

Entrelacei os dedos nos de Killian.

— Vamos lá, venha conhecer minhas irmãs.

Ele me seguiu até o primeiro cobertor, onde Genesis e Charlie estavam sentadas e comendo enquanto assistiam Rory brincar.

— Essa é a Genesis Coleman-Kerrighan, e aquela é a sua filha Rory, brincando com Amber, a cadela. — Apontei para minha sobrinha que não parava de correr. — Genesis é assistente social do Estado. E a ruiva é Charlie Hagan-Kerrighan. Ela administra um Centro Juvenil, que ajuda crianças rebeldes.

— Pessoal, este é Killian Fitzpatrick... meu...

— O namorado dela. — Ele forneceu um rótulo com o qual eu estava insegura. Não que eu não quisesse, só que as coisas estavam acontecendo muito rápido para mim. Eu não me sentia tão ligada a alguém do sexo oposto em menos de uma semana. Estava começando a entender o que Simone passou quando se apaixonou por Jonah.

Ele se inclinou e apertou as duas mãos.

— Me chamem de Fitz. É ótimo conhecer vocês.

Genesis sorriu de leve e ficou quieta depois de apertar sua mão enquanto Charlie o cumprimentou e se levantou.

— Namorado, é? Isso é novidade. — Ela colocou as mãos nos quadris. — Parece que nossa irmã está nos escondendo coisas.

— Em minha defesa, tem muita coisa acontecendo.

Charlie apertou os lábios e inclinou a cabeça, seu rabo de cavalo vermelho caindo para o lado.

— Verdade. Vou te dar essa colher de chá, irmã. Mas nada de desaparecer na casa do seu novo namorado no meio de um show de horrores, entendeu? — Ela assumiu um pouco da atitude de Blessing.

Killian ergueu as mãos.

— Da próxima vez, vou me certificar de que ela fale com a família.

Charlie sorriu.

— Aaaah, gosto disso. Ele tem irmão ou irmã? — Sua pele clara ficou rosada nas bochechas e seus olhos castanhos brilharam.

Balancei a cabeça e bati no peito de Killian.

— Não responda. Ela vai te fazer apresentá-la a um dos membros de sua família e depois vai dispensar a pessoa bem depressa.

Charlie abriu a boca em choque.

Blessing apareceu atrás dela.

— A Addy não está mentindo. Nem tente agir como se não dispensasse homens e mulheres pelas razões mais ridículas.

— Não é verdade! — Charlie protestou.

Levantei as sobrancelhas e tentei não rir.

Mas Blessing não foi tão gentil.

— Ah? E o Tate?

— Ele assoou o nariz na mesa de jantar e peidou em público! — Charlie fez uma cara de nojo.

— E a Carly, a garota super bonita com cara de *pinup*?

— Ela não queria retribuir o que eu fazia! Para mim, no quarto, as coisas têm que ser justas. Ela queria receber tudo e não fazer nada. Não fico com pessoas egoístas — ela reclamou.

Eu bufei.

— Essa foi justa. — Simone se aproximou de mim, me abraçou e esfregou o rosto em meu cabelo.

— Concordo — acrescentei enquanto acariciava o cabelo de minha irmã. Ela parecia melhor, agora que sabia que eu estava bem e tinha um homem me protegendo o tempo todo.

Blessing murmurou.

— Certo. — Ela estalou os dedos. — E aquele tal de Tim?

Charlie revirou os olhos.

— O contador? Você pode me ver com um homem que trabalha com números? Ele nem saía de casa depois das onze. Dizia que precisava dormir. Até nos finais de semana!

— Admita logo que você é não gosta de se comprometer e vamos deixar isso de lado. — Blessing cruzou os braços sobre o peito.

— Tudo bem. Eu gosto de paquerar. E daí? — Charlie admitiu.

— Você gosta de envolver as pessoas e deixá-las, quando se aproximam demais. Encontra todos os tipos de razões para descartá-las. — Genesis se levantou com o prato vazio.

— Se fossem dignos de ficar, eu as teria mantido. — Ela mostrou a língua para Gen, como se tivesse cinco anos.

— Suas irmãs são sempre tão combativas? — Killian riu.

— Sim. — Eu o cutuquei. — Se acostume com isso... namorado — provoquei.

Simone riu e me soltou.

— Querem que eu pegue uma bebida para vocês? Tem limonada, chá, água e drinques, é claro.

— Eu adoraria um copo de chá — Killian respondeu.

— Eu também. Obrigada, Si.

Mama veio até nós e nos entregou dois pratos com sanduíches de peru e queijo, saladas, frutas, batatas e verduras que ela havia feito.

— Venham. Vamos acomodá-los. Comer e tomar sol. Vocês

ficaram confinados. Um pouco de sol vai fazer com que se sintam melhor — ela falou e nos levou até um cobertor vazio.

Sonia e Quinn se aproximaram e se sentaram no cobertor conosco.

— Senadora — Killian estendeu a mão.

Sonia presenteou Killian com um de seus sorrisos genuínos, não o falso que ela usava quando estava na frente de uma câmera.

— Se você está na vida da minha irmã, pode me chamar de Sonia. E esse é o meu melhor amigo, Quinn. — Ela gesticulou para o homem que estava sempre ao seu lado, mesmo sendo casado.

— Fitz. Prazer em conhecer vocês. Esta é uma grande casa e um jardim incrível — Killian falou, absorvendo a beleza que nunca cansava. Mama era a jardineira mais habilidosa que já conheci. Não que eu conhecesse muitas.

— Sempre foi nosso lar — Sonia falou. — Mana, como você está? — ela perguntou enquanto passava a mão pelo meu cabelo algumas vezes.

— Bem. Ir até meu apartamento foi difícil, mas o Killian estava lá, junto com o Jonah e o Ryan. O... *ah*, o bandido roubou meu álbum da Tabby. — Cerrei os dentes enquanto a dor pela admissão queimava meu corpo.

Sonia ofegou.

— Não!

Assenti, sentindo como se meu coração estivesse em minha garganta.

— O Jonah prometeu recuperá-lo e acredito que se alguém pode fazer isso, será ele ou o Ryan. — Olhei para cima e vi os dois homens se servindo. Ryan não estava prestando muita atenção no que estava fazendo. Seu olhar estava grudado em Blessing, que ainda estava reclamando com Charlie sobre seus métodos de namoro.

Levantei o queixo em direção a elas. Os três sentados comigo seguiram para onde eu gesticulei.

— Quando você acha que isso vai se concretizar?

Sonia sorriu.

— Nunca.

— Por quê?

Quinn perguntou ao mesmo tempo que Killian questionou:

— Do que estamos falando? — Ele se inclinou para mim de forma conspiratória.

— O Ryan tem uma queda pela Blessing. Ela está interessada nele, mas se recusa a reconhecer a atração por causa do pai — comentei.

— É uma questão de raça? — Killian perguntou.

— O chefe da gangue? — Quinn interrompeu, já sabendo da história de Blessing e exatamente quem era Tyrell Jones.

Balancei a cabeça.

— Não. — Esfreguei a mão sobre o joelho de Killian. — Ela diz que não daria certo por ele ser policial, por sua história e o envolvimento de seu pai com uma das piores gangues de Chicago.

— Qual é a história dela? — Killian perguntou, então deu uma mordida gigantesca em seu sanduíche, deixando um pouco de maionese no bigode.

Sorri e me inclinei para frente, limpando seu lábio superior com o polegar e passando-o no guardanapo.

— Obrigado, baby — ele murmurou. — A história?

Sonia suspirou.

— A mãe foi assassinada quando ela tinha dez anos. Vingança de gangues. Os tribunais alocaram a Blessing aqui, mas o pai continua tentando entrar na vida dela. Eu me preocupo com aquela garota — ela disse, então tomou um gole de sua bebida.

— Droga, sinto muito por ela — Killian falou e deixou por isso mesmo.

Simone saiu de casa com duas bebidas geladas na mão e as trouxe para nós. Ela entregou uma para Killian e utra para mim.

Enquanto Rory jogava um jogo interminável de busca com Amber, Jonah e Ryan, o resto da minha família se amontoavam em torno de Killian e eu, que os atualizávamos sobre o caso e a visita ao meu apartamento.

Assim que falei tudo, me senti mais leve. Livre para respirar novamente sem a pressão daquele dia, tão forte em meu subconsciente.

Depois que Jonah e Ryan voltaram ao trabalho, jogamos *frisbee*, brincamos de pegar com Amber, amarelinha com Rory e fizemos uma rodada de *croquet*, enquanto Mama Kerri colocava Rory para tirar uma soneca.

Killian ligou para um amigo chamado Atticus, para pedir que ele fosse até sua casa, passear com Brutus. Ele tinha uma área gramada no telhado do prédio, o que evitava que Killian tivesse que sair com ele para passear várias vezes ao dia. Eu não sabia que tal coisa existia e estava muito ansiosa para ver esse espaço secreto.

Quando estávamos cansados de todas as emoções do dia, arrumei duas malas enormes a pedido de Killian. Ele estava determinado a me manter em sua casa. E se eu fosse honesta comigo mesma, queria estar com ele. Ele me fazia sentir segura. Com um homem assustador querendo me machucar, a sensação de segurança era importante e, mais que tudo, eu queria minhas irmãs e minha mãe o mais distante possível de uma possível tragédia. Comigo longe, elas estariam mais seguras.

Já que Killian era um soldado treinado e tinha porte de armas, os caras aceitaram que ele fosse meu único guarda-costas. Eles me avisaram sobre ir a qualquer lugar sem ele. Eu não tinha intenção de fazer isso, então concordei com os termos. Eles também planejavam colocar uma unidade de patrulha passando pelo *loft* regularmente para ter uma presença policial que me faria sentir mais segura, sem mencionar o segurança que já trabalhava no prédio.

Eu estava me sentindo bem quando chegou a hora de voltar para o apartamento de Killian. O dia começou em lágrimas e terminou em gargalhadas. Eu não poderia pedir mais.

Killian me conduziu para o elevador com minhas malas. O prédio tinha dois seguranças em tempo integral e o estacionamento subterrâneo era acessado por meio de um código. Ainda assim, ele estava mais alerta que nunca. Empurrei as malas para o elevador enquanto ele se certificava de que não havia nada escondido nas sombras.

— Devíamos ter parado no mercado para fazer compras?

Killian balançou a cabeça.

— Não, pedi ao Atticus para providenciar isso enquanto estávamos fora. Mandei uma mensagem para ele com uma lista de coisas, e ele as comprou antes de levar o Brutus para passear. Embora se eu tiver que adivinhar, ele ainda está no apartamento. Para um veterano durão, ele parece um garoto e é fofoqueiro. Ele vai querer conhecê-la pessoalmente.

Sorri quando ele apertou o botão do elevador.

— Sério? Isso é engraçado. Espero que ele ainda esteja aqui.

Saímos do elevador e Killian abriu a porta para nos levar para dentro.

Brutus veio correndo. Ele estava no sofá, ao lado de um homem gigante que ocupava mais de um assento com seus músculos. Atticus fazia Brutus parecer pequeno e isso era difícil.

Me ajoelhei e abri os braços.

— Oi, bebê. Como está o meu melhor rapaz? — Brutus lambeu meu pescoço e bochecha enquanto eu o acariciava. — Sentiu minha falta? A mamãe tem um presente para você. Sim, eu tenho. Tenho um presente para o meu bom menino. — Enfiei a mão na bolsa e tirei três fatias de bacon que havia roubado do estoque de Mama. Ela cozinhou um pouco e guardou o resto para usar durante a semana. Me levantei e apontei para Brutus. — Sente-se, querido.

— Addy, linda, ele já está sentado. — Killian riu.

Torci o nariz e lhe dei um olhar enviesado. Ele estava certo, mas mesmo assim. Sempre se começava dizendo para se sentar quando se ia fazer um truque. Todo mundo sabia disso.

— Deite-se, bebê. — Apontei para o chão e Brutus obedeceu. Gritei e pulei, em seguida dei a ele meio pedaço de bacon. — Você viu isso? Ele é tão inteligente. Você é muito inteligente — falei para o lindo cachorro.

— Certo, agora... late! — pedi, com animação, mas ele simplesmente olhou para mim e não fez nada. — Late? — Tentei de novo, mas ele não latiu. Fiz uma careta e me virei. — Achei que ele sabia isso.

— Addy, ele não sabe os comandos no nosso idioma. *Gib laut!* — Killian disse, e Brutus começou a latir.

Bati palmas.

— Oba! — gritei e dei o bacon a ele quando o amigo de Killian se aproximou. O cara enorme se encostou a uma das grandes colunas de madeira e cruzou os braços.

Acenei com o bacon na mão.

— Desculpe, estou sendo rude. Só um segundo. — falei, antes de olhar para Brutus.

— Fique, querido. — Levantei a mão.

— *Blieb* — Killian sussurrou pelo canto da boca, mas alto o suficiente para que eu, Atticus e o cachorro ouvíssemos.

Revirei os olhos.

— *Blieb.* — *Fique*, repeti e coloquei o resto do bacon no chão, em seguida, recuei. Brutus nem olhou para o bacon. Ele olhou só para mim. — Vá em frente, Brutus! — falei com alegria e o cachorro comeu o bacon do jeito que eu comia tacos.

Limpei as mãos no guardanapo que segurava e depois fui até Atticus. Ele tinha pelo menos um metro e noventa, cabelo preto e um maxilar quadrado que precisava ser barbeado, mas ficava muito bem nele. Mas o mais surpreendente, além de seu tamanho e músculos, eram seus olhos azul-acinzentados que me lembravam muito os de minha irmã Simone. Ele era lindo. Mas não tão gostoso quanto Killian.

Ele se afastou da coluna e estendeu a mão.

— Atticus Rella. Você é Addison Michaels. — Seu tom era de admiração. — Irmão, não posso acreditar que você está namorando a Addison Michaels! — Ele apertou minha mão com um sorriso enorme no rosto. — Você é linda pra cacete — ele desabafou, em seguida, olhou para Killian. — Fitz, como foi que você conseguiu a Addison Michaels? Ela é tipo, a principal escolha das fotos coladas nas paredes das barracas na base.

Eu ri e fui para o lado de Killian.

— Isso deve ser estranho — falei, passando os dedos pelo abdômen do meu cara. — Com ciúmes? — continuei provocando.

Ele cobriu minha mão quando alcancei seu peitoral e a segurou contra si.

— Estou confiante no meu status. Então não estou com ciúmes. Ainda assim, mostre um pouco de respeito, irmão — Killian exigiu em um grunhido mal-humorado, e o sorriso de Atticus se desfez enquanto ele enfiava as mãos nos bolsos.

— Ei, com todo respeito. É só que você é Addison Michaels. Eu não tinha ideia de que o Fitz estava namorando uma supermodelo conhecida em todo o mundo.

Eu sorri.

— Está tudo certo e obrigada pelo elogio.

Atticus esfregou a nuca.

— Acho que eu deveria deixar vocês...

— De jeito nenhum! Passamos o dia com minha família. Eu adoraria conhecer seu melhor amigo e prometi cozinhar esta noite.

— Bem, comprei um pacote com quatro frangos... — Atticus acrescentou.

— Perfeito, então você vai ficar. Certo, Killian? — questionei.

Killian esfregou meu ombro e pescoço até a parte de trás da minha cabeça.

— Claro — ele falou e, em seguida, beijou minha têmpora.

— Quer ir para a cozinha? Vou bater um papo com meu amigo no telhado.

— *Oh-oh*, isso significa que estou em apuros. — Atticus riu. Bati no bíceps de Killian.

— Não cause nenhum problema, especialmente depois que seu amigo ajudou com o Brutus hoje.

— Sim! Ajudei com Brutus e peguei mantimentos suficientes para uma semana. Isso tem que me ajudar de alguma forma.

Killian foi até o amigo e lhe deu um tapinha nas costas, sorrindo.

— Está tudo bem. Brutus, vamos, amigo. — Ele estalou os dedos e o cachorro o seguiu em direção às escadas no canto mais distante. Eu os observei subir o primeiro andar, entrar na área que estava cheia de plantas e subir o próximo lance antes de desaparecerem de vista.

Comecei a lavar as mãos, depois de brincar com Brutus, e juntar os ingredientes para fazer meu famoso frango empanado, macarrão Alfredo e feijão verde refogado com meio pão de alho.

Quando os caras voltaram do telhado, o frango estava assando, o macarrão fervendo e os legumes cozinhando. Arrumei três lugares depois de localizar todos os itens.

— Cerveja, vinho ou outra coisa? — perguntei, quando os dois se aproximaram.

— O cheiro está incrível, Addy — Atticus afirmou enquanto se sentava na frente de um dos talheres.

— Obrigada.

Killian deu a volta e me abraçou, passando o braço em volta da minha cintura. Beijou meu pescoço. Um pequeno tremor de excitação me atingiu.

— Vou pegar as bebidas. O que você quer? — Killian perguntou.

— Tem vinho branco? Combinaria muito bem com o frango.

Ele assentiu e foi até a geladeira de vinhos. Ele pegou um

sauvignon blanc e o abriu, servindo uma taça só para mim. Atticus e Killian escolheram cerveja.

Servi as refeições, colocando um prato na frente de cada um deles antes de deixar o último para mim.

— Linda e sabe cozinhar? Irmão, você ganhou na loteria — Atticus disse, então fechou a boca e gemeu de prazer com um pedaço de frango.

— Dei a volta no balcão e me sentei ao lado de Killian para poder ver os dois homens ao mesmo tempo. Ele realmente precisava de uma mesa de jantar enorme. Havia muito espaço para isso e, se recebêssemos minha família, precisaríamos de pelo menos uma mesa de doze lugares.

Percebendo o rumo dos meus pensamentos, tomei um gole de vinho, afastando aquela cena da minha cabeça.

— Muito bem, Atticus, me conte tudo que você sabe sobre o Killian.

ONZE

Calor.

Um calor insuportável envolveu meu corpo inteiro. O suor escorria pelo meu cabelo e ao longo da minha coluna. Minhas pernas estavam torcidas, pressionadas e presas. Eu não conseguia respirar. A fita adesiva impedia que eu gritasse. Empurrei a superfície pegajosa com a língua, sentindo a textura rasgar minhas papilas gustativas.

Ar.

Não conseguia ar suficiente.

Um fogo incandescente queimou a carne tenra de meus braços e eu gritei de agonia, só que ninguém me ouviria naquele lugar escuro.

Eu me debati contra as chamas que pareciam marcas de fogo vermelho crepitante na minha pele. Lágrimas caíam pelo meu rosto, a sensação era quase reconfortante no inferno sem fim que assolava todo o meu corpo.

Um grito de gelar o sangue apertou meus pulmões.

— Jesus Cristo, Addy, acorde! — meu captor ordenou.

Balancei a cabeça, implorando com os olhos, meu coração e minha alma, mas ele continuou a pressionar as brasas na minha pele.

— Não! — gritei.

O homem abriu a boca por trás da máscara e ouvi latidos.

— Addy, baby! Por favor. — Ouvi de longe, mas o homem na minha frente ainda latia descontroladamente como um cachorro.

Um cachorro.

Latidos.

— Addy, baby...

Mãos me seguraram. Um grande corpo se sentou em cima de mim.

— Não! — gritei.

— Addy, acorde! Sou eu. Você está segura. Está em casa.

Como se luzes tivessem sido acesas, o homem latindo desapareceu e se transformou no rosto querido de Killian. Os latidos ao meu lado ainda estavam altos, enchendo meus ouvidos, ajudando a me remover do lugar infernal em que estive.

Brutus.

— Killian? — sussurrei, olhando para seu rosto e esperando que fosse realmente ele. Não um sonho. Eu não estava sob o domínio do meu captor.

Killian soltou meus pulsos.

— Graças a Deus. Jesus, baby. — Ele se inclinou sobre mim e beijou minha testa, depois minhas bochechas manchadas de lágrimas, meus olhos e, finalmente, minha boca.

Brutus cutucou meu bíceps e o lambeu várias vezes. Estendi a mão e acariciei sua cabeça, o que pareceu acalmá-lo. Abracei o corpo de Killian e mergulhei a língua profundamente em sua boca.

Precisando senti-lo.

Precisando prová-lo.

Precisando me afogar nas águas frias e cristalinas que ele representava

Precisando afastar cada gota de medo que cobria minha pele com ele.

Killian.

Meu Salvador. Meu homem. Meu tudo.

A pele dos meus braços estava escaldante, mas não me importei. Gemi contra seu beijo.

Ele se afastou e inspirou fundo.

— Dói — gritei e estremeci.

— O que dói, linda? Me diga, vou fazer parar — ele prometeu, e eu acreditei.

— Queima. Meus braços estão queimando. — As lágrimas caíram quando comecei a tremer. — Dói. Não para de doer.

— Linda, você não está lá. Está bem aqui. Se liberte do medo. Estou com você. Juro que está segura.

— Dói — ofeguei. — Faça parar. Faça com que pare de queimar. — Meus braços pareciam inflamados como se estivessem machucados.

— Deus, tudo bem, tudo bem. Deixa comigo. — Killian pulou da cama e arrancou as cobertas que estavam presas em volta das minhas pernas. — Puta merda, você está toda enrolada. Não é à toa que se assustou. — Ele me pegou no colo.

Choraminguei quando o fogo floresceu mais uma vez na minha pele. O pesadelo ainda marcava suas garras em meu subconsciente. A dor era real. Muito real. Naquele momento, não conseguia sentir a diferença entre o que minha mente lembrava e o que era realidade.

Ele me levou para o banheiro e me colocou no tampo de granito da bancada entre duas pias. Pegou duas toalhas de mão e as encharcou.

— Braços — ele pediu.

Eo os estendi e vi a pele curada, mas não senti nada além da queimação.

Ele colocou as toalhas nos meus antebraços.

Alívio instantâneo.

Me inclinei no espelho em uma pausa exausta, sentindo a água fria acalmar o calor. Observei enquanto Killian molhava outro pano menor, espremia o excesso de água e o pressionava em minha testa, depois em minhas bochechas e lábios, onde suguei um pouco da água.

— Você voltou ao passado — ele supôs.

Assenti, incapaz de falar enquanto ele cuidava de mim com tanta gentileza.

Ele levantou meu cabelo e colocou o pano fresco em minha

nuca. Estremeci, mas também suspirei com o alívio que isso me proporcionou. Me trazendo de volta ao presente.

— Isso acontece muito?

Balancei a cabeça.

— No começo, sim. Normalmente era com a Mama Kerri, Blessing ou Simone, se ela estivesse dormindo comigo. Eu gritava, dizendo que sentia as queimaduras e elas me colocavam no chuveiro. Às vezes, totalmente vestida, porque eu estava inconsolável. Mama descobriu o que eu precisava: frio e luz. Ajudava a afastar os pesadelos quando conseguia abrir os olhos e ver o que me cercava.

Ele assentiu.

— Tenho uma luz noturna no banheiro de hóspedes. Vamos trazê-la para cá.

— Sinto muito. — Funguei, as lágrimas brotando mais uma vez. — Sinto muito que você teve que ver isso. — Engoli em seco diante da humilhação e olhei para os panos brancos molhados cobrindo meus braços, odiando que eu precisasse deles.

Killian segurou minhas bochechas e me forçou a olhar para ele.

— Nunca se desculpe por seus pesadelos. Eles são uma parte natural da cura. Um por um, vamos trabalhar com eles. E quando eu tiver um dos meus, você vai estar ao meu lado, certo?

— Vou. — Assenti com avidez, querendo ser aquele porto seguro que ele estava se tornando para mim.

— Os panos frios ajudam, não é?

— Muito. Não sei por quê. E não tive um pesadelo como este em pelo menos um mês. Achei que havia passado.

— Já voltei há quase dezoito meses e ainda os tenho. Como os seus, eles desaparecem por um longo tempo, até que algo os desencadeia e então é assim — ele estalou os dedos. — Eles voltam. Como falei, faz parte do processo. Você teve um dia cheio, Addy. Boa parte dele foi agradável, mas outra, não.

Umedeci os lábios.

— Você não deveria ter que lidar com isso quando tem suas

próprias preocupações — resmunguei, sentindo a tristeza e a vergonha atrapalhar minha determinação.

Ele levantou meu queixo com as mãos.

— O que eu disse para você antes? Não há nenhum outro lugar que eu gostaria de estar, e falei sério. Acredito que as pessoas entram em nossas vidas por uma razão.

Ele abaixou a cabeça e olhou diretamente nos meus olhos.

— Addy, eu estava perdendo a esperança quanto à minha carreira... com a fotografia, a única coisa pela qual eu era completamente apaixonado. Eu nem queria mais levantar a câmera, já que a última coisa que vi através dela foram meus amigos que morreram. Então você apareceu com aquela lingerie sexy, andando no set com um esplendor diferente de tudo que já conheci. Olhei para você através da minha câmera e não vi nada além de beleza. Era como ver o sol depois de um ano de escuridão. Você me deu esperança naquele dia. Espero que eu possa encontrar meu lugar neste mundo mais uma vez.

— Killian — sussurrei e estendi a mão para tocar seu peito.

— Sei que é rápido, mas estou me apaixonando por você. Quando vejo seu rosto, quero fotografá-lo para que todos possam ver tamanha beleza. Quando vejo seu sorriso, quero memorizá-lo para quando estiver me sentindo para baixo. Quando vejo você com meu cachorro, vejo um futuro em que meus filhos estarão correndo por aí, sendo mimados pela mãe. Sempre que olho para você, Addy, vejo o meu futuro. E, linda, é tão brilhante. Você só precisa abrir os olhos. Está bem aí na sua frente. Pare de lutar contra isso. Alcance-o como eu faço. Aceite-o pelo que é. Nós nos encontramos. Encontramos a única pessoa no mundo que vai significar tudo para nós.

As lágrimas caíram quando suas palavras atingiram meu coração e o encheram de uma luz brilhante que se espalhou por minhas veias, tirando a dor, o medo, a ansiedade e as dúvidas que estavam me impedindo de me envolver com ele.

— Quero ser a sua luz, Killian. Quero mais que tudo.

— Linda, você já é. Apenas absorva. Deixe-me mostrar o quanto pode ser bom... — ele sussurrou, aproximando o rosto, centímetro por centímetro.

Atirei as toalhas na pia, a sensação ardente havia desaparecido há muito tempo. Outro fogo estava se formando, um que só Killian poderia acender.

Ele removeu o pano do meu pescoço e jogou-o para longe. Então desceu as mãos para a bainha da camisola de algodão verde que vesti antes de cair na cama depois de um ótimo jantar com seu amigo.

Killian empurrou a peça por minhas coxas. Seu olhar brilhou com intensidade enquanto ele puxava o algodão sobre meus quadris até minha cintura. Ele ergueu uma de suas sobrancelhas em questão.

Assenti para que ele continuasse. Levantei os braços, enquanto meus seios grandes eram revelados centímetro por centímetro. Enquanto eu observava, seu olhar passou por meu peito, estômago, calcinha de renda, coxas e dedos dos pés. Ele não falou nada enquanto passava as mãos grandes pelas laterais das minhas coxas, do joelho ao bumbum, onde pegou a calcinha e começou a puxar. Coloquei as mãos na bancada e levantei o suficiente para que ele pudesse tirá-las.

Em um movimento muito descarado, ele passou os dedos em volta dos meus joelhos e abriu bem as minhas coxas. Seu olhar era quente e intenso. Notei que suas narinas se dilatavam e seu peito subia e descia enquanto ele respirava profundamente.

Ele olhou diretamente para o meu sexo e juro que eu podia sentir seu olhar se mover sobre meu corpo como uma carícia suave e sedosa. Meus mamilos endureceram só com seu olhar.

Notei que suas calças estavam esticadas, um ponto escuro aparecendo perto do cós do tecido leve.

— Por que você não está me tocando? — perguntei em um sussurro, soltando um longo suspiro.

— Ah, eu vou te tocar. Te lamber. Morder. Te comer. Estou levando meu tempo para decidir por onde começar.

— Tire as calças. Quero te ver do jeito que você está me vendo — falei baixinho.

Seu olhar não deixou o meu quando ele fez o que pedi. Seu pau era longo, grosso, estava duro como pedra e úmido na ponta, provando o quanto ele realmente gostou do que viu quando olhou para mim.

— Me toque — implorei.

Ele umedeceu os lábios.

— Onde?

— Qualquer lugar. *Em toda parte.* — Passei as mãos pelas minhas coxas, quadris e seios. A excitação atingiu cada uma das minhas terminações nervosas e eu gemi de prazer.

— Seu corpo é uma loucura. — Ele fechou as mãos nas laterais das minhas coxas, a pele e os dedos ficando brancos com sua contenção. — Quero te comer com tanta força que você vai ver estrelas. Quero fazer amor até que você suspire de contentamento. Eu quero te estocar até que você não consiga nem se lembrar do seu próprio nome. — Ele apertou a mandíbula quando seus olhos castanhos ficaram pretos com luxúria.

— Sim, comece por aí. Tudo isso. Eu aceito — provoquei.

Seu olhar disparou para o meu.

— Addy, quando você me convidar para entrar, não há como voltar atrás. Não com você. Nunca. Uma vez nunca será suficiente.

— Então faça duas. Três. Que tal arredondarmos para dez? — Mordi o lábio inferior e ele arregalou os olhos e soltou as mãos, passando-as pelas minhas coxas. Envolveu minha bunda nua, inclinando meus quadris para cima enquanto sua boca foi para minha vagina.

Ele não era um daqueles homens que começavam devagar e aumentavam a intensidade depois.

Não, Killian Fitzpatrick enterrou o rosto no meu sexo, com a boca bem aberta, mergulhando a língua e me penetrando.

Eu gritei e segurei a parte de trás de sua cabeça enquanto ele comia minha carne como se não conseguisse o suficiente.

Ele rosnou como um animal e no momento, era como se ele fosse um. Um macho alfa por inteiro, marcando seu território, me destruindo com cada movimento de sua língua. Cada lambida profunda dentro de mim, até que comecei a entrar em ação, levantando meus quadris, segurando seu cabelo como as rédeas de couro de um cavalo. Eu estava selvagem, desenfreada, resistindo contra sua boca de forma incontrolável. E se a maneira como ele chupou, enfiou os dedos na carne da minha bunda e gemeu foi qualquer indicação, ele adorou cada minuto em que eu perdia a cabeça.

Dizer que eu estava no céu era um eufemismo. Minhas pernas tremeram quando ele as empurrou para cima da bancada em uma exibição carnal vulgar que eu nunca me senti confiante o suficiente para tentar antes. Mas com Killian não havia barreiras. Não havia espaço para inseguranças. Ele era alguém que exalava liberdade e eu estava ali para ser tomada. O que quer que ele quisesse fazer comigo, ele faria.

Meu sexo pulsava enquanto ele esfregava a barba na pele macia e úmida, me fazendo gritar e puxá-lo com mais força em minha direção. Um orgasmo do tamanho de um vulcão rugiu em meu corpo, começando no ponto de contato e roubando meu ar. Abri a boca, pressionei a cabeça no espelho, arqueando o corpo enquanto o orgasmo me atingia. Killian gemeu e afundou a língua, saboreando meu gozo enquanto eu estremecia em sua boca. Minha visão ficou turva quando as sensações atravessaram minhas terminações nervosas, até que começaram a embotar e me levar a um sentimento inebriante. Ele lambeu e beijou meu sexo, a parte interna das minhas coxas e desceu até meus joelhos enquanto eu voltava a mim.

Ele se levantou e sorriu, enxugando a barba molhada e os lábios brilhantes. Seu peito subia e descia como um deus conquistador e, naquele momento, era exatamente isso que ele era. Seu cabelo caía nos ombros em ondas bagunçadas, os músculos salientes e o abdômen coberto de suor. Ele parecia um *viking* que tinha acabado de devastar sua donzela. Definitivamente, o cara mais gostoso do planeta.

Observei em uma névoa enquanto ele colocava a mão ao redor de seu comprimento e o acariciava algumas vezes. Gemi quando ele se aproximou, com o pau na mão, focado em mim.

— Preservativo? — ele perguntou, com a voz profunda e rouca.

— DIU — respondi. — Estou saudável. Não transo há mais de um ano e fiz o exame quando o coloquei. E você? — Umedeci os lábios enquanto ele acariciava seu pau, esfregando o polegar ao redor da cabeça molhada.

— Fiz exame há dez meses, quando parei de transar — afirmou em tom ríspido, subindo e descendo o olhar pelo meu corpo. — Nunca transei sem camisinha. Quero te comer assim.

Me sentindo ousada, acariciei meu estômago e desci até meu sexo, massageando o clitóris e ofegando com o quanto estava sensível.

— Então me coma. — Usei suas palavras maliciosas, aumentando minha necessidade de senti-lo. Esse tipo de conversa sacana era novidade para mim, mas se isso me levasse a um orgasmo empolgante, eu tentaria.

— Você é minha fantasia, Addy. Há tanta coisa que quero fazer com você agora. — Suas narinas dilataram quando ele se aproximou, esfregando a cabeça do pau por todo o meu sexo.

Inclinei os quadris, me apoiando na penteadeira, e envolvi as pernas em seus quadris. Ele observou enquanto me penetrava centímetro por centímetro.

Tentei forçá-lo a ir mais rápido, a me penetrar por completo, mas ele não quis. Seu aperto em meu quadril era inflexível, me esticando aos poucos.

— Por favor — implorei.

Ele umedeceu os lábios e empurrou seus quadris para dentro e para fora, mas sem se aprofundar.

— Eu quero sentir... você por inteiro — implorei, me sentindo devassa e carente.

Apertei os músculos vaginais em torno dele. Killian assobiou e apoiou a testa na minha.

— Me beije — ele murmurou.

Levei uma mão ao seu queixo e pressionei meus lábios nos seus, sentindo meu gosto em seus lábios e língua. Ele abriu mais a boca e quando sua língua deslizou para dentro, o mesmo aconteceu com seu pênis, me penetrando por inteiro. Me estiquei e o beijei profundamente profundamente enquanto ele me segurava.

— Você é... perfeita. — Ele suspirou, passou os braços em volta do meu corpo e me levantou da bancada. Apertei os membros ao seu redor enquanto ele nos carregava para sua cama. Lá, ele apoiou um joelho no colchão e me deitou.

Quando estava completamente acima de mim, Killian me penetrou ainda mais fundo. Eu estava totalmente preenchida, envolta em calor, segurança e amor. Eu podia senti-lo desde as pontas dos dedos dos pés até o formigamento no couro cabeludo.

Isso era diferente.

Estar com ele era único. Especial.

Killian recuou e então me penetrou novamente. Arqueei e gemi. O prazer era diferente de tudo que senti antes. Nada se comparava a isso.

Ele continuou a me beijar, movendo os quadris em um ritmo plano para agradar e dar prazer, não machucar em estocadas fortes demais.

Inclinei a cabeça enquanto ele passava a língua pela base do meu pescoço, o frio no ar alcançando a pele molhada como se fossem alfinetadas geladas aumentando as sensações inacreditáveis que ele provocou em mim. Ele se moveu para o meu peito, levantou o seio e lambeu a ponta antes de chupar. Ondas de luxúria e excitação rugiam em meu peito enquanto ele lambia, sugava e beliscava meu bico ereto. Ele deu prazer a um seio e depois passou para o próximo, repetindo a atenção.

No momento em que ele terminou com meus seios, eu estava mais do que pronta para ser comida. Precisava mesmo.

— Mais forte, baby. Por favor — sussurrei contra sua boca quando ele se inclinou para me beijar.

— Estou fazendo amor com você, Addy — ele murmurou em resposta, me beijando e movendo os quadris, mantendo um ritmo que fez meus dedos dos pés se curvarem e o sexo pulsar.

— Faça amor comigo com mais força, baby — exigi. — Estou enlouquecendo.— Engoli em seco quando ele apertou um dos mamilos com uma mão sorrateira.

Ele mordeu o espaço onde meu ombro e pescoço se encontravam, mas não com força suficiente para machucar.

— Essa é a questão. Deixar você louca. Perdida em mim e fazer seu corpo cantar. — Ele levou uma mão por baixo de minhas costas e até meu ombro, curvando-a. A outra foi para a minha bunda. Ele usou essa alavanca para me penetrar mais fundo, um pouco mais forte, atingindo aquele espaço dentro de mim que me deixou com mais necessidade de gozar.

— Ah, caramba. — Envolvi as pernas mais acima de sua caixa torácica e me esforcei contra a sensação completa de seu pau me estocando, exatamente como eu precisava.

— Humm, você gosta disso. — Ele girou os quadris em círculos alucinantes e eu perdi minha capacidade de respirar. Enfiei as unhas em suas costas.

Ele pegou o ritmo e, finalmente, usou a alavanca em meu ombro e bumbum, entrando e saindo fundo, forte e rápido. Meus dentes bateram quando um orgasmo enorme me atingiu.

— Puta merda, puta merda, puta merda, simmmmm — gemi quando ele gozou intensamente, sem parar por nada.

O corpo de Killian estava esticado contra o meu, seu corpo molhado de suor enquanto ele continuava a me levar.

Apertei cada músculo que me restava, querendo que ele sentisse tudo o que eu sentia.

— Puta merda, Addy. — Ele me estocou mais forte, seus quadris eram como um borrão quando me inclinei, segurei sua bunda e grudei a boca em seu ombro, onde mordi. — Ah, sim

— ele rugiu, segurando meu corpo, e penetrou seu pau bem no fundo, antes de finalmente gozar.

Sua essência me inundou com onda após onda de calor enquanto seu corpo lentamente começou a relaxar, seu peso me pressionando no colchão. Por alguns segundos ele ofegou contra o meu pescoço, me presenteando com beijos suaves enquanto recuperava o fôlego.

Killian mudou seu peso, passando os braços em volta de mim e rolando de costas comigo por cima, com nossos corpos ainda intimamente conectados.

Por um longo tempo, nenhum de nós falou, contentes em aproveitarmos o rescaldo de nosso ato de amor. Quando suas mãos alcançaram meu pescoço e ele tocou na minha bochecha, eu levantei minha cabeça.

— Como você está? — ele me perguntou, sem nenhuma dica em sua expressão sobre o que ele estava pensando ou sentindo.

— Bem e você? — Fiz uma careta e vi como seu rosto se contorceu em um sorriso arrogante.

— Acabei de fazer amor com minha mulher pela primeira vez e foi o melhor da minha vida. Então, sim, estou indo muito bem. — Ele riu.

Eu ri e apoiei o rosto contra o centro do peito.

Ele entrelaçou os dedos pelo meu cabelo grosso.

— Ei?

Levantei a cabeça novamente.

— Você está bem? O sonho e então você sabe, tudo o que eu disse e fizemos?

Deus, esse homem era incrível. Eu me mexi o suficiente para cruzar os braços em seu peito e apoiar meu queixo em meus braços.

— Os sonhos são uma merda. Eles são assustadores. O que aconteceu depois daquele sonho não foi. Você cuidando de mim, me trazendo de volta daquele lugar horrível e depois me dando o maior prazer de todos... Sim, não vou reclamar, bonitão.

Ele estufou o peito e abriu um sorriso enorme.

— Maior prazer de todos?

— O que você fez no banheiro, foi um nível de fantasia para uma garota como eu.

Ele franziu a testa.

— Uma garota como você?

— Sim, você sabe, uma garota maior. Não posso falar por todas, mas geralmente não me desnudo inteira ou abro as pernas como as asas de uma águia em um balcão com a luz brilhando sobre mim e deixo um homem fazer aquilo. Mesmo que eu esteja superconfiante com meu corpo.

— Ah, por que não? Você tem alguma ideia de como seu corpo é sexy para mim? Todas aquelas curvas. Peitos enormes, boceta doce... — Ele passou as mãos até minha bunda gorda. — Essa bunda. As coisas que vou fazer com ela. Baby, é depravado o jeito que eu quero te comer. As maneiras que eu vou comer cada centímetro seu. Muito em breve e por muito tempo. Anos na verdade.

Apertei a mão sobre sua boca e arregalei os olhos.

— Você é tão sacana!

Ele lambeu minha mão. Eu a puxei de volta e a apertei.

— Viu! — Acenei como prova.

Ele riu e então agarrou meus quadris.

— Addy, a vida é confusa. O sexo também. Uma boa transa pode ser completamente sacana. Não há nada em seu corpo curvilíneo que não me deixe louco de luxúria. Alguns homens gostam de mulheres magras e atléticas. Outros gostam de seios falsos e lábios cheios. Não julgo. As mulheres são bonitas e devem se sentir bem consigo mesmas. Acontece que sou um homem que gosta de curvas, peitos enormes, coxas e quadris para segurar e uma bunda suculenta. Não me importo se você pesa mais ou menos que eu. Eu quero todas essas curvas suaves em cima de mim. Ponto final. E estou lhe dizendo agora: você não vai esconder esse corpo incrível de mim. Eu quero um passe de acesso total para ele.

Revirei os olhos.

— Passe de acesso total. O que eu sou, um parque de diversões?

Ele me virou tão rápido, que seu pau saiu de mim. Seu rosto sorridente e olhos brilhantes pairaram sobre mim, seu cabelo comprido fazendo cócegas em meus ombros e pescoço nus.

— Essa é a analogia perfeita. O corpo da minha mulher é o meu parque de diversões pessoal. Eu gosto desta ideia. — Ele abaixou a cabeça e passou a língua em torno de um pico antes de arranhá-lo com os dentes bruscamente. Suspirei. Mesmo que eu estivesse saciada duas vezes, a excitação cintilou para a vida enquanto ele provocava meu mamilo.

— Estou me preparando para outra vez — alertou.

— O quê? Sério? A gente acabou de transar.

Ele sorriu, então levantou um braço no ar, com a mão em punho.

— Tuuu-ruuuu. Todos a bordo no parque de diversões de Killian Fitzpatrick!

Dei uma risada.

— Isso é um condutor de trem! Não o cara da bilheteria de um parque de diversões.

— Quem disse que não há um trem no meu parque do amor? — Ele mordeu o lábio inferior tentando não rir.

— Você é tão bobo! — Segurei suas bochechas sorridentes.

— Pelo menos, sou o seu bobo. — Ele abaixou o rosto e tomou minha boca em um beijo profundo e molhado que me provocou várias sensações. Quando ele se afastou e foi direto para os meus seios, segurando-os com ambas as mãos e passando os polegares sobre as pontas simultaneamente, suspirei de prazer.

— Você é meu bobo. — Passei o polegar sobre seu lábio inferior molhado. — E vou ficar com você.

Ele sorriu, balançou as sobrancelhas e começou a me acariciar, aproveitando seu parque de diversões.

Ainda bem que eu era uma caçadora de emoções. Aproveitei ao máximo cada aventura naquela noite.

DOZE

Passamos a maior parte daquela semana tirando fotos na casa de Killian. O quarto, o sofá azul-petróleo, perto da estante e qualquer outro lugar que ele pudesse pensar e que nós dois concordássemos que não só pareceria legal, mas genuíno.

— Isso vai parecer brega... — Sua voz atrapalhou meu foco. — Mas quero que você segure o regador e molhe as plantas, mas empine o traseiro quando alcançar aquela pendurada no canto. Dessa forma, posso ver o cós da calcinha e também onde a camisola cai no corpo.

Segurei o regador de metal antiquado pela alça, coloquei o pé descalço no banquinho de aparência frágil e apoiei metade do meu peso sobre ele enquanto ficava na ponta do pé direito. Levantei os quadris, me certificando de que minhas pernas parecessem longas e os músculos certos estivessem envolvidos enquanto eu fazia isso. Coloquei a mão em um dos degraus de metal e virei o corpo para que a camisola rosa claro que eu usava subisse pelos meus quadris e cintura, e mostrasse a beira das nádegas, enquanto eu regava uma planta que era mais alta que eu.

— Incline a cabeça e deixe o cabelo cair totalmente para um lado. Quero ver seu perfil, bem como a frente da camisola, porque seus seios... puta merda, baby. Estão deliciosos! — Ele elogiou, mas nenhum desses elogios atingiu seu alvo. Eu estava com muita dor.

Fiz o que ele disse, deixando meus cachos caírem para o lado direito quando alcancei e inclinei a cabeça e a bunda. Tudo isso enquanto eu estava literalmente ficando com torcicolo, dormência no músculo da panturrilha, sem mencionar que meu dedão do pé parecia que estava prestes a cair.

— Tire a porra da foto logo! — resmunguei ao entreabrir de leve a boca em minha pose facial etérea e sonhadora.

— Tirei! — ele gritou e eu praticamente caí de lado contra as outras plantas enquanto tentava me orientar. — Merda, você está bem? — Killian correu e segurou minha mão, me dando o apoio de que eu precisava para colocar os dois pés no chão com segurança.

— Conseguiu a foto? — bufei, movendo as pernas em um padrão, para ajudar a recuperar o controle delas.

Ele sorriu com malícia e me mostrou a câmera.

— O que foi que te falei?

Ele passou foto após foto de uma série muito boa.

— Você parece uma deusa de rosa, com a luz vindo de cima, o verde das plantas ao seu redor, a suavidade da cor e do tecido contra sua pele enquanto você faz algo bastante doméstico... Addy, você é o que toda mulher, toda mãe cuidando de sua casa quer parecer.

Assisti enquanto ele passava uma foto após a outra.

— E a melhor parte: é bastante acessível para a mulher comum. Gosto da *vibe* dessa série. Lingerie sexy não apenas para uma noite de encontro, mas para todas as noites. Mesmo quando se tem que fazer algo tão mundano quanto regar as plantas.

Ele riu, passou o braço em volta de mim e esperou até que eu o olhasse.

Killian inclinou o rosto e tomou minha boca em um beijo ardente que durou muito tempo. Meu coração começou a bater forte enquanto eu sentia a excitação correr através de mim. Levantei a mão e a envolvi em seu pescoço, pressionando mais o corpo contra o dele. Ele entendeu a dica e me empurrou contra a divisória de vidro que servia de parede para esta área e o resto do caminho para a pequena academia.

Em um movimento bastante furtivo, ele estendeu a mão, enganchou a câmera e prendeu em um gancho que já segurava uma planta. Ele bateu contra a base da planta, mas não mostrou nenhuma preocupação. Se ele não se importava que sua câmera cara estivesse pendurada em um gancho de planta, ficando úmida, quem era eu para dizer alguma coisa?

Além disso, minha boca estava muito ocupada.

Sugando seu lábio inferior.

Movendo a língua contra a dele.

— Vamos fazer isso — ele murmurou contra a minha boca e, em seguida, penetrou a língua profundamente.

— Ah, sim. — Movi a boca para recuperar o fôlego, mas isso não significava que minhas mãos não estavam ocupadas puxando a camiseta sobre sua cabeça para colocar meus dedos gananciosos em toda aquela pele dourada e musculosa.

Ele a arrancou, em seguida, puxou os laços na frente da camisola e assistiu fascinado enquanto meus seios naturalmente esticavam o tecido aberto.

— Caramba, sim — ele disse com admiração, enquanto segurava o tecido e o esticava o suficiente para que meus seios saíssem de seus confinamentos. Ele provocou cada ponta com os polegares, em seguida, inclinou a cabeça e chupou forte o suficiente para eu ofegar e retaliar, mergulhando minhas mãos na parte de trás de sua calça de moletom cinza e direto em sua bunda, onde agarrei com firmeza, forçando seu comprimento contra mim.

Ele gemeu contra meus seios, então se afastou e esperou que eu olhasse em seus olhos. Estavam brilhando de excitação. Umedeci os lábios e mordi o inferior para não gemer como uma vadia com fome de pau, mas naquele momento, eu era exatamente isso. Uma vadia com fome de pau.

Killian sorriu e passou a mão pelo tecido da camisola macia até onde ela se dividia no centro. Ele girou um dedo ao redor do meu umbigo de forma provocadora. Engoli em seco quando minha pele se arrepiou. O homem apenas sorriu, sabendo exatamente o que estava fazendo comigo. Mas sua mão não parou por aí. Ah, não. Ele desceu, virando a palma para que seu calor deslizasse pela minha pele até que seus dedos atingiram o alvo.

Inalei bruscamente enquanto ele provocava aquele feixe de nervos pulsante com dois dedos mágicos.

— Sensível? — Sua voz tinha uma rouquidão que provocou arrepios de necessidade em minha espinha.

Assenti.

Ele arqueou uma sobrancelha e pressionou o rosto a apenas um centímetro do meu. Eu podia sentir seu hálito quente contra meus lábios a ponto de quase estarmos respirando o ar um do outro. Era íntimo, ameno e úmido de uma forma que me lembrava belas tardes de verão sob o sol havaiano. Com o cabelo solto, nos cercando enquanto ele brincava comigo, era como se estivéssemos a quilômetros de distância de Chicago e qualquer coisa além de nós dois não existisse.

Killian deslizou seus dedos ainda mais entre minhas coxas, penetrando não um, mas dois deles, usando minha excitação para facilitar sua entrada.

Engoli em seco e gemi, incapaz de fingir que o que ele estava fazendo entre minhas pernas não estava me matando da melhor maneira possível.

— Você gosta quando toco em você? Te provoco? — ele murmurou contra meus lábios.

— Sim. — Inclinei a cabeça para trás e fechei os olhos em um movimento particularmente delicioso.

— Olhe para mim, linda. — Ele girou seu polegar contra meu clitóris, e eu empurrei meus quadris contra seus movimentos.

— Por favor... — implorei, sem ter ideia do que estava implorando. Só querendo tudo. Qualquer coisa que ele estivesse disposto a dar. O que quer que fizesse esse prazer latente explodir do jeito que eu sabia que ele aguentaria.

— Por favor, o quê? — Ele moveu os dedos para dentro e para fora um pouco mais rápido, girou o polegar no ponto exato um pouco mais forte.

— Me come — suspirei, pressionando a testa na dele e alcançando sua boca com a minha.

Ele deixou meus lábios mal tocarem os seus antes de colocar seu rosto fora do alcance da minha boca.

— Estou te comendo. Estou te comendo contra a parede do meu jardim. E vou fazer isso até você gozar em meus dedos...

— Killian, as coisas que você diz. — Gemi e cravei as unhas em sua bunda, empurrando meus quadris em movimentos contrários aos dele.

— Gosto do jeito que você monta meus dedos. De ver você perder a cabeça com o meu toque. Você é tão linda, Addy. É maravilhoso ser o único a te ver assim, com seus olhos claros escuros de prazer, seu corpo se movendo contra o meu desenfreadamente, seus lábios machucados e inchados dos meus beijos. Puta merda. Você tem alguma ideia de como você me deixa louco? O quanto você deixa meu pau duro?

— Ah, baby. — Levantei a perna e enganchei ao redor de seu quadril, forçando seu corpo a pressionar contra mim, o que teve o efeito incrível de dar a seus dedos a alavanca certa para alcançar aquele ponto dentro que me fez gritar.

— Cacete, sim. — Ele enfiou outro dedo, pressionou alto e puxou para baixo de forma rítmica.

Vi estrelas.

Pequenas estrelas piscando brancas, amarelas e azuis nebulosas nas laterais da minha visão como vaga-lumes na minha periferia.

Ele disse que ia me fazer vê-las e não estava errado.

Estremeci contra seus dedos, mas ele não parou. Ele foi implacável em seu desejo de me dar a melhor experiência, mergulhando fundo, depois apertando e acariciando meu clitóris de uma forma que levou meu orgasmo de dez a cem em um segundo.

Gritei e deixei as ondas do clímax me atingirem, uma após a outra, esticando, alongando meu corpo, permitindo que cada nova sensação me banhasse em sua magnificência. Finalmente relaxei nos braços amorosos do meu homem, embalando-me contra seu peito grande e nu até recuperar o fôlego.

— Droga, baby — ele murmurou contra minha bochecha suada.

Os tremores secundários me faziam estremecer e gemer de prazer cada vez que um deles me atingia, até que percebi que algo lá embaixo ainda estava quente, duro e pronto. Foi quando decidi que ia ligar o interruptor e fazê-lo sentir tudo o que tinha acabado de me dar.

Me movendo mais rápido do que ele esperava, eu nos virei até que ele estava com a bunda contra o vidro, e eu estava na sua frente. Dei um passo para longe, coloquei as palmas das mãos contra seu peito glorioso, e lentamente me ajoelhei, passando as mãos naquela pele poderosa e linda, no abdômen contraído e direto para sua calça de moletom cinza. Enganchei os dedos nas calças, puxei até os joelhos e os deixei lá, limitando sua habilidade de se mover ou assumir o controle.

Passei as unhas pelas costas de suas coxas do tamanho de um tronco de árvore e ele gemeu em resposta.

Seu pau se projetava orgulhoso e grosso, balançando ligeiramente na frente do meu rosto. Arrisquei olhar para Killian e o que vi lá quase me levou às lágrimas. Características definidas em linhas suaves e bonitas, admiração e felicidade em sua expressão como se me ver de joelhos fosse um presente imensurável.

Com o olhar preso no dele, envolvi a mão em torno de sua cintura e coloquei apenas a cabeça dentro da minha boca. Girei a língua ao redor da cabeça. Não tirei os olhos dos seus quando fiz isso. Gostando muito de como ele respondeu. Suas narinas se dilataram e suas mãos se fecharam, mas ele não desviou o olhar. Descobri muito rapidamente que Killian gostava de assistir.

Bem, eu estava prestes a dar-lhe um show.

Eu o chupei e fui o mais longe que pude, usando a língua para provocar ao longo do comprimento. Ele pressionou as mãos no vidro atrás de si e comecei a me mover, engolindo seu comprimento como se fosse meu deleite favorito.

Eu me envolvi tanto, que nem percebi no começo quando uma de suas mãos se entrelaçou no meu cabelo, na parte de trás da minha cabeça, e se enrolou nas tranças, me ajudando a me mover do jeito que ele queria.

Deslizei por seu comprimento e pressionei meus lábios apenas na ponta, olhando em seus olhos.

— Você gosta de controle no quarto — afirmei e agitei a cabeça brilhante com a língua, provocando a pequena fenda na ponta.

Killian sibilou por entre os dentes e seu aperto no meu cabelo se fortaleceu.

— O que você quer fazer comigo agora? Hummm? — provoquei, girando a língua de forma preguiçosa e passando a mão por sua ereção em movimentos lentos e medidos.

Sua mandíbula ficou dura como pedra enquanto ele puxava meu cabelo pelas raízes.

— Quero que você me chupe com força — ele grunhiu por entre os dentes.

Sorri e dei-lhe algumas chupadas longas e luxuriosas.

— Assim? — perguntei em um tom sensual enquanto batia meus cílios.

Ele fez um barulho retumbante no fundo de sua garganta que me levou a acreditar que ele estava prestes a perder o controle. E era exatamente por isso que eu o estava provocando.

— Addy, não brinque — ele avisou.

— Mas eu pensei que era o que você queria?

Ele inalou e firmou seu aperto em meu cabelo, levando minha cabeça para mais perto de seu pau.

— Eu vou enlouquecer, te jogar no chão e te comer com força contra o concreto se você não parar de brincar. Estou vendo o que você está fazendo.

Sorri, pensando que eu poderia preferir ele me comer com força contra o chão, mas queria que ele enlouquecesse.

— Oh? É isso o que você quer? — perguntei e então reuni cada grama de paixão que eu tinha e o levei em minha boca até o fim.

— Puta merda! — Ele rugiu, perdido em seu prazer, puxando meu cabelo de uma forma dolorosa que aliviou em um prazer latejante e formigante entre minhas coxas.

Meus olhos lacrimejaram, mas não desisti, me afastando e tomando-o de volta com força até o fundo.

— Puta merda, sim. Me leve garganta abaixo. — E lá estava o homem de fala sacana que eu esperava trazer à tona.

Fiz como ele pediu. Repetidamente. Afrouxando a garganta, suavizando a língua e levando-o o mais longe possível. Engasguei em seu pau, mas toda vez que eu fazia isso, gotas salgadas de sua essência revestiam minha língua provando que ele estava amando cada segundo.

Com um movimento da língua, recuei, olhei para seu rosto cheio de paixão e disse as palavras que eu sabia que ele estava esperando para ouvir. Eu podia sentir sua necessidade correndo em minhas veias como se fosse meu próprio prazer e não dele.

— Assuma, lindo — murmurei.

Ele balançou a cabeça e segurou minha bochecha com a outra mão.

— Faça isso — eu disse antes de levá-lo para dentro de apenas alguns centímetros, para frente e para trás em movimentos lentos que não lhe dariam o que ele precisava.

Ele inalou e olhou para mim. Chupei o mais forte que pude e ele inclinou a cabeça para cima, torceu meu cabelo com os dedos de sua mão direita e me segurou para que eu não pudesse me mover. Então, com a mão em meu queixo, ele colocou o polegar no meu lábio inferior e o esticou tanto que meu maxilar doeu contra o puxão. Mas não importava.

Killian empurrou seus quadris, movendo seu comprimento

no ângulo perfeito para ir direto para a minha garganta. Foi chocante, assustador e indutor de excitação ao extremo.

Minha calcinha estava encharcada enquanto ele me segurava onde queria e fazia exatamente o que pedi. Tomando seu prazer, do jeito que ele queria.

Meus olhos se encheram de lágrimas, mas não me importei. Eu queria cada segundo desse momento. Um onde eu estava no controle completo, mas, novamente, não. Sabendo que com uma ligeira mudança da minha cabeça ou desconforto em meu rosto e ele se moveria mais rápido do que um raio para me proporcionar alívio.

Uma névoa sensual e sonhadora nublou minha mente e deixou meu corpo solto e flexível. Killian empurrou para dentro e para fora, seu corpo tremendo com o esforço. Quando seu aperto aumentou, segurei seus quadris e deixei as vibrações de seu controle sobre mim e seu uso do meu corpo para obter seu prazer inundar meus sentidos em um sentimento sem fim de contentamento.

Por alguns segundos, Killian se perdeu nas sensações. De repente, ele segurou meu cabelo e minha mandíbula e estocou de uma maneira que eu sabia o que significava.

Seu corpo ficou reto como uma pedra e imóvel enquanto ele rugia seu orgasmo.

Fiquei com ele até o último segundo quando ele afastou os para e caiu de joelhos, onde me sentei sobre as minhas canelas. Ele segurou minhas bochechas com as duas mãos, seu corpo poderoso ainda se movendo.

— Baby, você é incomparável. O que eu acabei de experimentar... uau. Você é incrível. Não é como qualquer mulher que conheci, e sou sortudo demais por te chamar de minha — ele murmurou em um tom de adoração que fez meus olhos se encherem de lágrimas.

— Venha aqui. — Ele me puxou contra seu peito e me beijou. Suas calças ainda estavam em torno de seus joelhos, mas isso não parecia importar para ele. Era como se nada além de se conectar comigo fosse importante naquele momento.

Nos beijamos como adolescentes por algum tempo até que não aguentei mais ficar no concreto frio ou manter as pernas naquela posição.

Eu me afastei e segurei sua mandíbula.

— Duas coisas: primeiro, sinto que minhas pernas estão prestes a cair. — Ele riu. — Segundo: estou morrendo de fome. Todo esse sexo significa que uma garota tem que comer. Repor as calorias ou na próxima vez você vai ter que fazer todo o trabalho.

Killian riu, levantou-se, puxou as calças e ofereceu a mão. Então aceitei. Naquele momento, meu telefone tocou. Ele estava em uma mesinha desmontável que Killian costumava colocar suas lentes, câmeras extras e outros itens de fotografia que eu não sabia nomear.

— Atenda enquanto começo a preparar o almoço. Estou pensando em bacon grelhado, queijo e *paninis* de tomate com salada. O que acha?

Meu estômago roncou audivelmente. Massageei minha barriga em resposta.

— Parece celestial. — Eu ri e fui pegar o telefone. Quando peguei o robe combinando e o vesti, notei que na tela dizia "Duende".

— Oi, Liliana. O que houve, irmã? Você não deveria estar na escola?

— Hoje foi meio-expediente. O que eu também me esqueci de mencionar ao meu grande e estúpido guarda-costas, então agora estou presa, esperando dentro do corredor da escola. Porque Omar, o Ogro, não me deixa dirigir meu próprio carro para ir e voltar do trabalho.

Me apoiei contra a parede.

— Sinto muito que minha situação esteja mexendo com sua vida. Sei o quanto isso é chato.

Ela suspirou.

— Está tudo bem. Uma por todas e todas por uma. Mas estou farta do Omar, o Obstinado. Não posso ter outra pessoa?

— Ele é mau com você? Diz coisas que não deveria? O que ele faz? — perguntei com preocupação, porque se alguém estava chateando minha irmã, eu estava pronta para acabar com isso imediatamente.

— Não. Ele me mima como se eu fosse uma criança na minha escola! ¡Es ridículo! Quero dizer, sei que nenhuma de nós está seguro, blá blá, eu entendo. Ele leva isso ao extremo. Nem me deixa ficar do lado de fora com outro professor esperando-o chegar.

— Humm, você já conversou com ele? — Desci as escadas em direção ao local onde ouvi Killian cozinhando e cantarolando na cozinha. Me sentei em um banquinho e vi meu belo homem cozinhar para mim. Suas costas estavam cheias de cicatrizes da explosão da bomba que ele sobreviveu, mas isso não tirou nem um pingo de sua beleza. E ele me tratava da mesma forma em relação às cicatrizes em meus braços. Ele não chamava atenção para elas, mas também não se esquivou de me tocar lá.

— *¡Por supuesto! ¡Yo hice! ¡Simplemente me ignora!* — ela disse em espanhol, o que não entendi. Liliana tendia a voltar ao espanhol quando estava com raiva ou excessivamente emocional.

— Mana, você falou em espanhol, agora me diga de novo depois de respirar comigo. Sim? Inspire e segure. — Eu podia ouvir sua inspiração rápida. — Agora solte lentamente. — Ela fez como eu disse. — Melhor?

— *Sí, gracias.* O que eu estava dizendo era, sim, eu disse a ele que ele estava me irritando, e ele simplesmente me ignorou. O que ele faz, o tempo todo. Mais uma vez, como se eu fosse una *niña*, uma criança! — la esclareceu, mas eu sabia que *niña* significava criança. — Ele simplesmente me ignora, me olha com aquele sorriso presunçoso no rosto e me diz que sou fofa quando estou bravo! — Sua voz se elevou.

— Fofa?

— *Sí*, é irritante — ela retrucou, como se estivesse pronta para sair e socar o cara.

— Querida, ele te disse que você era fofa quando estava brava? — tive que esclarecer.

— *Sí*, você está me ouvindo? — Então ouvi um barulho que parecia que ela estava batendo a mão contra o telefone. — Isto está ligado?

Eu ri com vontade. Liliana irritada era uma piada. E total e completamente sem noção quando se tratava de homens que estavam interessados nela.

— Sim, estou ouvindo. Sou todo ouvidos, na verdade. E o que estou percebendo é que o seu guarda-costas gosta de você — afirmei diretamente.

Ela fez um som de *shiuuu* e eu podia facilmente imaginá-la inclinando a cabeça para trás em afronta, seus cachos balançando, enquanto ela semicerrava aqueles lindos olhos e sobrancelhas perfeitamente arqueadas.

— Isso simplesmente não é verdade, *mi hermana*.

Eu gemi e então tive uma ótima ideia para provar meu ponto.

— Ei, lindo — chamei Killian. — Se um cara diz a uma mulher que ela é fofa quando está brava, o que isso significa? Espere, Lil, vou te colocar no viva-voz. — Apertei o botão do alto-falante e segurei o telefone. — Certo, Killian, o que isso significa?

— Não sou especialista, mas se fosse eu, assumiria que o cara gosta da mulher. Fofa é outra maneira de dizer bonita, na minha experiência.

— Viu! Essa é a minha opinião também. Lil, o cara está a fim de você. — Sorri para Killian, que balançou a cabeça e continuou a cozinhar o bacon para nossos sanduíches.

— Ele não está a fim de mim! Todas vocês que estão suspirando por seus homens pensam que todos estão apaixonados por todos. Estúpida. Simone me perguntou uma coisa parecida ontem. Sim! E agora lá vem ele, com aquele SUV preto agindo como se fosse o presidente dos Estados Unidos. Meu Deus. Tenho que ir.

— Espere, espere! Você não me disse se também gosta dele ou não?

— E não vou dizer! Adeus — ela disse e desligou abruptamente.

Sorri para Killian, que se virou com um grande sorriso no rosto.

— Ela está a fim dele. — Eu ri.

— Com certeza — Killian concordou.

— Será divertido ver aquele gigante do Omar enfrentar a Duende. Espero que ele tenha seguro. Essa pequena bola de fogo tem dentes!

Killian riu enquanto colocava duas fatias grossas de queijo, bacon e duas fatias vermelhas suculentas de tomate em cada pão focaccia fatiado e com manteiga.

— Aposto na Duende. Ou melhor, quero dizer no guarda-costas ganhar a Duende. Isso realmente importa, desde que tudo dê certo?

Balancei a cabeça, saí do meu banquinho e fui ficar atrás dele, envolvendo meus braços ao redor de sua cintura.

— Não. Contanto que duas boas pessoas se encontrem, fico feliz em ver isso acontecer.

— Eu também. — Ele esticou o pescoço e me beijou, então voltou a trabalhar nos sanduíches.

Eu o segurei por trás, descansando a bochecha em suas costas pensando em como eu poderia ajudar minha irmã a conquistar o homem dos seus sonhos, mesmo que ela estivesse sendo atrevida e distante sobre isso. Liliana merecia encontrar a felicidade e se ela estava desabafando tanto quanto parecia, meu instinto era que ela estava interessada de verdade em seu guarda-costas.

Só o tempo diria.

TREZE

— Olhe para este bom menino — balbuciei para Brutus enquanto ele me trazia de volta a bola de tênis que eu tinha jogado no gramado do parque para cães onde Killian nos levou.

Foi minha primeira saída nas últimas duas semanas, desde que tudo começou, e eu planejava aproveitar cada minuto. Joguei a bola mais uma vez e Brutus foi atrás dela a toda velocidade. O rottweiler era super-rápido.

— Você acha que ele seria legal com a Amber? — perguntei a Killian, que estava encostado na cerca de arame digitando algo em seu telefone.

Ele terminou de enviar mensagens de texto e, em seguida, enfiou o telefone no bolso de trás.

— Ele fará o que eu disser. Se eu o apresentar e usar comandos para expressar meus desejos, ele me seguirá. O Brutus foi muito bom com cães que encontramos aqui. Ele tem uma grande personalidade. A questão é que ele foi treinado para me proteger e, agora, a você. Sua raça leva esse compromisso a sério.

Brutus voltou abanando o rabo, animado enquanto o pai apontava para o chão e dizia para ele largar a bola. Ele o fez imediatamente, então se sentou, esperando seu próximo comando. Killian pegou a bola e a jogou muito mais longe. O cachorro nem se mexeu até que Killian deu a ordem para Brutus pegá-la.

— Por que ele não faz isso comigo?

Killian sorriu.

— Porque você não configurou esses parâmetros com ele logo de cara. Você o mima o tempo todo. Ele te tem no alcance da pata.

Eu ri.

— Eu o amo, não posso evitar. — Olhei para esse garoto voltando.

— Baby, você deixou claro para ele quem manda... e eu odeio dizer isso, mas não é você. — Ele sorriu.

Minha boca se abriu quando o choque de sua declaração me atingiu.

— Não é ele quem nada! — retruquei quando Brutus voltou e olhou para mim, em seguida, seu pai, esperando por seu comando.

— Vem aqui, Brutus. — Apontei para o chão perto dos meus pés. Brutus olhou para Killian, que ergueu o queixo. O cachorro se aproximou e sentou-se aos meus pés.

Semicerrei o olhar enquanto Killian sorria e eu acariciava a cabeça de Brutus.

— Muito bem, bebê. Me dê a bola. — Tirei a bola de sua boca, o que ele me deixou fazer sem problemas. — Viu? Peguei a bola facilmente! — Segurei-a para que Killian pudesse ver o prêmio. Então joguei o mais longe que pude. — Agora... — Mas antes que eu pudesse dar o comando, Brutus correu para ele imediatamente.

Killian riu, depois assobiou e Brutus trouxe a bola de volta para ele, não para mim, e sentou-se bem ao lado da perna de seu pai.

— Exibido — resmunguei.

— Só porque ele ouve meus comandos não significa que não vai te ouvir também. Você é o bom policial e eu sou o mau. Que tal?

Dei de ombros.

— Acho que é melhor ser o bom policial. — Eu me agachei. — Venha cá, rapaz!

Ele não se moveu da perna do pai, mas começou a choramingar e balançar o rabo como se estivesse morrendo de vontade de vir até mim, mas sabia que não deveria fazê-lo depois que seu pai deu uma ordem.

Killian permitiu, Brutus veio até mim e lambeu a lateral do meu rosto. Seu pai me passou a coleira e eu a prendi no pescoço grosso de Brutus e beijei sua testa.

— Da próxima vez, vamos mostrar ao papai quem manda. Certo, garoto? — Esfreguei as unhas em sua espinha em um movimento que eu sabia que ele adorava.

Brutus latiu como se estivesse respondendo.

— Viu?

— Ah, você me mostrou. — Killian riu quando revirei os olhos e estalei a língua contra os dentes para fazer Brutus andar.

— Baby, esse é o som que se faz quando se está conduzindo um cavalo.

Gemi baixinho e segui em frente, Brutus assumiu a liderança até que Killian o alcançou e entrelaçou nossos dedos.

— Não seja boba. Estou com ele desde uma semana depois que voltei. Ele está comigo o tempo todo. Me ajudou muito. Temos um vínculo diferente, mas você está construindo o seu próprio e, de qualquer forma, isso é uma coisa boa. — Ele cutucou meu ombro de brincadeira.

— *Humpf* — bufei, mas continuei segurando a mão de Killian durante todo o caminho de volta para seu apartamento.

O que vimos quando chegamos lá nos assustou. Havia uma multidão de *paparazzi* cercando a frente do prédio. Não um ou dois, mas um bando. Pelo menos vinte ou mais.

— Caramba. Eles descobriram quem você é e onde mora. — Caí contra o seu lado me sentindo derrotada, pois nosso esconderijo privado não era mais um segredo.

Killian tirou a coleira de minha mão e a enrolou na sua várias vezes até que o cachorro estava bem perto do seu lado. Ele me segurou pela cintura e nos fez avançar.

Mantive a cabeça baixa quando nos aproximamos.

— *Addison, há quanto tempo você está namorando Killian Fitzpatrick?*

— *O relacionamento é sério!*

— *Você tem alguma conexão com as três vítimas?*

— *Você acredita que é um assassino imitador ou um fã obcecado?*

Os repórteres e fotógrafos gritavam comigo, implacáveis em sua busca por algum tipo de fofoca suculenta que pudessem publicar sobre mim, Killian ou o caso.

— Para trás, porra! — Killian rugiu e Brutus começou a latir e rosnar como um louco. — Meu cachorro vai morder qualquer um que se aproximar de mim ou da Addison. Para trás! Esse é o único aviso que vou dar!

Brutus se enfiou entre mim e a multidão que nos circulava. Ele era cruel em seu desejo morder em qualquer um que se aproximasse de mim. Um homem estendeu a mão e o cão respondeu por instinto, pulando nele, basicamente derrubando a ele e sua câmera no chão. Killian mal conseguia segurar o cachorro de mais de quarenta quilos enquanto pulava. A câmera do homem atingiu o concreto e ouvi o som de vidro se quebrando.

— Você vai pagar por isso! — o tolo gritou.

Brutus ficou na minha frente rosnando para o homem que tentava se levantar e se afastar do nosso cachorro.

— Sério? Você tentou atacar minha namorada depois que avisei que meu cachorro responderia. E suas ações estúpidas foram capturadas por cerca de quinze outras câmeras! Tente vir atrás de mim! Você vai se arrepender — Killian zombou. — Agora, se nos derem licença... — ele puxou minha mão e a coleira até que estávamos em segurança dentro do saguão, onde uma única mesa e um guarda de segurança geralmente ficavam.

— Frank? — Killian gritou, pensando que ele talvez estivesse na área das câmeras de segurança. Desde o momento em que cheguei aqui, algumas semanas atrás, sempre havia um homem na recepção ou na sala de câmeras. Ele me passou a coleira e Brutus encarou a porta de vidro onde os *paparazzi* estavam pressionando suas câmeras tirando um zilhão de fotos minhas.

Vi Killian bater na porta da área de segurança, e em seguida, abri-la. Dentro da sala, Frank estava deitado de bruços, no chão. Ou ele caiu ou foi atacado, mas não havia sangue em lugar algum e nada mais parecia fora do lugar.

O medo me atingiu e me cobriu com um frio gelado que eu podia sentir até os ossos. Killian pressionou os dedos na garganta de Frank.

— Está vivo. — Ele pegou o telefone e chamou a polícia.

— O que devemos fazer? — perguntei, sentindo a necessidade de correr, de me esconder, de fazer alguma coisa.

— Vamos esperar a polícia chegar — Killian afirmou em tom neutro, parecendo calmo, enquanto eu lutava contra o desejo de desmoronar.

— Mas os *paparazzi* estão bem ali. — Movi o queixo para onde eles estavam literalmente pressionados contra o vidro. — Posso levar o Brutus lá para cima?

Killian umedeceu os lábios e balançou a cabeça.

— Não podemos nos separar. Não sei o que aconteceu com ele. Ele pode ter tido um ataque cardíaco ou sido atacado. Não sei. Não é seguro para você, se alguém fez isso com ele. Não sabemos onde essa pessoa pode estar e, com um assassino à solta, quem sabe se ele está no *loft* agora. Jonah e Ryan estão contando comigo para cuidar de você quando não tivermos um guarda-costas por perto. Não posso deixar você sair da minha vista.

Por um segundo, pesei meu nível de medo. Estar aqui embaixo, ao ar livre com os *paparazzi* tirando fotos intermináveis e me assustando mais ou sendo corajosa e entrando no único lugar em que me sentia segura, além da Kerrighan House.

— O Brutus vai me proteger — insisti, querendo mais do que tudo para ficar bem longe da imprensa e do corpo caído de Frank.

Killian balançou a cabeça.

— Baby, ele não pode protegê-la de uma arma. Ligue para o

Jonah — Killian me pediu, enquanto se sentava no chão e pressionava os dedos no pulso de Frank e batia de leve no rosto do homem com a outra mão.

Peguei meu telefone, feliz por ter algo para fazer. Indo mais longe, me posicionei ao lado de Killian no canto mais distante. Cada ângulo do prédio estava sendo mostrado em várias telas diferentes. Parecia que havia uma câmera para cada canto do prédio e uma em cada andar. A boa notícia foi que não vi ninguém do lado de fora de nenhuma das portas ou do edifício, exceto os abutres na frente.

— Addy? O que há de errado? — Jonah questionou direto, em vez de me cumprimentar.

— Hum, acabamos de voltar do parque de cães — falei depressa.

— Sim, eu sei. O Fitz nos manda uma mensagem toda vez que você sai e volta para o *loft* dele. Faz parte do acordo e o motivo pelo qual você não tem um guarda-costas o tempo todo. Porque ele é capaz de te proteger.

— Ele manda mensagens para você sobre o nosso paradeiro?

— Addy, querida, por que você ligou? Estou ocupado aqui — ele disse em um tom gentil, mas bastante sensato.

— Frank, o segurança do edifício, está nocauteado no chão e não sabemos por quê. Killian chamou a polícia. Além disso, os *paparazzi* estão na frente do prédio e ele não acha seguro eu entrar no *loft* para esperar. Estamos trancados na sala da segurança.

— Estaremos aí em dez minutos. Não vá a lugar nenhum. Espere nossa chegada. Estou falando sério, Addy.

Engoli em seco contra a secura na minha garganta.

— Tudo bem. Vamos ficar parados.

Quando desliguei, Frank começou a mexer a cabeça e os membros como se estivesse acordando de repente.

— Ei, ei, Frank. Está tudo bem, cara. Você está bem. Não se mova — Killian afirmou em tom enfático.

— Alguém me agrediu. Tentei revidar, mas quando ia pegar a

arma, meu peito começou a doer, e senti uma dor e dormência no braço esquerdo, e então as luzes se apagaram — Frank explicou.

— Você viu o agressor? — Killian perguntou.

Frank se ergueu do chão, suas botas pretas deixando riscos de borracha contra a superfície de ladrilhos brancos. Killian o ajudou a se sentar e se encostar na parede. Ele apoiou a mão sobre o coração, como se aquele lado de seu corpo ainda estivesse doendo.

— A princípio, tudo o que vi foi um homem entrar com um boné, com o rosto abaixado. Chamei-o, mas quando chegou perto, ele levantou a cabeça e percebi que estava usando uma máscara de esqui. De repente, ele estendeu a mão e me deu um choque com um *taser*, então me empurrou para cá, foi quando a dor começou no meu braço e eu perdi a consciência.

Momentos depois, dois policiais passaram pelos *paparazzi* e entraram. Killian assumiu a liderança, enquanto eu ficava de lado com Brutus literalmente sentado em meus pés. Ele atualizou os policiais, que chamaram uma ambulância para ajudar.

Killian levou a mim e a Brutus até o elevador.

— O Jonah me disse para ficar aqui — murmurei, me sentindo mal, mas lembrando muito claramente que meu futuro cunhado queria que eu ficasse onde estava.

— Está tudo bem. Ele iria querer você longe dos olhos do público. A polícia vai lidar com o Frank e o FBI vai investigar e descobrir o que está acontecendo. Acho que estaremos mais seguros dentro do *loft*.

Entorpecida, eu o segui para dentro e observei enquanto os números subiam para o último andar.

O elevador apitou e saímos, nos deparando com a porta do apartamento de Killian vandalizada. Só que não era grafite ou alguém ter tentado invadir que era tão assustador. Coladas na enorme superfície de madeira, havia de vinte a trinta fotos no tamanho 20x25.

De mim.

Das minhas irmãs.

De Mama Kerri.

Da minha sobrinha.

Todas eram fotos espontâneas. Uma de mim e Killian entrando na Kerrighan House na semana passada. O que significava que o assassino estava do lado de fora em algum lugar nos observando de perto. Outra era de Mama Kerri e tia Delores trabalhando na floricultura. Havia uma de Genesis andando de mãos dadas com minha sobrinha para a creche, na cidade. Charlie, com algumas crianças do centro juvenil, jogando basquete. Blessing sentada em uma reunião em seu restaurante favorito no centro da cidade. Liliana em um impasse com seu guarda-costas, em frente à escola em que lecionava. Simone e Jonah saindo da casa dos pais de braços dados. Uma de minha sobrinha, um close dela sentada no topo do escorregador do parquinho da creche. Em todas as fotos minhas, havia um grande coração vermelho sobre meu rosto.

Cada uma era como uma facada no meu peito.

Várias vezes

Uma após a outra.

E no centro de tudo havia uma enorme do meu rosto sorridente. Estava escrito em vermelho:

VOCÊ PODE FUGIR, MAS NÃO PODE SE ESCONDER!

Oscilei onde estava, olhando para cada foto das pessoas que eu mais amava no universo. As fotos foram tiradas quando elas não estavam cientes. Minha família tinha sido seguida por um louco.

Uma tontura me atingiu e agitou meu estômago, o ácido ameaçando subir enquanto eu cambaleava com as pernas instáveis.

— Respire, linda, apenas respire. — Killian me segurou por trás. Meus dentes começaram a bater, e lágrimas caíram pelo meu rosto enquanto eu olhava para a porta. Tudo o que eu amava e prezava estava em risco, por minha causa.

O elevador apitou e saíram dois rostos conhecidos.

Jonah e Ryan.

O namorado de Simone veio até mim primeiro enquanto Ryan olhava de mim para a porta diversas vezes.

— Addy. — Jonah estendeu a mão como se fosse me abraçar, mas me encolhi e me encostei no peito de Killian. Brutus rosnou onde estava sentado na minha frente, avisando Jonah para não me tocar. O cão obviamente pegou as dicas do estado mental de sua família e, independentemente de Jonah ter sido apresentado como uma pessoa amigável ou não, Brutus se envolveria se eu me sentisse desconfortável com ele.

Não sabia dizer por que me afastei de Jonah, mas sabia com todo o meu ser que se ele me abraçasse, me mimasse com aqueles doces olhos castanhos e rosto amoroso que significavam o mundo para minha irmã, eu desabaria. Desmoronaria em uma pilha de cinzas e explodiria. Eu mal estava segurando minhas emoções.

— *Nein* — Killian ordenou ao cachorro, mas ele não recuou, apenas parou de rosnar para Jonah.

— Ele está avançando — Ryan disse em voz alta, com a boca apertada em uma linha branca e plana enquanto pegava seu telefone.

Jonah se virou e viu a parede de horror. Seu olhar passou de um membro da família para o outro, parando na imagem dele e Simone na frente da casa de seus pais. Eu sabia que aquela era a casa deles, porque fui convidada para um jantar em família em um passado não tão distante. Os pais de Jonah eram muito divertidos e a mãe uma ótima cozinheira. As mãos de Jonah se fecharam enquanto ele avaliava a nota no centro.

— Abra a porta, mas vamos entrar e verificar primeiro — ele ordenou.

Killian tirou o chaveiro do bolso e o entregou com a chave em destaque.

Jonah abriu a porta, e ele e Ryan desapareceram por ela.

Killian me girou e me puxou para seus braços. Eu o segurei bem apertado, minha respiração deixou meu corpo na minha tentativa de me fundir ainda mais perto dele e longe de toda a loucura que estava invadindo minha vida agora.

Ele segurou a parte de trás da minha cabeça e sussurrou em meu ouvido.

— Você está bem. Está segura. Estou aqui. Sua família está bem. O Jonah e o Ryan estão cuidando disso.

Assenti, mas ainda tremia em seus braços.

— Quando isso vai acabar? — ofeguei.

— Em breve. Tenho certeza de que vai acabar em breve.

Jonah apareceu e abriu a porta o resto do caminho.

— Não parece que o *loft* foi violado, mas por que você não dá uma olhada e vê se percebe alguma coisa fora do lugar? — Ele se inclinou e inspecionou a fechadura. — Nenhum sinal de tentativa de arrombamento. Acho que ele só queria te assustar. Meu palpite é que foi pelo mesmo motivo que ele não matou o segurança. Frank não era o alvo. Assustar você era. Talvez para que você cometesse um erro, permitindo que ele tivesse acesso a você de alguma forma.

Segui Killian para dentro, completamente perdida em meus próprios pensamentos. Ele me levou para o sofá confortável onde assistíamos TV, e me sentei no canto com os joelhos dobrados em direção ao peito. Ele me envolveu em um cobertor fofo, então estalou e apontou para o assento do sofá. Brutus deu um pulo, encostou-se no meu corpo e apoiou a cabeça em mim. Meu protetor fofo. Coloquei a mão em seu pelo macio e o acariciei, enquanto os homens caminhavam em cada área tentando ver se faltava alguma coisa.

Após cerca de vinte minutos, Killian confirmou que não viu nada de errado. Jonah e Ryan disseram que iriam verificar as câmeras de segurança e voltar para discutir o que aconteceu.

Killian entrou na cozinha e encheu a chaleira com água antes de levá-la ao fogão. Ele abriu e fechou alguns armários até encontrar um pacote de biscoitos amanteigados. Assim que a chaleira começou a assobiar, ele a tirou do fogo. Então, pegou algumas canecas de alça grande, jogou os saquinhos de chá e as encheu com água.

Observei cada movimento dele, amando que quando ele não sabia o que fazer, se desviava para encontrar uma maneira de confortar aqueles que amava. Ele embebeu cada saquinho de chá e depois os jogou no lixo, antes de pegar mel e uma garrafa de uísque Jameson. Depois de servir uma dose de uísque irlandês e duas de mel em cada caneca, ele as pegou em cada mão, e o pacote de biscoitos preso debaixo do braço.

— Aqui, baby. Isso deve ajudar a aquecê-la. — Ele me entregou uma caneca fumegante e colocou a sua na mesa de centro, junto com o pacote de biscoitos.

— Chá e biscoitos — sussurrei, sentindo meus olhos se enchendo de lágrimas enquanto eu observava o homem que passei a estimar acima de todos os outros.

— Não é isso que sua mãe faz quando as coisas estão ruins? — Ele olhou para mim por cima da borda de sua xícara. — Exceto que adicionei um pouco de força com o uísque. Achei que precisaríamos disso, depois de hoje.

Sorri com tristeza e bebi meu chá, deixando o calor acalmar meus nervos abalados antes de largar a caneca e colocar a mão em seu joelho.

— Sei que você não quer que eu me desculpe por tudo o que aconteceu, mas não posso deixar de pensar que toda essa insanidade é a última coisa que você precisa em sua vida.

Killian suspirou, soltou sua caneca e pegou minhas mãos.

— Addison, o dia em que nos conhecemos foi o que comecei a viver novamente. Não foi apenas sua beleza, seu corpo lindo, ou mesmo o fato de eu poder ver minha própria tristeza em seus olhos. Foi o fato de que eu soube, naquele momento, que você deveria ser minha. Que deveria ser parte desta nova vida que eu ia começar a viver. Onde eu deixava de lado os velhos demônios. Vivi a vida que meus irmãos de farda não tiveram a chance. Você é minha segunda chance de felicidade. E não há nada que me impeça de fazer tudo ao meu alcance para garantir essa segunda chance.

Fechei os olhos e deixei as lágrimas caírem.

— É tão perigoso estar comigo.

Ele segurou minha bochecha.

— É mais perigoso ficar sem você. O tempo em que você esteve aqui... fazer amor com você, acordar com seu rosto sorridente de manhã... é por isso que todo soldado luta o bom combate. Para tornar as pessoas que amamos seguras.

— Você está dizendo que me ama?

— Baby, eu me apaixonei por você no segundo em que vi seu rosto pela primeira vez através da lente da minha câmera.

Sua honestidade rasgou meu peito.

— Também te amo — resmunguei quando um soluço saiu dos meus pulmões. Killian me puxou e me colocou em seu colo. Contra seu peito poderoso eu chorei, deixando o medo e a luta escapar de mim.

A porta se abriu e os caras entraram. Funguei e enxuguei as lágrimas com a manga da camisa e me mexi, até estar lado a lado com o meu homem.

Ele segurou minha mão, levantou-a e beijou meus dedos.

— Vamos continuar esta conversa em privado. Não quero deixar o que você acabou de dizer passar sem dar toda a minha atenção. O que significa eu e você, sozinhos em nossa cama. Entendeu?

Sorri através das fungadas.

— Sim, baby.

Ele se inclinou e beijou minha têmpora, envolvendo o longo braço em volta das minhas costas para me manter perto.

— Sabem que não podemos deixar vocês aqui sozinhos, certo? — Ryan anunciou, e meu coração afundou.

A essa altura, não havia lugar para onde eu pudesse ir. Nenhum lugar que minha família pudesse fugir que os manteria seguros. Ele tirou fotos da minha sobrinha. Uma criança. Uma garotinha inocente.

— O que devemos fazer? — perguntei.

Jonah e Ryan se sentaram em cadeiras em frente ao sofá. Jonah esticou os joelhos, curvou-se e apoiou os cotovelos neles, juntando as mãos enquanto olhava para nós.

— Temos algumas opções. Vocês entram no programa de proteção a testemunhas e nós os colocamos em uma casa segura ou aumentamos a segurança de todos vocês. Com meu rosto e o da Simone naquela foto na parede, vai ser bem difícil me manter neste caso.

— Eles tirariam você? — O choque de Killian não foi escondido nem um pouco.

— Conflito de interesses. Mas ninguém mais conhece os detalhes do *Estrangulador do Banco de Trás* como nós ou tem interesse e acesso infinito a todas as Kerrighan. Vou implorar para ficar, mas essas fotos provam que a maré mudou. Ele não está apenas mirando em você. Ele também está mirando em sua família. Provavelmente, para chegar até você.

— E se eu deixasse o país por um tempo...

— Não podemos protegê-la se não soubermos onde você está, Addison. Vou ligar para o Holt. Vamos precisar de mais homens. Um com cada uma de vocês em todos os momentos. Também precisaremos nos reunir novamente para compartilhar a última ameaça. Você quer ir para a Kerrighan House agora? Vou buscar cada uma das mulheres para que possamos nos encontrar lá na próxima hora.

— A Mama vai querer todas nós juntas assim que souber de tudo isso. — Afundei no meu assento.

— Apenas lembra-se: — a voz de Killian baixou de tom — estou aqui. Não vou a lugar nenhum. Você não está sozinha. Estou com você. Você tem sua família. Tem dois caras do FBI prontos para destruir as ruas de Chicago para proteger a você e os outros membros de sua família. Vai ficar tudo bem. Certo, pessoal? — Killian questionou.

— Faremos tudo o que pudermos para garantir sua segurança,

bem como a segurança de todo o clã Kerrighan. Por que vocês não vão fazer uma mala para, pelo menos, alguns dias. Nós os seguiremos até a Kerrighan House e vamos ligar para o chefe e o resto da equipe, para chamar uma unidade forense para tirar impressões digitais e proteger as evidências.

— E o Brutus? Você acha que ele e a Amber vão se dar bem? — perguntei a Jonah.

Suas sobrancelhas se ergueram.

— A Amber é filhotinho.

— Tecnicamente, o Brutus também — Killian interveio.

Jonah sorriu.

— Não é uma situação de maçã com maçã, rapaz. Minha cadela é fofa, a menos que seja irritada. Seu cão é o oposto. Me diga se acha que eles podem ficar juntos, senão vamos ter que bolar um plano B. E a Simone vai querer a cachorra por perto. Ela é apegada demais, para dizer o mínimo.

— Posso ligar para o Atticus vir buscá-lo, se isso se tornar um problema. Ele é muito fácil de ser controlado, então não estou preocupado.

Jonah deu de ombros.

— Se você não está preocupado, também não estou, mas vai ter que lidar com qualquer desavença com Simone se o seu cachorro reagir mal. E acredite em mim quando digo que minha mulher é muito mais assustadora do que seu cachorro.

— Simone? — Killian riu. — Ela sempre foi legal comigo. Acho que posso lidar com isso.

— Ela trata aquela cadela como se fosse sua filha — ele alertou.

Killian sorriu.

— Acho que esse traço é de família. — Ele piscou para mim.

— Muito engraçado. Há. Há — eu disse e revirei os olhos.

Ele se levantou e estendeu a mão para eu pegar. Eu o deixei me ajudar a levantar, mas antes que eu pudesse ir para o quarto, ele segurou meu queixo e me olhou nos olhos.

— Você está bem?

Segurei sua mão contra minha bochecha.

— Não, mas vou ficar.

Ele assentiu.

— Vamos levá-la para sua família.

Murmurei *eu te amo* sem dizer as palavras em voz alta.

Ele se aproximou, pressionou os lábios como uma pluma nos meus e sussurrou:

— Também te amo.

Por enquanto, eu precisava agir como adulta e enfrentar o que o resto do dia pudesse trazer.

CATORZE

Quando chegamos à Kerrighan House, havia menos *paparazzi* que duas semanas atrás, mas ainda não havia alívio dos olhares indiscretos da imprensa. À medida que seguíamos, o mesmo aconteceu com dois outros SUVs escuros. O proprietário da segurança, Sylvester Holt, conduzia Charlie, Genesis e Rory, o que fazia sentido por que as duas trabalhavam no centro de Chicago. Omar Alvarado abriu a porta traseira do terceiro carro da fila e Blessing saiu. Ela sorriu e ergueu a mão em saudação quando Jonah e Ryan saíram do carro, atravessaram a rua e abriram espaço para que Killian e eu saíssemos de seu carro. Brutus latiu como um louco no banco de trás, mas o plano era me colocar para dentro antes do nosso cachorro. Observei quando Omar ofereceu a mão para Liliana sair da caminhonete, mas ela a afastou, saltou e veio em minha direção. Ela pisava forte apontar para mim e semicerrar o olhar.

— *Más vale que sea bueno, hermana* ou você vai entrar na minha lista de ressentimento! — ela desabafou, o que se traduzia em algo como É melhor que isso seja sério, irmã, então apontou o polegar para o homem que estava atrás dela. — Ele me tirou de um encontro às cegas! Um que eu estava realmente gostando.

Arrisquei um olhar para a Duende bastante irritada com Omar, que nem tentou esconder o sorriso presunçoso que havia estampado em seu rosto. Acho que o Ogro não gostou da ideia de a Duende ver outro homem. Guardei essa informação para interrogar Liliana mais tarde, quando ela estivesse menos atrevida.

— Sinto muito, Lil, não pude evitar desta vez. — Fiz uma careta.

Blessing e Liliana me abraçaram enquanto seguíamos Genesis, que segurava Rory contra o peito de forma protetora, as pernas balançando em cada lado dos quadris de sua mãe. Charlie estava com sua mochila esportiva, a colorida da Princesa Tiana, de Rory, e a grande mochila de trabalho de Gen. Jonah, Ryan, Killian, Holt e Omar nos cercaram em um círculo de brigada de caras gostosos, até que todo o grupo conseguiu entrar na Kerrighan House com segurança.

Sonia já estava na sala, andando de um lado para o outro, com o telefone no ouvido. Simone estava sentada de pernas cruzadas jogando em seu telefone, com Amber a seus pés.

— Vou pegar o Brutus — Killian avisou antes de sair com Jonah.

Cada uma de minhas irmãs se acomodou no sofá, quando Mama Kerri entrou com uma chaleira e xícaras suficientes para servir a todos nós, colocando a bandeja na grande mesa de centro oval de madeira. Ao lado da chaleira havia um enorme pote de biscoitos de manteiga de amendoim frescos.

— Sim, Quinn, vou te avisar o que está acontecendo. Mande um oi para o Niko por mim. Você está de folga esta noite. Aproveite seu jantar com seu marido. — Seu rosto assumiu uma expressão serena. — Te vejo amanhã — ela encerrou. Então, aqueles surpreendentes olhos azuis caribenhos miraram diretamente em Ryan. — Bem, o que era tão importante que todas nós tivemos que correr para cá imediatamente? — Sonia estava usando seu tom de senadora-poderosa, com sua linguagem corporal compartilhando nada além de atitude. Ela estava com a mão no quadril e batia o celular contra a parte externa da coxa com impaciência.

Killian aproveitou aquele momento para entrar com Brutus na coleira enrolada em seu pulso, mantendo-o perto.

— Ah, meu Deus, que cachorro legal!

Charlie desabafou ao mesmo tempo em que Liliana disse:

— Ah, uau. ¡Que perro tan hermoso! — Significava *cachorro lindo*.

As duas mulheres se agacharam bem na frente de Brutus e começaram a acariciar e arrulhar para o meu bebê peludo.

— Brutus, seja bonzinho — avisei. Ele levantou a cabeça e eu poderia jurar que ele sorriu. Era como se ele soubesse que este pessoal era minha família e confiável.

Rory veio do sofá com um biscoito na mão.

— Grande cachorrinho! — ela exclamou e correu direto para ele.

— *Fuss*, Brutus — Killian ordenou. Eu sabia que isso significava sentado.

— Killian, ele está bem. Viu? Ele ama a minha família.

— Nenhuma de vocês tem um medo saudável de coisas que deveriam ser assustadoras pra cacete. — Jonah suspirou e passou a mão atrás do pescoço. — Um rottweiler que vocês nunca viram antes? *Uhu*! Vamos colocar nossos rostos na frente dele. Jesus! Estas mulheres. Deus as ama, mas com certeza torna todas vocês impossíveis de proteger! — ele repreendeu.

— O quê? Cachorros são incríveis — Simone disse, beijando todo o rosto feliz e peludo de Brutus. — E ele é tão fofo. Olhe só. Ele é um menino doce! Não é, Bruzinho? — Ela o apelidou, então se levantou de forma abrupta. — Amber, venha aqui querida — ela disse, e Amber saiu do sofá onde Genesis tinha enganchado em sua coleira, só por garantia.

— *Platz*! — Killian disse ao cachorro. — Todos os outros podem se sentar para que possamos apresentá-los?

Minhas irmãs voltaram para o sofá ao ouvir o lado mais forte de Killian. Jonah pegou a coleira de Amber e Brutus ficou deitado, nem mesmo latindo quando Amber se aproximou.

Amber choramingou e sacudiu o rabo, claramente muito feliz por ver outro animal.

Killian falou algumas palavras em alemão que eu não conhecia e então acenou para Jonah trazer Amber. A cadelinha saltou como a golden retriever alegre e fofa que era. Em seguida, sentou-se bem na frente de Brutus.

— Bom menino, Brutus — elogiei de uma forma que esperava ter sido encorajadora.

— Acaricie a Amber, Addy, então elogie o Brutus por ser bom — Killian sugeriu.

Coloquei a mão na cabeça de Amber e Brutus fez um pequeno gemido, mas não foi um rosnado maldoso, mais como se estivesse com ciúmes de me ver acariciar outro cachorro.

— Oi, Amber. Você é uma boa garota. Este é meu bebê peludo, o Brutus. — Estendi a mão e o acariciei. Ele lambeu minha mão inteira e tentou rastejar um pouco mais perto de mim.

Amber trouxe a carinha para perto de Brutus e então cutucou seu ombro de brincadeira.

— Acho que ela quer brincar com ele. — Eu me levantei e bati palmas. — Oba! Eles podem ser primos!

— Que legal! — Simone se empolgou.

— Pode levar os dois lá para fora. Eles não vão conseguir sair do quintal — Mama Kerri sugeriu.

Jonah e Killian saíram com os cães, que pareciam muito bem um com o outro. Uma pequena vitória para um dia que terminou tão ruim, mas que começou maravilhoso, para meu namorado e nosso cachorro.

Nosso cachorro.

Merda, se eu não tivesse cuidado, me casaria com Killian antes do ano acabar. Havia muito mais para experimentar juntos antes de assumirmos mais compromissos que alterassem a vida. Especialmente durante um período tão tumultuado. Dizer um ao outro que estávamos apaixonados era sério o suficiente para ser compartilhado no momento mais inoportuno. Algo que ainda precisávamos resolver, mas precisávamos de privacidade para isso. Era mais uma coisa na minha vida que tinha que ser colocada em segundo plano.

Minha carreira.

Minha casa.

Minha vida amorosa.

A lista só continuava. Quem quer que fosse esse cretino doente, ele precisava ser pego, para que eu pudesse viver minha vida novamente.

Dei a volta na sala e cumprimentei cada irmã com um abraço caloroso. Eu estava escondida no *loft* de Killian e não as tinha visto desde a última vez que fizemos um piquenique, há quase duas semanas.

— Como vai a sessão de fotos? As poucas que o Killian me enviou por e-mail estavam incríveis. Amei a forma como vocês conduziram o ensaio — Blessing elogiou.

— Como é que você está fazendo essas fotos? É mais difícil no *loft* de Killian? — Gen perguntou.

Eu me movi para me sentar entre Genesis e Charlie e peguei meu telefone. Killian me copiou no e-mail que enviou para Blessing.

— Bem, foi ideia do Killian. Ele não estava gostando do fundo branco liso que o cliente achou que seria bom para o site, mas também tiramos fotos muito específicas para usar nesse formato, se necessário.

Blessing assentiu.

— Ele mencionou issoe aprecio vocês estarem fazendo fotos extras. É melhor ter mais opções que menos.

Assenti e olhei para o telefone, então abri uma das fotos do sofá, outra no banheiro onde eu fingia enrolar meu próprio cabelo e uma das mais recentes que tiramos no jardim interno.

Gen e Charlie pairaram sobre o meu telefone.

— Puta merda, Addy. Você está linda! — Charlie disse.

— Uau, garota, você está sensacional nessas fotos. E Blessing, sua nova linha vai arrasar, irmã — Genesis acrescentou.

— Me deixe ver! — Rory pediu e tocou em meu telefone com seus dedos cobertos de biscoitos e saliva.

Decidi mostrar a foto no banheiro, porque eu estava usando

um roupão aberto com um conjunto de sutiã e calcinha que era elegante e apropriado para olhos pequenos.

— Tia, você está tão bonita. Parece uma princesa. Talvez a Bela. Você gosta de livros? — ela perguntou de forma aleatória.

Eu sorri e bati em seu pequeno nariz.

— E quem não gosta?

Ela balançou a cabeça.

— Tem um menino na minha classe que odeia a hora da leitura. — Ela deu um passo à frente trazendo seu rosto para mais perto do meu enquanto levantava a mão como se fosse me contar um segredo. — Ele odeia tanto os livros que chora!

— Fique longe dele — Blessing falou e Sonia deu uma cotovelada nela. — Ai! O que foi que eu disse? Você quer que ela saia com um garoto que não gosta de livros? Não, senhora. Minha sobrinha é inteligente. Ela não precisa sair com fracassados. — Ela apertou os lábios e esfregou o bíceps onde Sonia a atingiu.

Tentei não rir porque Rory tinha ouvido o que tia Blessing disse e colocou a mão sobre a boca sorridente enquanto observava tia se meter em encrenca.

— Entendo — sussurrei. — Bem, é bom que você não conte isso para ele. Pode fazer com que ele se sinta mal.

Ela assentiu, arregalando os olhos.

— Sim. Mas histórias são engraçadas.

— Histórias são incríveis — Charlie disse e se acomodou no braço do sofá.

— Ei, gatinha, que tal você sair com o tio Ryan e os cachorros enquanto eu converso a família? — Jonah sugeriu.

— Eu poderia levá-la... — Mama Kerri ofereceu, mas Jonah balançou a cabeça.

— Desculpe Mama Kerri, você precisa estar presente — Jonah afirmou com gentileza.

Ryan estendeu a mão para Rory.

— Vamos ver qual cachorro consegue pegar mais rápido?

Esse plano fez Rory sair correndo até pegar a mão de Ryan.

— Obrigada, Ryan — Genesis falou.

Ele levantou a outra mão em um gesto de "sem problemas" e levou minha sobrinha para os fundos.

Killian ficou de lado, com as mãos nos bolsos. Charlie percebeu e rapidamente se moveu.

— Venha se sentar ao lado da sua namorada. — Ela deu um tapinha no assento do sofá.

Ele aceitou. Segurei sua mão e as apoiei em minha coxa enquanto Jonah parava no centro da sala, onde ele podia ver todos nós.

— Vou começar pedindo desculpas por tirar vocês do trabalho e de compromissos sociais. — Seu olhar suavizou quando atingiu Liliana.

Os lábios de Omar se contraíram, mas ele ficou em silêncio e fora do caminho, encostado na parede mais próxima da escada entre a cozinha. Holt estava ao lado dele. Os dois homens eram extremamente imponentes.

— Recebi uma ligação da Addison, hoje. O segurança do prédio deles recebeu um choque com um *taser* enquanto eles passeavam com Brutus. O outro que estava fazendo rondas foi atingido no pescoço, levou uma injeção de sedativo e foi puxado para os arbustos na parte de trás do prédio.

Várias respostas vieram ao mesmo tempo.

— Oh, não.

— Ele está bem?

— Foi o assassino?

Fiquei em silêncio, mas segurei a mão de Killian como se minha vida dependesse disso. Eu odiava que Jonah tivesse que dar essa informação à minha família. Odiava ainda mais que elas, mais uma vez, teriam que mudar suas vidas para lidar com isso.

— Ele está bem. Parece que o *taser* provocou um pequeno ataque cardíaco, porque o encontramos inconsciente. De toda forma, ele está bem. Recebi a confirmação desse fato no caminho para cá.

— Bem, pelo menos isso é uma boa notícia — Mama Kerri disse com doçura.

— É, sim. No entanto, quando o Fitz e a Addy voltaram para o *loft*, dezenas de fotos de todas vocês estavam coladas na porta.

— Não! Minhas crianças? — Mama Kerri ofegou.

— Você está falando sério? — Charlie questionou.

— Não posso acreditar nessa porcaria! — Simone resmungou.

— Ah, não — Blessing adicionou com extrema atitude.

Gen, Sônia, Liliana e eu ficamos caladas.

— Havia muitas fotos de todas vocês. E Gen, não quero assustá-la mais do que você provavelmente está, mas havia fotos individuais da Rory na creche, brincando do lado de fora.

Foi quando Blessing se levantou do sofá.

— Chega dessa merda! Isso não vai acontecer. Sem chance. De jeito nenhum! — A pele escura de minha irmã ficou rosada em suas bochechas, queixo e pescoço. Eu a vi ficar assim muitas vezes na minha vida e cada uma delas era quando ela estava irada.

Genesis estendeu a mão e puxou Blessing de volta para uma posição sentada.

— Fique calma. Vamos ouvir o que o Jonah tem a dizer.

Mama Kerri manteve uma mão na boca e a outra sobre o coração. O fato de ela não nos repreender por xingar só demonstrava o quanto ela deveria estar profundamente afetada pela informação.

Jonah suspirou.

— Todas as fotos da Addison tem um grande coração vermelho sobre o rosto, como se o agressor estivesse obcecado por ela. Isso prova nossa teoria de que o alvo final é a Addison. No entanto, o fato de fotos de todas vocês terem sido tiradas, deixa muito claro que este animal irá atrás de qualquer uma para obter seu prêmio.

— As câmeras do meu prédio foram verificadas? — Killian perguntou.

— Sim. O homem entrou usando chapéu, máscara e luvas. Apareceu um pedaço de pele na nuca que confirma que ele é caucasiano. Também sabemos que é um homem não apenas por causa do tamanho e estatura do indivíduo, mas o segurança ouviu distintamente a voz da pessoa e foi inflexível sobre ser um homem. Claro, isso também se encaixa no nosso perfil do FBI.

— Ele acessou meu *loft?* — Killian perguntou.

Jonah balançou a cabeça.

— Não, e nem tentou. Ele simplesmente puxou o guarda e o deixou na sala de segurança. Então esperou o elevador e, uma vez que ele chegou ao seu andar, tirou um envelope da parte de trás das calças junto com a fita do bolso do paletó. Ele passou uns cinco minutos colocando as fotos exatamente como desejava. Como se tivesse treinado e estivesse satisfeito em exibi-las para você.

— Que doentio. — Simone levantou as pernas e passou os braços ao redor. Sonia envolveu a irmã e a deixou encostar em seu peito.

— Vocês têm alguma pista? — Sonia perguntou de forma categórica, seu tom todo profissional.

— Acredite ou não, esse ato nos ajudou muito. Tudo o que ele está fazendo se encaixa no perfil. Um homem de vinte e tantos ou trinta e poucos anos. Caucasiano. Em boa forma. Cuida de si mesmo. Sabemos que ele está observando todas vocês, mas não é possível fazê-lo o tempo todo. Ele sabia quando se aproximar do prédio e, de acordo com as câmeras, foi antes que os *paparazzi* apareceram. Isso nos leva a acreditar que ele ligou para a imprensa e deu sua localização, que foi quando eles apareceram logo antes de vocês dois retornarem. Também sabemos que ele saiu pela porta da frente. O resto da área é industrial e não há muitas câmeras. Ele desapareceu do alcance de qualquer filmagem de segurança pouco depois de sair do prédio.

— Isso não me parece uma pista — Sônia esclareceu.

Jonah sorriu de forma tranquilizadora para Sonia.

— Parece que sim, mas temos um pouco mais. A última mulher morta foi identificada. Mallory Kenzie. Trabalhou como enfermeira no Sagrado Coração. Esse nome é familiar? — Ele avaliou cada mulher, uma de cada vez, mas cada uma delas balançou a cabeça. — Addy?

Balancei a minha também.

— Não. Não conheço nenhuma das mulheres que foram vitimadas.

— Bem, o assassino não foi super consistente em seus métodos. Hillary Johnson era babá. Foi vista pela última vez saindo para fazer compras. Ela foi estrangulada, queimada e levada para o parque, onde o assassino deixou uma foto sua na mão dela. Alison Wills, encontrada em seu apartamento, foi na verdade a primeira vítima, morta pouco tempo depois que o Estrangulador foi derrubado. Ela era recepcionista de um escritório de advocacia no centro da cidade. Foi estrangulada e queimada, mas depois foi vestida com suas roupas. Claramente destinado a você encontrá-la. A última vítima, Mallory, não foi estrangulada ou queimada. Ela foi nocauteada na parte de trás da cabeça e, em seguida, teve o rosto queimado, tornando-a irreconhecível, o que terminou em sua morte. Então o assassino colocou sua foto no rosto dela. Tivemos que identificar o corpo a partir de registros dentários e impressões digitais. A única razão pela qual estava ligada ao nosso caso era a imagem da revista Addison. E a mulher se parecia um pouco com você.

— O que tudo isso significa? — Killian perguntou.

— Achamos que ele conhecia a última vítima. Nossa equipe está trabalhando nisso. Hoje, adicionando as fotos, é óbvio que ele está obcecado por você. O objetivo principal dele é você. A nota que ele deixou também deixa isso claro.

— Que nota? — Simone questionou.

— No centro das fotos havia um bilhete dizendo: *você pode fugir, mas não pode se esconder.*

— *Jesús, Maria, y José.* — Liliana juntou as mãos e começou a rezar em silêncio.

Simone ofegou e abaixou a cabeça, apoiando o rosto no peito de Sonia.

Jonah franziu a testa e a expressão em seu rosto me fez acreditar que ele queria nos deixar no meio da conversa e ir direto para Simone para confortá-la.

— Não se preocupe, eu cuido dela. — Sonia acariciou os longos cabelos dourados de Simone. — Tenho muita prática.

— Sim. Bem, esse é o meu trabalho agora — Jonah resmungou.

O que me chocou foi que, do outro lado da sala, Omar fez o sinal da cruz e beijou os dedos no final, um pouco semelhante à mesma maneira que uma pessoa na fé católica faria. A fé católica que minha irmãzinha latina seguia religiosamente. Mais um ponto na coluna pró para Omar. Não que Liliana estivesse acompanhando, mas com certeza estava em seu nome. Especialmente se eu pretendia juntá-los. O que eu queria.

— Tudo o que sabemos agora é que ele é branco, jovem, possivelmente conhece a vítima número três e é bom com uma câmera? — Blessing afirmou o óbvio. — Isso não parece muito. Qual é o plano daqui?

— Talvez eu possa me oferecer como isca?

— De jeito nenhum!

Blessing xingou ao mesmo tempo que Killian disse:

— Puta merda, não!

Puxei a mão da dele e me virei para o lado.

— Por que não? É uma boa ideia.

— Addy, muita coisa acontece em uma operação secreta como essa. E não sei se poderia sugerir isso à equipe — Jonah foi rápido em interromper.

— Quer dizer que isso ainda não foi sugerido? — perguntei.

Jonah fechou os olhos e não respondeu, o que significava que provavelmente havia sido, mas descartado.

— Eu poderia fazer isso — falei com o máximo de confiança que consegui. — Especialmente se o FBI planejasse tudo e me protegesse. Faz sentido.

— Sim, mas não tenho certeza se estamos nesse ponto. Vamos trabalhar a informação da enfermeira e discutir os acontecimentos de hoje com a equipe.

— Diga a eles que estou disposta a ser uma isca. Estou falando sério sobre isso.

— Addy, baby, sei que você quer ajudar, mas... — Killian tentou pegar minha mão, mas eu a puxei de volta e me levantei.

— Não! Vocês não têm ideia de como é isso. Imaginar todos os dias quando o pior vai acontecer. Quando ele vai matar outra mulher pela única razão infeliz de que ela se parece comigo. — Bati as mãos nas laterais do meu corpo. — Ou na chance de ele decidir realmente me pegar, sequestrando uma das minhas irmãs como o último cara fez. Perder outro membro da minha família.

— Menina, entendemos como isso é assustador... — Mama Kerri começou a falar, mas não estava disposta a desistir.

— Não! Vocês não entendem. Sim, todos nós perdemos a Tabby. Mas a única que entende é a Simone. — Fiquei olhando para ela até que ela afastou o rosto do abraço de Sonia, colocou os pés de volta no chão e olhou diretamente para mim. Seus olhos cinza-azulados estavam cheios de lágrimas.

— Eu entendo — ela sussurrou.

— E você me disse que estava disposta a se entregar para que eu estivesse segura. Não é mesmo? — Semicerrei o olhar, desafiando-a a mentir.

— Sim. Eu teria feito qualquer coisa para garantir que vocês estivessem seguras.

— Incluindo se entregar como isca? — pressionei.

Ela assentiu.

— E por aí vai. — Olhei para cada uma delas nos olhos e parei em Genesis. — E se fosse a Rory? Ela é a mais indefesa. Se eu fosse um vilão super pervertido, qual pessoa seria a mais fácil de pegar? Hum?

Lágrimas deslizaram pelo rosto de Gen.

Então virei meu olhar para Mama Kerri.

— Sua única neta. Apanhada por um louco. Porque é isso que ele vai fazer. Ele vai machucar uma de vocês até me pegar. Então, vamos facilitar para ele. Mas faremos do nosso jeito! Com toda uma equipe de policiais armados.

Jonah veio por trás de mim e colocou a mão no meu ombro.

— Querida, nós entendemos o que está em jogo. Vou pensar sobre isso. Falar sobre isso com o Ryan e o Chefe. Ver se eles têm alguma ideia ou pensamento. Se ficarmos sem pistas e eles concordarem que este plano tem mérito, entraremos em contato.

Eu me virei.

— Faça isso. Logo. Não há tempo a perder. Todas nós já passamos o suficiente. Eu quero isso encerrado. Quero viver minha vida novamente. Quero dizer ao meu homem que o amo e não ter que ser levada para a casa da minha mãe para informar minhas irmãs que estão todas em perigo mortal.

As sobrancelhas de Jonah se ergueram em direção à linha do cabelo e ele estalou os lábios e recuou.

Mais uma vez, me virei para olhar para os rostos de cada uma das minhas irmãs e percebi o que acabei de dizer. Liliana, a romântica, estava com as mãos no peito não em oração, mas com alegria, enquanto um sorriso enorme se estendia em seu rosto.

Blessing veio até mim com os braços abertos.

— Menina, você está apaixonada? — Ela me puxou em seus braços enquanto eu assentia.

Meu coração doeu e o calor se filtrou em minhas veias com a irritação fluindo através de mim.

— E tudo que eu quero fazer é trazer meu namorado para a casa da minha mãe, jantar e deixar todas vocês zombarem dele o tempo todo… como você faz com o Jonah, mas *nãooooooo*! Estamos no inferno. De novo! — gritei, soando fraca e boba, mas tudo estava se acumulando. Era demais para uma pessoa lidar.

Blessing me moveu de seus braços para os de nossa mãe.

Esmaguei meu rosto contra o cheiro de flores silvestres em seu pescoço e me perdi, chorando em seus braços.

— Isso tem sido muito. Para todos nós, mas mais ainda para você e Simone. Você passou por isso, minha doce garota, mas não posso deixar de dizer que estou feliz que, apesar de tudo, você encontrou o amor. Não há nada melhor no mundo do que encontrar sua alma gêmea. Sabe que eu tive a minha por um período muito curto, mas o amor que tivemos vai durar uma vida inteira. Quero isso para todas as minhas garotas. — Ela deu um tapinha em meu cabelo e depois me puxou para trás, até que eu fui conduzida mais uma vez e envolta em outro par de braços reconfortantes.

De Killian.

Dessa vez passei os braços ao redor de sua cintura e apoiei minha bochecha em seu peitoral escutando seu coração, emparelhando minha respiração com a dele, a fim de me acalmar.

— Acho que não há mais segredos com sua família — ele brincou, esfregando as mãos para cima e para baixo nas minhas costas.

Assenti, absorvendo seu amor e conforto.

— Vamos lá, pessoal. Vamos verificar o Ryan e os cachorros, e descobrir o que vamos fazer sobre o jantar — Mama Kerri anunciou.

Não deixei o abraço de Killian, preferindo deixar que todos fossem fazer o que precisavam.

— Eles foram embora. Você está bem? — Killian perguntou.

— Estou.

— Nós vamos passar por isso. Você. Eu. Sua família. Tudo isso. Só temos que esperar. Embora eu não goste da ideia de você ser usada como isca. Ainda assim, sei que nunca vou te fazer desistir da ideia. Principalmente porque é uma boa, por mais que eu a odeie. Além disso, eu faria a mesma coisa. Não posso culpá-la por querer proteger seus parentes.

Levantei as mãos e segurei seu queixo barbudo.

— Você é o melhor homem que eu conheço, Killian.

Ele sorriu.

— Obrigado, baby. — Ele passou as mãos pelo meu cabelo. — Você está pronta para ir lá? — Ele gesticulou para o quintal. — Estou meio preocupado sobre como Brutus está se saindo com a Amber e o resto do clã. Ele nunca esteve perto de tantas pessoas ao mesmo tempo. Não que eu ache que ele faria alguma coisa. Ainda assim, gostaria de verificar.

— Sim... — Eu me afastei e entrelacei nossos dedos. — Vamos dar uma olhada no nosso cachorro. — Começamos a nos mover em direção ao quintal. — Você está realmente bem com tudo isso? Não quer correr para as colinas?

Ele sorriu.

— Eu quero correr para as colinas, mas quero levar minha linda namorada e nosso cachorro conosco. De preferência em uma barraca, com equipamentos para acampar. Encontrar um bom lago para pescar.

— Eu nunca fui pescar — murmurei.

— Então vou ensinar minha garota a fazer isso.

— Eu também nunca acampei.

Isso o fez rir.

— Você vai amar.

— Hum, não tenho tanta certeza. É sujo. Tem que dormir no chão. E parar fazer o quê?

Ele balançou as sobrancelhas.

— Acho que você terá que confiar em mim para tornar sua primeira experiência de acampamento incrível. Você confia em mim, Addy? — ele sussurrou quando chegamos à porta dos fundos.

Eu parei e o olhei diretamente no rosto.

— Confio em você com a minha vida, Killian.

Suas feições se suavizaram.

— Vou fazer essa confiança valer a pena. — Ele passou um braço em volta das minhas costas e abriu a porta. — Fique comigo, baby, e vou me certificar de que nós dois tenhamos uma vida linda.

QUINZE

Os próximos dias se arrastaram, mas finalmente tínhamos algo pelo que esperar. Hoje era o aniversário de quatro anos de Rory! E, caramba, ela estava animada.

Charlie e eu estendemos um fio de luzes de fadas no deque do pátio de Mama Kerri, enquanto Killian o prendia na madeira em uma linha reta.

— Ela vai ficar tão animada quando voltar com a tia Delores e a Mama Kerri hoje à noite! — Olhei ao redor e fui até a decoração da festa para montar algumas das esferas rosa e roxas que planejávamos pendurar nas árvores. Simone estava arrumando uma mesa enorme na área gramada com confetes e coroas de princesa.

Gen e Blessing estavam com Holt pegando o bolo. Omar estava com Mama Kerri e Rory na floricultura, visitando tia Delores, para manter os olhinhos da menina afastados enquanto enfeitávamos a casa para a festa da família.

Sonia, como sempre, estava no trabalho, pois tinha sua equipe de segurança e continuou a ignorar todas as sugestões do FBI para que ficasse quieta. Ela cedeu ao cancelar a participação em grandes eventos que haviam sido divulgados. Mas o resto, não abriu mão. Os cidadãos de Illinois esperavam que sua senadora fosse trabalhar todos os dias, independentemente de alguém estar planejando atos nefastos contra sua família. "Policiais fazem isso todos os dias", era seu argumento e ela não estava errada. O fato de ela ter uma enorme quantidade de guarda-costas e não ter sido diretamente visada além de uma foto na porta do apartamento de Killian, fez com que se sentissem seguros o suficiente para permitir que ela fosse trabalhar.

Mama, no entanto, soltou a bomba de que todas nós, incluindo Sonia, deveríamos estar em sua casa no final de cada noite, onde ela poderia verificar suas meninas. Isso não era negociável e eu assisti a briga acontecer enquanto comia pipoca sentada no sofá, até que Sonia cedesse. Como todas nós, garotas, sabíamos que ela faria. Exceto que todos os caras acharam que Sonia poderia enfrentar Mama Kerri e cada um apostou dez dólares nisso. Todos perderam, exceto Jonah, porque ele já sabia a atração que Mama tinha sobre suas meninas.

Gen e Blessing irromperam pela porta dos fundos quando finalmente consegui que uma das esferas ficasse na forma de um círculo. Não ficou muito bom, mas uma criança de quatro anos não se preocuparia com isso.

Logo atrás delas estava Holt, com um bolo de duas camadas e uma boneca Barbie presa bem no centro. A parte em camadas eram os babados do vestido feitos de redemoinhos grossos de glacê rosa e roxo.

— Uau, Gen, ela vai pirar! — eu disse enquanto Holt colocava o lindo doce na cabeceira da mesa, onde Rory se sentaria.

— Estou triste por não podermos convidar nenhuma de suas amigas da creche ou do parquinho que a Mama a leva. Ela estava ansiosa para fazer uma grande festa de garotas. — O sorriso de Gen se desfez um pouco.

Abaixei os ombros e assenti, odiando o quanto tudo isso estava arruinando a vida das minhas irmãs.

Charlie foi até Gen, pressionou o queixo no pescoço de nossa irmã e passou os braços em volta dela por trás.

— Você sabe que com tantas tias, é sempre uma festa. E todas nós prometemos brincar com ela o tempo todo.

A esperança cintilou em meu peito, querendo que Rory tivesse um ótimo aniversário, mesmo com as restrições por causa da minha situação ruim.

Blessing me abraçou por trás.

— E nenhuma pessoa nesta família tem culpa, mas terão se não derem ao nosso membro mais jovem o melhor aniversário de todos! — Ela me sacudiu de um lado para o outro. — O que significa que nada de rostos azedos! — Ela fez cócegas em minhas costelas e eu comecei a rir, então lutei para me livrar de seus dedos trêmulos.

— Está bem, está bem! — Eu ri quando ela continuou fazendo cócegas.

— Nada além de sorrisos daqui em diante! — Blessing acrescentou.

— Prometo!!! — gritei, com lágrimas escorrendo pelo meu rosto enquanto eu ria, balançando o bumbum e me remexendo o mais longe que pude de seu aperto. Em seguida, corri para Killian e me escondi atrás de seu corpo grande.

— Você acha que ele pode mantê-la longe de mim? — Ela ergueu os dedos balançando-os com hilariante intenção maliciosa. — Eu sou o monstro das cócegas e atacarei quando você menos esperar! — Ela pulou de brincadeira para um lado de Killian enquanto eu saía de trás dele e corria em outra direção.

— Trégua, trégua! — gritei, rindo e sem fôlego com o esforço.

— Bem, tudo bem. Esse rosto sorridente é o que eu quero ver. — Ela apontou para mim e então piscou, antes de se dirigir para a mesa de comida. Sempre que havia comida, Blessing estava beliscando. Era parte de seu charme, além de um zilhão de outras coisas que eu amava nela.

Killian veio até mim e sorriu.

— Sua família é maluquinha. A minha vai amar todas vocês. E minha mãe vai ficar fora de si com todas essas mulheres. Ela tem sido a única mulher em uma família cheia de homens.

— Falando nisso, sua mãe sabe o que está acontecendo?

Ele assentiu.

— Ela viu a minha foto no jornal naquela vez que viemos aqui.

— Não sabia que você tinha falado com ela.

— Sim, algumas vezes já. Ela liga a cada dois, três dias. Está impressionada que estou namorando *a Addison Michaels*. Foi exatamente o que ela falou. Parece que ela comprou maiôs que você usou em uma campanha no ano passado, além de peças de uma marca de roupas íntimas que você divulga, não que eu precisasse saber essas informações sobre a minha mãe.

Eu ri.

— Sua mãe e eu usamos a mesma calcinha, baby. Isso é hilário! — Eu ri, mordendo o lábio inferior.

Ele me puxou para seus braços e olhamos ao redor do quintal deslumbrante. As luzes de fadas estavam piscando enquanto começava anoitecer. Charlie estava terminando de pendurar lindos enfeites parecidos com pingentes de gelo em alguns dos galhos das árvores ao redor. Havia velas acesas por todo o quintal, dando a sensação de que era uma festa secreta no jardim. Genesis se movia pelo espaço, ajustando as coisas aqui e ali, certificando-se de que tudo estava perfeito para sua filhinha.

— Não quero bisbilhotar — Killian murmurou —, mas onde está o pai da Rory? Ele estará presente hoje à noite? Não houve menção a ele desde que nos conhecemos.

— O pai da Rory se chama Sidney Freeman. Um homem muito bom, até onde sei. Ele está em serviço, na Marinha Mercante. A última vez que soube, ele ia ficar fora por um período de dez meses. Quando vem para casa, passa o máximo de tempo que pode com a Rory, mas é complicado. Ele e a Gen nunca foram um casal. Foi uma relação de uma noite que a deixou grávida. Ele já estava no mar quando ela descobriu. Ela nem tinha o número de telefone dele. Se conheceram em um clube, ficaram juntos e, seis semanas depois, minha irmã descobriu que estava grávida. Ela levou mais alguns meses para encontrar as informações dele e fazer contato. Ela sabia seu nome e que ele era fuzileiro naval, mas isso era tudo.

— Isso deve ser difícil para a Rory. Ter o pai fora a maior parte do tempo.

Dei de ombros.

— A maioria de nós só tinha Mama Kerri, então estamos acostumadas a cuidar uma da outra sem ajuda. O pai dela faz o que pode. Eles conversam por vídeo por telefone ou computador pelo menos uma vez por semana. Ele manda presentes e lembranças de onde quer que vá. A Rory guarda tudo como se fosse ouro. Mantém em uma espécie de caixa de tesouro.

Killian sorriu.

— Ela só viu o pai pessoalmente uma dúzia de vezes. Depende de onde ele está, que pode ser em qualquer lugar do mundo, sem mencionar quando ele está embarcado, que pode ser por meses a fio. Quando está em terra, nos Estados Unidos, ele voa para vê-la por alguns dias. Também sei que, desde o minuto em que ela veio ao mundo, ele paga pensão. Ele perguntou a Gen quanto ela precisava para cuidar da filha e nunca deixou de pagar. Não houve envolvimento com a justiça, ele simplesmente agiu como um homem de palavra que se preocupa com a filha, mesmo que não possa vê-la o tempo todo.

— Parece que dessa forma dá certo para eles.

Dei de ombros.

— Sei que é muito difícil para a Gen criar a Rory sozinha. Ela raramente namora. Nunca parece se dar uma pausa. Cuida do bem-estar das crianças no trabalho e, quando volta para casa, faz o mesmo com a filha. Ela é uma das pessoas mais honradas que eu já conheci. E ama aquela garota loucamente.

— Ela é fácil de se amar.

Passei os braços ao redor de seus ombros.

— Conheço outro humano que é fácil de se amar... — Fiquei na ponta dos pés trazendo o rosto para mais perto do dele.

— Ah, e quem seria? — ele brincou, antes de dar um beijo em meus lábios.

Nos beijamos lentamente, brincando e aumentando a paixão entre nós.

— Arranjem um quarto! — Charlie gritou. — Se não posso trazer meus acompanhantes aqui, vocês não podem se beijar em público.

Olhei para a ruiva.

— Se você trouxesse para casa a mesma pessoa todas as vezes, com certeza poderia convidá-la. Mas a Mama já lhe disse que você precisava de agir como se a porta da casa fosse giratória.

— Cale-se! — Ela franziu o rosto e mostrou a língua.

— Ela disse tudo — Blessing cantarolou.

Eu sorri, ganhando aquela rodada com Charlie.

— Charlie é a única que não consegue sossegar? — Killian perguntou.

— Tenho certeza de que ela *poderia* se desse oportunidade a alguém. Minha teoria é de que o cupido dela está com defeito. As meninas e eu conversamos muito sobre isso. Cada uma de nós quer escolher um cara e uma garota, levantar os prós e contras. Então, quando escolhermos o homem e a mulher, vamos fazê-la ir em dois encontros. Então ver se um dá certo.

— Ainda bem que não faço parte da festa da colheita. Sou péssimo nisso. — Ele sorriu.

— O que é uma coisa boa, já que agora você me tem, então não precisa se preocupar. — Dei um beijo rápido em seus lábios. — Vou pegar nossos presentes para a Rory.

— Nossos presentes?

— Hum, sim. Comprei umas coisas na internet e mandei entregar aqui. Já os embrulhei também. Seu nome está com o meu em todos.

Ele sorriu.

— Você é incrível, sabia disso?

— Contanto que você pense assim, estou feliz!

Deixei Killian enquanto pegava os presentes da aniversariante.

— A Rory se divertiu muito na festa, ontem à noite. — Sorri quando Killian e eu entramos no elevador do Sagrado Coração, o principal hospital da região. Holt estava esperando por nós no saguão. Foi ali que fui tratada, após minha provação com o *Estrangulador do Banco de Trás*, quando ele me queimou. Eu estava vindo hoje para uma consulta de revisão com o cirurgião.

Killian riu.

— Ela ficou doidinha com a cobertura daquele bolo. Quanto de açúcar você acha que colocaram naquela coisa? Até eu me senti um pouco nervoso depois de uma pequena fatia.

— Estava, não é? E ela realmente adorou que os rapazes usavam coroas de rei, em veludo vermelho e dourada, e as mulheres usavam tiaras menores, enquanto ela usava aquela monstruosidade deslumbrante que a Blessing deu para ela.

— Ela se gabou com as novas roupas de brincar e aquela coroa como uma verdadeira rainha. Mandei para minha mãe uma foto sua segurando-a no colo, vocês duas sorrindo como loucas.

Parei de rir e olhei para ele.

— Mesmo? Eu nem conheci sua mãe.

— Não muda o fato de ela saber quem você é e pedir provas físicas de sua existência em minha vida. Ela também está bastante irritada por não termos ido à casa deles para jantar ainda. Já pensou sobre isso?

Dei de ombros e soltei um longo suspiro.

— Estou assustada. Não quero contar a ela sobre tudo o que está acontecendo. Ou ter que mentir. Nem que ela pense que sou a namorada perdedora de seu amado filho. E, principalmente, não quero torná-los alvo de um cara muito ruim. É melhor esperar.

Ele assentiu.

— Tem razão. Quando tudo está quieto e nada acontece ao nosso redor, eu acabo me esquecendo.

— Eu também. Mas sempre surge algo para me lembrar. Como visitar o cirurgião plástico para verificar os enxertos de pele e ver se ele pode reduzir o resto das cicatrizes visíveis. — Puxei as mangas compridas, escondendo as marcas.

Depois de fazer a ficha e me sentar na sala de espera, um enfermeiro que reconheci se aproximou.

— Addison Michaels? — ele disse com um sorriso e inclinando a cabeça.

Olhei para a identificação do hospital que dizia Cory Pitman.

— Cory, eu me lembro de você! — Eu sorri. — Você foi tão prestativo e muito paciente comigo quando estive aqui há alguns meses.

Seu rosto inteiro se iluminou e suas bochechas ficaram rosadas quando ele afastou uma mecha de seu cabelo loiro da testa.

— Estou muito feliz em vê-la. Quando descobri que era você na agenda, pedi a outra enfermeira para trocar de horário comigo, para que eu pudesse ver como você estava.

Inclinei a cabeça contra o ombro de Killian, entrelaçando nossos dedos enquanto fazia isso.

— Muito bem agora que tenho o Príncipe Encantado cuidando de mim.

Killian balançou a cabeça e estendeu a mão para Cory.

— E aí, cara. Obrigado por cuidar tão bem da Addy.

Cory franziu a testa.

— Estou surpreso por não ter te visto aqui há alguns meses, quando ela se feriu — ele disse, com ousadia. E de um jeito um pouco antiprofissional, se me perguntassem.

— Ah, nosso relacionamento é bem recente. Sou uma garota de sorte por ter encontrado alguém que não fica enojado com meus ferimentos. — Admiti algo que não disse em voz alta para ninguém. Mas o fato de esse homem questionar meu relacionamento me fez deixar escapar a verdade.

— Sua lesão é uma parte de você, Addy. E eu amo cada

centímetro seu. — Killian levantou meu braço e deu um beijo no antebraço coberto para mostrar seu ponto de vista.

— É muito, uh, legal que você tenha alguém que te ama, independentemente de sua deformidade — Cory disse. — Deve ser bom — ele murmurou em tom enigmático, soando mais triste do que qualquer coisa. — Vou te levar até o consultório. Seu cirurgião está ansioso para verificar os enxertos, já que na última visita correu tudo bem.

Estremeci, odiando ter que ver esse médico novamente. Ele agiu de forma estranha durante minha última visita, mas os resultados não podiam ser negados. Se ele não tivesse feito os enxertos, as queimaduras maiores teriam sido horríveis. Pelo menos desta vez eu tinha Killian comigo.

Cory nos conduziu pela área do hospital que atendia aos procedimentos ambulatoriais, incluindo até alguns pacientes de trauma e especialidades como enxertos de pele e cirurgia plástica.

Assim que me acomodei e tirei o cardigã, Cory verificou meus sinais vitais e anotou tudo no computador. Killian estava sentado em uma das cadeiras à minha frente, enquanto eu estava sentada em uma maca. As luzes fluorescentes eram ofuscantes e as paredes cor de casca de ovo me faziam sentir oprimida.

Uma batida soou na porta e eu falei:

— Entre.

O cirurgião entrou, um homem alto, magro e desajeitado de trinta e poucos anos, e se aproximou de mim.

— Adison Michaels. Em carne e osso — ele murmurou, e tentei esconder meu estremecimento. Toda vez que eu tinha que ver esse homem, ficava arrepiada apenas com o som de sua voz.

— Uh, olá, dr. Templeton.

Ele estendeu a mão clara e eu o cumprimentei, para não ser vista como rude. Sua mão estava congelando e me fez estremecer.

Killian se levantou e veio para o meu lado, colocando a mão quente na parte de trás da minha nuca sob meu cabelo.

— Você está bem, linda? — Ele abaixou a cabeça para avaliar

meus olhos. — Parece desconfortável — ele usou o tom profundo e retumbante de sua voz.

Deus, eu o amava. Demais.

— Estou. Só não gosto dessa parte.

— Que parte? — o dr. Templeton perguntou pegando minha mão. Ele a segurou de modo que meu antebraço ficou voltado para cima. Então ele traçou aqueles dedos frios sobre cada uma das cicatrizes, sentindo-as com as pontas dos dedos.

Levou tudo que eu tinha para não puxar meu braço para trás.

— Elas parecem muito melhores. — Ele traçou um recuo particularmente grande onde Wayne Gilbert Black havia pressionado repetidamente um cigarro quente, criando uma ferida muito maior do que a maioria das outras. Quando ele fez isso no porão do prédio em que me manteve, desmaiei de dor.

Não pude evitar o estremecimento quando o médico circulou a forma redonda várias vezes, como se estivesse acariciando a ferida. Engoli a bile que ameaçava subir pela minha garganta.

— Ela não gosta disso — Cory declarou em um tom irritado, tirando o cirurgião de seu estupor de adoração.

O olhar escuro do dr. Templeton se ergueu para o meu.

— Sinto muito, querida, mas estou testando a elasticidade da pele e a força do enxerto curado.

— Hum-hum. — Fechei os olhos enquanto ele continuava a trabalhar. Em seguida, ele estendeu meu braço e eu observei enquanto ele traçava os locais da pele que havia sido retirado o enxerto, do lado de fora do meu bíceps. Aquela área tinha se curado maravilhosamente.

— Sem cicatrizes. Incrível — ele disse com admiração. Seu rosto se iluminou com o que supus ser felicidade, enquanto ele avaliava a pele passando aqueles dedos frios sobre cada área. — O outro braço, por favor. — Ele soltou meu braço esquerdo e alcançou o direito.

Ele repetiu o processo de tocar em cada local queimado e depois avaliar o local doador.

— Você é minha obra-prima, srta. Michaels. — A maneira como ele falava fazia parecer que ele era um artista admirando seu próprio trabalho e encontrando a perfeição.

Tive que me controlar para não ofegar, respirando lentamente pelo nariz.

Killian bufou.

— Diga isso a todos os fotógrafos e estilistas do mercado e eles concordarão com você. Terminamos aqui? — Killian cerrou os dentes e esfregou meu pescoço de leve. A pressão de sua palma e dedos era a única coisa que me mantinha estável.

— Há algum problema, senhor? — dr. Templeton perguntou a Killian.

— Ela está desconfortável. Alguém, qualquer um, tocando em suas cicatrizes a faz se sentir mal. Não gosto que ninguém a faça se sentir assim, mesmo que seja seu cirurgião. Se pudéssemos apressar isso e seguir em frente, seria ótimo.

Eu arrisquei um olhar para Cory, cujos olhos estavam arregalados junto com um sorriso gigante um tanto perverso. Talvez ele também não gostasse desse médico em particular.

— Srta. Michaels, peço desculpas por fazê-la se sentir desconfortável, é só que seus enxertos foram tão bons, e não é sempre que vejo tanto sucesso logo com os primeiros. Você se curou muito bem. Tem feito alguma coisa para ajudar no processo?

— Tenho usado óleo de vitamina diariamente, o que parece ajudar.

O médico continuou sua avaliação. Quando sua mão subiu pelo meu braço em direção ao local doador, seus dedos roçaram a lateral do meu seio. Engoli em seco e recostei o rosto no peito de Kilian, onde ele estava perto do meu lado.

— Addy? — Killian questionou baixo e rouco em um grunhido um tanto ameaçador.

— Estou bem. Alguma previsão sobre as cirurgias adicionais? — perguntei.

O dr. Templeton semicerrou o olhar, deu um passo para trás e juntou as mãos à sua frente, com uma expressão de surpresa.

— Não acho que muito mais possa ser feito. Nos próximos dois anos, as cicatrizes vão desaparecer, clarear e parecer menos gritantes.

— Você quer dizer que vou ver isso... — Estendi meus antebraços. — Para sempre? — As palavras saíram em um grunhido enquanto a emoção fechava minha garganta.

— Você foi gravemente queimada, e essas queimaduras foram deixadas sem tratamento por muitas horas. Teve sorte que os enxertos de pele cicatrizaram bem e cobriram o pior.

Balancei os antebraços para ele.

— O pior! Elas ainda estão aqui! Não importa o que eu faça, não importa onde eu vá, eu posso vê-las. Caramba, eu posso senti-las. Às vezes, acordo no meio da noite ainda sentindo as queimaduras. — Meus olhos se encheram de lágrimas. — E você está me dizendo que vou ter que conviver com isso pelo resto da minha vida?

Cory se aproximou de mim com um lenço de papel e colocou a mão no meu ombro.

— Srta. Michaels, você precisa respirar. Corre o risco de ter um ataque de pânico.

Afastei o toque de Cory e me levantei da maca. Killian pegou minha bolsa e meu cardigã.

— Preciso sair daqui. Ir a algum lugar. Qualquer lugar — mal consegui dizer as palavras enquanto as lágrimas caíam.

— Srta. Michaels... por favor. — O médico estendeu a mão para o meu braço, mas Killian agarrou seu pulso e segurou-o com força.

— Não toque nela — ele grunhiu. — Obrigado pelo que fez até agora, mas vamos buscar uma segunda opinião. Vamos, Addy. — Ele soltou o braço do médico e colocou a mão nas minhas costas, me empurrando para fora da sala de exames. Nem olhamos para trás. Continuamos até sairmos daquela área, descermos o elevador e entrarmos no saguão.

No segundo em que chegamos ao saguão, Holt nos seguiu até um de seus SUVs, abrindo a porta e certificando-se de que eu estava em segurança lá dentro.

— Ela está bem? — Ouvi Holt perguntar quando fechou a porta do carro e seguiu Killian para o outro lado.

— Sim, ela vai ficar. Vou me certificar disso — ele respondeu.

Quando ele entrou no carro, coloquei a metade superior do cinto de segurança para atrás de mim e me inclinei, apoiando a cabeça no colo do meu homem, agarrando seu jeans enquanto meus piores medos me consumiam.

Deixei as lágrimas caírem silenciosamente enquanto meus sonhos de acabar com as horríveis lembranças físicas do que aconteceu comigo nas mãos de um louco desciam pelo ralo.

Killian passou os dedos pelo meu cabelo e me deixou chorar, ficando ao meu lado, mas não tentando consertar. Ele sabia que não poderia resolver esse problema. Eu tinha que me conformar com isso.

Me perguntei se ele tinha chegado a um acordo consigo mesmo por causa das cicatrizes em seu belo corpo. Pensei que, se ele poderia ser forte, eu também poderia. De alguma forma, eu encontraria forças, mas agora, com tudo tão recente, lamentei o sonho que perdi, enquanto meu Príncipe Encantado me mantinha perto, caso eu precisasse dele.

DEZESSEIS

O resto da semana foi estressante, para dizer o mínimo.

Segunda-feira, tive a consulta médica. Descobri que teria antebraços feios e cheios de cicatrizes pelo resto da vida.

Terça-feira, não foi melhor. Aquele dia trouxe a entrega indesejada de uma foto minha, Killian e Holt andando com Brutus e Amber, em um parque para o qual fomos de carro. Desta vez, não só meu rosto tinha um coração vermelho ao redor, mas havia um grande X vermelho riscado sobre o de Killian. Jonah e Ryan acreditavam que algo havia mudado no *modus operandis* do homem. De repente, Killian estava em risco. Isso também significava que o assassino estava realmente acompanhando meus movimentos.

Quarta-feira, chegou outra foto. Esta me assustou pra caramba. Era eu, sentada no quintal, em uma das grandes cadeiras tomando café. Rory estava de frente para mim, em meu colo, seu corpo apoiado contra o meu com sua nova pelúcia do Olaf contra o peito. Ela ganhou o brinquedo de Simone em seu aniversário e o considerava o favorito para dormir. Estava com o polegar na boca e tinha acabado de acordar. Estava linda e sonolenta, com os cachos escuros bagunçados, a mão esticada brincando com meu cabelo que pendia perto de seu rosto. Eu estava aproveitando aquele afago infantil enquanto observávamos os cachorros brincarem no quintal. Lembro-me claramente de ouvir algo como um clique antes de Brutus ficar completamente louco, correndo para o lado oposto do quintal, onde latiu e pulou contra a cerca de madeira que levava ao beco atrás da casa de Mama. Amber entrou na ação latindo e correndo de um lado para o outro, enquanto Brutus ficava tão bravo que espumava pela boca. Agora eu sabia por quê.

A quinta-feira, como se poderia imaginar, trouxe mais uma foto. Esta era de Blessing e Killian entrando em um grande arranha-céu no centro da cidade. Eles foram se encontrar com os clientes para tratar das primeiras fotos que tiramos da sua linha de lingerie. Ainda tínhamos mais fotos para fazer, mas, por enquanto, os clientes podiam começar a construir seu plano de marketing e materiais promocionais enquanto trabalhávamos para terminar o resto. Na foto desse encontro, o rosto de Killian tinha um grande X vermelho que fez meu coração doer. Blessing, no entanto, não tinha nenhuma marca em sua imagem, o que fez Jonah, Ryan e o resto da equipe do FBI acreditarem que o interesse havia mudado apenas para Killian e eu.

Na sexta-feira de manhã, eu estava uma pilha de nervos. Não tinha saído de casa desde que fomos levar o cachorro para passear, e minhas emoções estavam em constante estado de pânico. Marquei uma reunião com Jonah e Ryan, e eles concordaram em me encontrar. Killian, Jonah, Ryan e eu nos sentamos à mesa da cozinha enquanto Mama fazia um café da manhã tardio para todos nós. O bacon estava chiando na frigideira, biscoitos caseiros que Killian ensinou minha mãe a fazer estavam no forno, e ela estava quebrando ovos em uma grande tigela de aço inoxidável no balcão enquanto tomávamos café.

— Alguma novidade? — perguntei como eu fazia todos os dias.

Ryan sorriu tristemente e levantou seu café para tomar um gole, deixando Jonah dar a notícia.

— Addy, lamento dizer que não temos nada neste momento. Como sabemos que a última vítima lutou contra seu agressor e ele não realizou sua rotina normal de estrangulá-la e queimá-la, acreditamos que ele a conhecia. Queimar o rosto dela até ficar irreconhecível foi uma resposta estranha, mas achamos que é porque ele não precisava ver o rosto de alguém que conhecia, mas sim o seu. Também é possível que ele tenha sido interrompido antes que pudesse fazer o que pretendia.

— Você quer dizer que talvez ele estivesse com pressa? — perguntei.

Jonah deu de ombros.

— Ou pode ter sido surpreendido por esta mulher. Talvez ele não quisesse atacá-la, e ela disse ou fez algo que causou uma resposta violenta. Seja o que for, ele conhecia essa vítima. Entrevistamos todos que trabalharam com ela e, até agora, não tivemos nenhuma pista. A maioria dos colegas de trabalho de Mallory tem álibis consistentes. Além disso, ela era uma mulher determinada no trabalho. Fazia o máximo de horas extras que conseguia, o que proporcionou que ela participasse de cirurgias em todos os hospitais e centros médicos locais. Portanto, existem centenas de pessoas em potencial que cruzaram com ela. Sem falar que era muito querida no trabalho e na vida profissional. Tinha muitos amigos — Ryan comentou.

— E quanto ao dr. Templeton? — Killian questionou.

Peguei sua mão.

— Baby, só porque ele te irritou não significa que ele é um assassino louco.

— O dr. Templeton? — Jonah pegou seu telefone e começou a digitar. — Ele trabalha no Sagrado Coração? — ele perguntou.

— Ele é o cirurgião plástico que atendeu a Addy. Fez os enxertos de pele nela. Fomos na consulta segunda-feira passada e, por mais que ela tente colocar panos quentes, o cara agiu de modo estranho. Tocou suas cicatrizes como se fossem algo para se orgulhar. O cara me provoca arrepios. Tenho um mau pressentimento sobre ele — Killian afirmou de forma categórica.

Jonah franziu a testa enquanto lia algo em seu telefone.

— O dr. Greg Templeton trabalhou no Sagrado Coração nos

últimos oito anos. Fez sua residência lá e foi contratado de imediato. Tem uma série de diplomas e inúmeros artigos no JAMA, o *Journal of American Medical Association*, sobre enxerto de pele e tratamento de vítimas gravemente queimadas. — Jonah continuou lendo e passando o polegar pela tela. — O FBI conversou com ele, mas concordamos em nos encontrar em uma data posterior, pois ele estava prestes a entrar em cirurgia. Pelo que diz aqui, a Mallory trabalhava no centro cirúrgico do hospital, então é possível que pudesse ter trabalhado com o dr. Templeton. Vamos verificar. Addy, por que você não disse nada na segunda-feira?

Olhei pela janela além de onde Jonah estava sentado e dei de ombros.

— Não parecia relacionado na época. Eu tinha acabado de saber que ficaria com cicatrizes para o resto da vida. Com toda a honestidade, estava sentindo pena de mim mesma.

Killian colocou a mão na minha coxa e apertou, oferecendo apoio silencioso.

Mama aproveitou aquele momento para colocar um prato de dar água na boca na minha frente e de Killian. Então ela foi até o balcão e serviu mais dois para Jonah e Ryan.

— Comam. Já tomei café da manhã quando o sol nasceu — ela disse e continuou a se movimentar pela cozinha.

— Obrigado, isso parece incrível. — Killian ergueu o garfo e enfiou um pedaço de ovos mexidos com queijo na boca.

Jonah, Ryan e eu concordamos com murmúrios abafados, pois nossas bocas já estavam cheias de comida.

— Alimentar minha família e amigos é um prazer — ela se gabou, jogando um pano de prato sobre um ombro enquanto limpava o balcão.

Depois de comer um pouco, limpei a boca com o guardanapo antes de trazer à tona a única pergunta que ninguém queria que eu fizesse.

— E a ideia de me oferecer como isca?

Ryan limpou a boca e se inclinou para trás enquanto Jonah suspirava.

— Mano, você tem que dar esse direito a ela — Ryan insistiu.

— Sim, mano, me dê esse direito. — Usei a linguagem deles, não escondendo a dor em meu tom ao perceber que eles estavam escondendo algo de mim.

Jonah respirou fundo e soltou um longo gemido.

— A equipe acredita que seria uma boa ideia usar você. Especialmente porque agora sabemos que ele está te seguindo diariamente. Tudo em momentos diferentes, o que provavelmente significa que ele segue você ou sua família um pouco, tira a foto com a qual quer assustá-la e depois vai trabalhar. Caso contrário, provavelmente estaríamos recebendo mais fotos suas e de suas irmãs. Como esse não é o caso, acreditamos que ele de fato tem um trabalho regular. Provavelmente na área médica.

— Por causa da conexão da enfermeira? — Killian perguntou.

Ele assentiu.

— E porque ele conseguiu colocar as mãos em um sedativo muito poderoso para injetar no segurança de seu edifício. O relatório toxicológico mostrou que era uma dose especializada. Não o suficiente para matar, mas para saber que uma pessoa estaria fora do ar por algumas horas. Especialmente, digamos, se alguém estava saindo de uma cirurgia... — Jonah afirmou.

— Uau. Talvez seja o médico. — Estremeci e deixei cair o garfo no meu prato, perdendo a fome, embora minha barriga afirmasse o contrário.

— Vamos para o hospital logo depois daqui. O que acha de uma operação policial neste fim de semana? Ou até hoje à noite?

— Esta noite? — esclareci.

Jonan e Ryan assentiram. Killian pegou minha mão e a segurou com força.

— O que você estava pensando? — Minha voz falhou um pouco, mostrando minha preocupação, mesmo que eu fosse fazer qualquer coisa para superar o medo e capturar esse homem de uma vez por todas.

— Bem, agora que sabemos que ele está seguindo você, montamos um plano para capturá-lo tentando chegar até você em um lugar público. Como na Tracks, onde a Simone costumava trabalhar. Ela conhece o gerente e pode nos dar acesso. Não só podemos substituir os seguranças por alguns de nossos agentes disfarçados, mas também um dos *bartenders*. Também podemos nos instalar no escritório com vista para todo o clube.

— E qual é o plano? Deixar a Addison sozinha? — Killian falou por entre os dentes, soando mais como um urso bravo do que um namorado calmo e compreensivo. Embora o fato de ele não ter uma explosão tenha sido fantástico na minha opinião.

— Não, claro que não. A ideia é que ela saia com algumas agentes do FBI vestidas para uma noitada. Elas estarão armadas e prontas para partir a qualquer momento. Addison irá ao banheiro várias vezes, onde também teremos alguém esperando, deixando-a livre ta o suficiente para que o agressor esteja inclinado a pegá-la. Então, em vez disso, nós o matamos.

Assenti enquanto Killian balançou a cabeça.

— Odeio isso — ele resmungou.

— Olha, cara, se fosse Simone, eu odiaria também. Eu entendo. Acredite, já passei por isso com a mulher que mais amo no mundo. Não é uma coisa fácil de se fazer, mas juro que vamos cuidar dela. Eu amo a Addison como se ela fosse minha própria irmã.

Estufei o lábio inferior enquanto meu coração batia forte no meu peito, e senti a emoção emanar dos três homens.

— Eu também. Uma irmã gata... — O olhar de Ryan encontrou o mortal de Killian e seus olhos se arregalaram.

Eu ri.

— Bom, quero dizer, eu me importo com a Addy e toda essa família. Eu arriscaria minha vida por ela, assim como o Jonah e você. E ela estará protegida. Teremos uma equipe de doze pessoas no mínimo. Ninguém vai sair do clube com a Addison além de nós — Ryan garantiu. — Eu te dou minha palavra.

Killian fechou os olhos e assentiu.

— Depende da Addy. O que quer que ela decida, vou concordar.

Meu coração dobrou de tamanho quando apertei sua mão, levantei e a segurei entre as minhas. Ele olhou para mim com tristeza e ansiedade. Beijei as costas de sua mão e descansei minha bochecha contra ela.

— Obrigada por acreditar em mim.

— Sempre, meu amor. Sabe disso. E quero que isso acabe logo. Tenho planos de levar minha garota para acampar e pescar pela primeira vez. Gostaria de fazer isso mais cedo ou mais tarde. Começar a viver todos os dias ao máximo.

— Porque cada dia é um presente. — Usei as palavras de Sonia. Minha irmã podia ser uma senadora durona, mas passou por muita coisa em seus trinta e três anos. Salvar Simone do incêndio que tirou a vida de seus pais a marcou quando jovem. Ela sabia melhor do que ninguém o quanto todos os dias eram importante e agora que eu tinha Killian, sabia disso também. Cada dia era um presente.

— Isso mesmo — Killian murmurou. — Faça o que tem que fazer. — Ele virou a cabeça, se concentrou em Jonah e depois em Ryan com algum tipo de olhar silencioso. — Estou confiando em você com minha felicidade futura.

Killian acreditava que eu era sua felicidade futura. Se isso não fazia uma mulher desmaiar, não sei o que faria.

Eu me inclinei contra seu braço e olhei para Jonah.

— Farei o que for preciso.

Ele assentiu.

— Vamos marcar para hoje à noite. Sexta-feira o bar vai estar cheio.

— E se ele não vier? — perguntei.

— Tentaremos novamente no sábado. Ligo para vocês dois mais tarde, quando descobrirmos mais sobre o dr. Templeton.

Killian e eu assentimos enquanto os caras terminavam o café da manhã. Peguei o meu, com a cabeça girando com cenários malucos que poderiam ocorrer esta noite.

De qualquer forma, pelo menos finalmente tínhamos um plano.

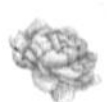

Tracks era um bar no centro de Chicago que eu tinha ido inúmeras vezes. Simone trabalhou lá. Na verdade, ela se demitiu do lugar há sete meses, durante o início de sua *situação*. Jonah a ajudou e agora ela tinha terminado a última matéria da faculdade, se formou, conseguiu um emprego como gerente de escritório e estava morando na casa que Jonah comprou para os dois começarem suas vidas juntos. Era um enredo mágico que poderia ter saído de um romance. Se não tivéssemos perdido Tabby, a ex-mulher de Jonah, e tantas outras, teria sido uma história que eles poderiam contar aos netos. Como minha própria história com Killian, embora as coisas fossem muito trágicas e distorcidas para o final perfeito do conto de fadas.

Minha esperança agora era que pudéssemos capturar esse psicopata e continuar. Para mim, isso pode significar qualquer coisa. Eu não tinha mais meu apartamento – a maioria das minhas coisas de valor tinha sido distribuída entre a casa de Killian e de Mama Kerri. Ainda precisávamos terminar a outra metade da campanha em que estávamos trabalhando para Blessing e seus clientes, e depois disso não tinha nada programado. Quando me machuquei pela primeira vez, fiz meu agente cancelar qualquer sessão de fotos por quase um ano. Se pudéssemos superar esse obstáculo horrível, eu teria tempo para fazer uma mudança.

Uma leve animação com a perspectiva de possivelmente deixar a modelagem e seguir em frente com minha ideia de agência de modelos surgiu em minha cabeça. Por muito tempo, afastei meu lado sonhador, fazendo o que me daria mais dinheiro possível. Mas eu ainda poderia aceitar algumas campanhas por ano, para ganhar dinheiro, desde que alimentasse minha nova paixão – o que quer que fosse.

Empurrei meus longos cachos castanhos sobre um ombro, me inclinei para frente e girei o canudo no coquetel de cranberry sem álcool. O barman só servia a mim e meus amigos de mentira da garrafa de vodca que foi substituída por água, para manter a aparência de três mulheres bebendo e se divertindo.

— Vamos dançar. Não estamos conseguindo chamar atenção — uma das agentes chamada Paula sugeriu.

Assenti e me movi com a música intensa ecoando. Faixas de lasers coloridos iluminavam as paredes de forma rítmica. Eu meio que gostaria de beber um pouco de vodca de verdade. Não beber nada para aliviar a tensão estava fazendo minha ansiedade chegar ao extremo.

Paula enganchou o braço no meu enquanto Hayden, a outra agente, seguia em nossa retaguarda. Durante toda a noite, como prometido por Jonah e sua equipe de especialistas, não fiquei sem vigilância. Quando chegamos ao centro da pista de dança, levantei meus braços e balancei os quadris de um lado para o outro.

Fiz várias pausas para ir ao banheiro, porque cinco copos de cranberry e água enchiam a bexiga como uma bebida alcoólica. Embora eu me certificasse de oscilar em meus sapatos de salto alto, tentando me fazer parecer como alguém bêbado. Com um sorriso malicioso, olhei para um dos agentes do FBI a quem fui apresentado mais cedo. Ele estava encostado na parede perto do banheiro feminino, com a mão sobre uma linda mulher que ele estava fingindo fazer gozar, mas eu sabia que não. Ela também era uma agente, mas desempenhando o papel, se movendo contra o corpo dele. Ele beijou seu pescoço e piscou para mim quando passei.

E nenhuma tentativa de sequestro. Eu estava começando a ficar um pouco irritada. O que me levou a ir ao outro lado do bar, onde pedi uma dose de vodca de verdade, bem como um cranberry com álcool. Tomei a dose e suguei o canudo, em seguida, voltei para meus pseudo-amigos que estavam dançando.

No segundo em que me aproximei, Hayden semicerrou o olhar de na minha bebida. Ela estendeu a mão e tomou um gole.

— Sério? — ela perguntou quando peguei de volta.

— Eu precisava disso! Me dá um tempo. — Me remexi e finalmente comecei a sentir a música. A vodca corria em minhas veias, aquecendo meu sangue e me esquentando de dentro para fora. Também teve o efeito adicional de levantar a nuvem sombria que pairava ao meu redor e me deu o pequeno entusiasmo que eu precisava para manter a farsa.

Estávamos aqui há três horas e eu finalmente estava me divertindo. Até que esbarrei em um círculo de pessoas que reconheci.

— Uau! Addison Michaels! — Ouvi uma voz masculina familiar ligada a um rosto bonito.

Lutei para lembrar o nome dele, mas estava na ponta da minha língua.

— Cory, do Sagrado Coração! — ele disse, e então puxou uma morena bonita. — Esta é a minha namorada, Tessa. Ela também é enfermeira,— ele sussurrou. — Mas mantenha segredo, porque não podemos deixar ninguém descobrir no hospital — ele disse em tom conspiratório.

— Você é aquela modelo! — Tessa arregalou os olhos arregalados e redondos.

Assenti e gesticulei para as duas agentes.

— Minhas amigas, Hayden e Paula — apresentei.

— Legal conhecer vocês — Tessa disse. — Não pude acreditar que o Cory te atendeu quando você se internou. Ah, merda! — Ela cobriu a boca com a mão por um momento. — Acho que não deveria admitir que ele me contou sobre você. Mas tipo, todo mundo sabe a seu respeito. — Ela soltou um longo suspiro bêbado.

Cory a trouxe para seu lado e fez uma careta.

— Desculpe. Eu não deveria ter falado sobre os pacientes,

mas você é famosa e eu queria, você sabe... — Ele abaixou a cabeça perto do meu ouvido. — Impressionar minha namorada.

Acenei com a mão e tomei um gole da bebida.

— Sem problemas. Está tudo bem. Só lamento que você tenha que lidar com o dr. Templeton.

— Argh! Nem me fale! Ele é o pior. — Tessa assentiu. — Me deixa louca. Ele remexe tanto as feridas de seus pacientes que juro que ele esquece que não é Deus. Não o suporto. E a forma como ele olha para as pessoas. — Ela fingiu estremecer. — Blergh — ela disse e então ouviu uma música de que gostava e pulou com a batida. — Esta é a minha música favorita! — Ela cantarolou e dançou, se distraindo.

Cory a soltou e então dançou ao meu lado.

— Você está... bem, depois... você sabe... daquela consulta? Fiquei preocupado com você. Quando você saiu chorando, quase fui atrás, mas aquele grandalhão estava te acompanhando.

— O Killian, meu namorado. — Abri um sorriso enorme, pensando no meu fotógrafo gostoso. — Ele cuidou de mim. Obrigada por perguntar.

Ele assentiu e apertou os lábios.

— Não gosto de como o dr. Templeton trata suas vítimas de queimaduras. É como se ele ficasse fascinado com isso. É assustador.

— Eu também tenho essa sensação, mas ele é altamente recomendado.

— Sim, ele é conhecido como o melhor do ramo, pelo menos em Chicago. Eu nunca fui a outro lugar.

— Ah, não sai muito da cidade?

Ele balançou a cabeça e sorriu quando sua namorada fez algum movimento sensual, movendo os quadris, inclinou o corpo e remexeu a bunda perfeita e redonda.

— Caramba, ela é sexy! — Apontei e acenei para ela. A moça retribuiu e continuou dançando.

— Ela podia ganhar uns quilos — ele falou do nada, olhando para a garota.

Semicerrei o olhar e empurrei seu braço com força. Ele deu um pulo para trás e ergueu as mãos.

— Que coisa idiota de se dizer! — Repreendi o rapaz e tomei o resto da bebida, planejando pegar outra. Que se danasse o FBI. O trabalho deles era me manter segura, e eu finalmente estava me divertindo e não enlouquecendo. E fiz amigos. Bem, mais ou menos.

— O que foi que eu disse? — Cory perguntou, rindo.

— Ela é perfeita do jeito que é. Não seja um idiota que quer algo diferente ou alguém inventado em uma revista, quando você tem uma garota sexy como Tessa — avisei. — Ela é um maravilhosa como é;

— Sinto muito — ele respondeu de imediato. — O que eu deveria ter dito é que ela se preocupa o tempo todo com o peso e eu gosto de mulheres curvilíneas, mas ela deve ser livre para fazer o que quiser. — Ele rapidamente tentou consertar sua gafe.

Dei de ombros.

— Deixe-a fazer o que quer que a faça feliz. Considere esse conselho um presente.

Ele riu e foi até a garota, beijou sua bochecha, e então assentiu. Ele se virou.

— Bebidas, moças? Vou pegar uma bebida para mim e para Tessa.

Minhas duas amigas de mentira balançaram a cabeça. Eu sorri. Outra maneira fácil de me conseguir uma bebida de verdade.

— Isso aí! Vou querer um cranberry com vodca. Caprichado na vodca.

Cory sorriu.

— Pode deixar. Vai ficar de olho na Tessa? — ele perguntou. — Tem uns idiotas que atacam mulheres bêbadas e minha namorada já bebeu alguns drinques. Sou o motorista da rodada, mas quero ter certeza de que ela está segura.

— Ah, acredite em mim... — Abri um sorriso enorme. — Ela

está supersegura esta noite! E é legal de sua parte ter certeza de que ela está bem. — Estendi a mão e dei um tapinha em seu ombro, em seguida, enganchei meu braço ao redor dos quadris de sua namorada e me movi de um lado para o outro.

Ele riu e balançou a cabeça.

— Sorte a minha. Estou saindo com duas morenas gostosas — ele elogiou.

— Ah, meu Deus, o Cory é tudo, não é? — Tessa deixou escapar, olhando para o homem indo buscar as bebidas.

— Parece um cara legal — concordei.

— Sempre arranjo idiotas que me dizem que me querem do jeito que sou, mas tentam me mudar. Sabe como é? Ah, não, não deve saber. Você é como a fantasia de todo cara — ela falou com a voz arrastada.

— Você ficaria surpresa. — Suspirei ao me lembrar dos relacionamentos ruins que tive no passado. Mas não era o caso de Killian. Ele tinha todas as características que eu ansiava encontrar em um homem. Sem mencionar que ele era uma fera na cama. As coisas que aquele homem podia fazer comigo pareciam escandalosas.

— Não deveríamos voltar para o bar? — Paula perguntou. Balancei a cabeça.

— De jeito nenhum. Não saio há meses! Quero aproveitar. — Levantei os braços no ar assim que Cory se aproximou com uma nova bebida DE VERDADE. De vodca mesmo. Sim, por favor.

— Obrigada!

— Sem problemas, Addison. — Ele se curvou e passou uma bebida para sua namorada. — E para a mulher mais bonita daqui. — Ele entregou o coquetel a Tessa.

— Que fofo! — provoquei e segurei a mão de Hayden. — Vamos dançar a noite toda!

— Você não tem que ir ao banheiro? — ela perguntou, me lembrando do que eu deveria fazer.

— Ah, merda, sim, isso mesmo. Tenho que urinar.

— Legal! Vou junto — Tessa ofereceu.

— Hum... — Olhei para Hayden, que deu de ombros e disse:
— Estarei no bar.

Tessa e eu fomos ao banheiro, depois ao bar para mais um coquetel de verdade, e a essa altura eu estava me sentindo tão bem que me esqueci completamente de por que estava lá.

Não que isso importasse, porque eu não tinha sido abordada. Embora eu estivesse me divertindo muito com meus novos amigos.

No momento em que Jonah e Ryan me trouxeram de volta para a Kerrighan House, entrei, tropeçando enquanto chutava um salto e depois o outro.

Killian estava esperando no sofá, com os cotovelos nos joelhos, mãos em punhos, o queixo barbudo apoiado sobre eles. Seus olhos encontraram os meus na luz fraca do quarto.

— Addy — ele disse, em seguida, olhou para o relógio pendurado sobre o manto. — Você parou de me enviar mensagens de texto à meia-noite.

Notei que o relógio marcava três da manhã.

— Hum... desculpe? — Tentei pedir desculpas, mas no meu cérebro embriagado não sabia o motivo.

Seus ombros caíram e ele acenou para mim.

Jonah trancou a porta atrás de Ryan, que saiu para ir embora. Jonah gritou um boa noite resmungando antes de subir as escadas para se juntar a Simone na cama.

Cambaleei em direção a Killian, usando meu vestido azul marinho muito curto.

Quando cheguei a ele, meu namorado alcançou meus quadris e pressionou sua testa na minha barriga.

— Eu estava muito preocupado. Durante três horas não ouvi uma palavra sua. Três horas de nada além de silêncio. — Ele engoliu em seco e esfregou as mãos para cima e para baixo nas minhas coxas e quadris. — Você tem alguma ideia de como é se preocupar com a mulher que ama por uma noite inteira e depois não ter mais notícias por três horas seguidas? Achei que ele tinha chegado até você, Addy. E nem Jonah, nem Ryan atenderam às minhas ligações.

— Ah, meu Deus, Killian, sinto muito. Eu estava dançando com meus novos amigos. não pensei...

Ele ergueu o rosto e eu passei os dedos por seu incrível cabelo comprido.

— Sinto muito.

Ele fechou os olhos por um momento, abriu-os, e fiquei surpresa ao ver a luxúria olhando para mim.

— Prove o quanto você está arrependida. — Ele se inclinou para trás, esticou os braços sobre o encosto do sofá e moveu os quadris em convite. Seu comprimento duro estava se esticando contra o tecido macio da calça de moletom cinza claro.

Umedeci os lábios, olhando para a protuberância do meu homem antes de me lembrar de onde estávamos.

— Aqui? — sussurrei enquanto a excitação e a emoção de ser pega rugiam em minhas veias.

Killian inclinou a cabeça para o lado e girou os quadris novamente.

— Atreva-se.

Nenhuma palavra mais sexy jamais foi dita.

DEZESSETE

Mordendo o lábio, olhei para trás e vi que o resto da casa estava escura, exceto pela luz fraca vinda da cozinha e da pequena lâmpada ao lado do sofá. Escutei atentamente e esfreguei as pernas, querendo a fricção contra meu núcleo que pulsava.

— Quer mesmo fazer isso? — Fiquei entre suas coxas abertas, sentindo a grande ereção contra o tecido de algodão de seu moletom.

— A melhor pergunta é... e você? — ele zombou, estendendo a mão para passar a palma no comprimento em suas calças.

Minhas veias se encheram de calor e a excitação se derramou como lava através do meu centro. A luxúria se misturou com o álcool, enquanto meu coração batia forte, e eu caí de joelhos entre suas pernas.

— Fique de olho. Estarei ocupada. — Segurei o cós e o puxei.

Ele levantou os quadris, e eu puxei as calças para baixo o suficiente para que seu pênis longo e duro fosse revelado. Prendi o tecido da calça logo abaixo de suas bolas para que ele estivesse em plena exibição, mas pudesse facilmente se cobrir, se necessário.

Uma lufada de ar deixou sua boca, e seus olhos castanhos cintilaram de desejo enquanto eu envolvia a mão ao redor da base grossa, apreciando a natureza de aço envolto em veludo. A ponta de seu pau estava úmida enquanto eu olhava em seus olhos e umedecia os lábios.

— Fique quieto — avisei, abaixei a cabeça e passei a língua ao redor da ponta salgada e deliciosa.

Killian cerrou os dentes e firmou o maxilar enquanto eu chupava a cabeça.

Ele enroscou uma das mãos no meu cabelo e eu o afastei.

— Puta merda. Sem tocar — exigi.

Ele soltou um suspiro rápido, mas fez o que pedi, esticando os braços pelo comprimento do sofá, enfiando os dedos no tecido. Quando ele obedeceu, eu o recompensei mergulhando a boca em seu comprimento.

— Cacete — ele murmurou e moveu os quadris.

Me movi contra seu pau várias vezes, acariciando-o em um ritmo constante antes de chupar o mais forte que pude.

Antes que eu pudesse continuar, ele subiu as calças, escondendo o objeto da minha afeição, me segurou pelas axilas e me puxou para cima. Em seguida, pegou minha mão e me levou até a porta na cozinha que levava ao porão onde ficaríamos sozinhos. Era o lugar que Mama Kerri geralmente reservava para os hóspedes, mas com tantos de nós na casa ao mesmo tempo, todas as camas estavam ocupadas. Até a de Tabby, que a pequena Rory estava usando. Ela disse que isso a fazia se sentir perto da sua tia Tab. Além disso, foi a única que voluntariamente escolheu dormir lá. Isso significava que Charlie estava na minha cama, dividindo o quarto com Blessing.

Ri quando Killian desceu as escadas muito mais rápido do que meu cérebro embriagado poderia suportar, a ponto de ele acabar me levantando e me colocando por cima do ombro enquanto descia pelo pequeno espaço e entrava no quarto que dividíamos. Uma vez lá, ele me jogou na cama como se eu não pesasse nada. Eu ri por que... a embriaguez pela vodca e um cara gostoso carregando a *mim*, uma garota maior, por cima do ombro e sendo jogada na cama era incrível e hilário ao mesmo tempo.

— Tire a roupa — ele grunhiu, enquanto tirava a camiseta branca e empurrava a calça de moletom para baixo.

Fiquei de joelhos, segurei a bainha do vestido e o puxei pela cabeça. Eu estava só com uma calcinha fio dental minúscula roxa escura e sutiã sem alças combinando. Meus seios foram erguidos tão alto que quase podia lambê-los se baixasse a cabeça.

— Puta merda, você é gostosa, Addy. Minha fantasia ganhando vida.

Nenhuma palavra mais sexy poderia ser dita naquele momento.

Levantei a mão e movi o dedo em um gesto de *vem cá*.

Ele ficou imóvel, olhando para mim naquela lingerie, enquanto seu olhar parecia saltar de um ponto a outro. Suas longas ondas castanho claras e caíam sobre seus ombros largos e poderosos. Quase gemi ao ver toda aquela pele bronzeada cheia de músculos em seu peito e abdômen. Suas narinas se dilataram e suas mãos se fecharam em seus lados enquanto seu pênis se projetava entre s coxas como um farol de paixão ganhando vida. Ele era tão viril lindamente masculino, que roubou meu ar.

Levou tudo que eu tinha para não pular nele. Em vez disso, gemi baixinho e me arrastei pela cama, como um puma à espreita, até que meu rosto ficou alinhado com seu comprimento mais uma vez.

— Baby — murmurei, umedecendo os lábios.

Ele avançou apenas o suficiente para que a cabeça pressionasse meus lábios de forma provocante. Girei a língua ao redor da ponta e envolvi a boca, tomando-o o máximo que eu podia. Killian me deixou acariciá-lo com a boca por alguns instantes antes que me afastasse novamente.

Fiz beicinho, começando a ficar chateada de verdade por ele continuar tirando meu novo deleite favorito. Aquele beicinho se transformou em um gemido quando ele alcançou minhas costas e desabotoou o sutiã, deixando meus seios pesados balançarem livremente. Uma onda de alívio tomou conta de mim quando ele tirou a lingerie. Em seguida, segurou meus seios, espalmando e levantando o peso em suas mãos enquanto o acariciava. Com dedos hábeis, ele brincou e puxou meus mamilos até ficarem duros, eretos e queimando com a necessidade.

— Caramba — ofeguei, quando ele se aproximou o suficiente da cama onde eu me ajoelhei de quatro. Ele empurrou o pênis brilhante entre meus seios, unindo-os para criar um atrito contra seu comprimento.

— Fantasiei em transar com seus peitos tantas vezes, baby. — Ele gemeu e empurrou os quadris. — Melhor do que eu imaginava — disse em um tom baixo e sexy, que correu pela minha espinha.

Comecei a me mover, para que ele pudesse dar várias estocadas até que mais uma vez ele recuou, com a mão ao redor da base de seu pênis como se estivesse evitando um orgasmo iminente. Ele esfregou a cabeça sobre cada mamilo de forma provocante, em uma carícia sexual que nenhum homem tinha feito antes.

Isso era tudo que eu podia aguentar. Voltei a ficar de joelhos, tirei a calcinha de renda, passei os braços ao redor de seu pescoço e coloquei os seios nus em sua pele quente enquanto tomava sua boca com a minha. O beijo se tornou carnal instantaneamente, um faminto pelo outro.

Antes que eu percebesse, minhas costas estavam contra a cama, minhas pernas abertas e ele estava me penetrando profundamente.

Quando ele chegou ao fim e nossos corpos se encontraram completamente, arqueei com a poderosa e feliz invasão. Meu corpo inteiro se arrepiou.

Ele deu um gemido baixo e profundo e estremeceu em meus braços, me dizendo sem palavras o quanto nossos corpos se unindo o afetavam.

Era pura magia.

Não havia nada melhor.

Envolvi os braços e pernas ao redor do único homem que já amei. Ele me abraçou. Seu rosto estava pressionado no meu pescoço, boca no meu pulso.

— Você é a mulher certa para mim, Addy. A única que significa tudo para mim. Diga que você sente isso. — Ele estocou profundamente enquanto mordia o músculo onde meu pescoço e ombro se encontravam.

Prazer se espalhou do meu núcleo através do meu corpo.

— Nunca senti nada assim, Killian. — Toquei sua bochecha até que ele levantou a cabeça e olhou nos meus olhos. — Somos eu e você. Não importa o que aconteça. Daqui em diante, eu sou sua e você é meu.

Ele segurou uma das minhas bochechas e acariciou meu lábio inferior, depois minha bochecha, com o polegar.

— Só vou amar você, baby. Até termos filhos. Essa é a única vez que esse amor será compartilhado.

Sorri tanto que senti como se tivesse explodido de alegria.

— Acho que posso compartilhar seu amor com nossos futuros filhos.

Ele sorriu e mordeu o lábio inferior enquanto se afastava quase todo do meu corpo e depois voltava a me penetrar.

Engoli em seco e gemi com a mistura repentina de prazer misturado com dor. Então fiquei em silêncio enquanto meu homem fazia amor comigo.

Killian sugou meus seios, enquanto eu o montava forte e rápido, alcançando rapidamente ao auge do orgasmo, o que fez minha visão falhar. Ele segurou meus quadris, enquanto movia os seus, estocando sem piedade. Nós dois estávamos cobertos de suor, nossas respirações ofegantes e o quarto cheirando a sexo, enquanto nós dois nos esforçávamos para alcançar o clímax juntos.

Ao mesmo tempo, meu corpo se fechou em torno dele, ele cravou os dedos em meus quadris e ficou rígido, dando um grito silencioso quando sua boca se abriu e seus olhos se apertaram. Apoiei as mãos em seu peito e mergulhei minha língua em sua boca, beijando-o com tudo que eu tinha quando o orgasmo mais poderoso rugiu não só pelo meu corpo, mas pelo dele.

Juntos.

Isso nunca tinha acontecido comigo, e eu sabia por quê.

Porque Killian não estava comigo.

Lambi e mordisquei seus lábios, sentindo os pelos me arranharem. Nossos corpos ainda estavam conectados, e o suor esfriava contra nossa pele exposta. Killian assumiu o beijo depois que se recuperou do próprio orgasmo, segurando meu cabelo, controlando os movimentos da minha cabeça enquanto me beijava profundamente. Cada toque de sua língua era uma conexão, me lembrando do que nós dois já sabíamos.

Você é meu.

Sou sua.

Somos nós.

É isso que era.

Amor... confuso, complicado, bonito, louco, selvagem, do tipo que muda a vida, altera a alma.

O amor entre Killian e eu era assim, e eu não mudaria isso por nada no mundo.

Uma vez que ele teve o suficiente da minha boca, me moveu para o lado, beijou meu nariz e se levantou da cama. Puxou o lençol e me cobriu.

— Já volto — disse e, em seguida, entrou no banheiro anexo. Ouvi a água ligar e depois desligar. Ele voltou com um pano quente com o qual limpou entre minhas coxas e depois levou o pano de volta para o banheiro. Outra rodada de água sendo ligada e desligada e depois ele apagou a luz.

Eu assisti a tudo isso por uma névoa sonolenta. Tudo que vi foi meu lindo homem apagando as luzes e se preparando para dormir. Ele se deitou debaixo do lençol, pegou o edredom e o colocou sobre nós dois antes de se aconchegar nas minhas costas. Eu geralmente dormia de lado ou de costas, mas muito disso mudou desde que dormi ao lado de Killian. Ele se mexia muito durante o sono e me reajustava consigo para que nos tocássemos o tempo todo. Ele disse que quando nos tocávamos, ele dormia profundamente. Algo sobre me ter ao seu lado parecia afugentar seus pesadelos.

Eu não era tola em pensar que eles iriam embora para sempre, mas se ele acreditava que me ter por perto o tempo todo era útil, eu não tinha problemas em dormir grudada no meu cara gostoso todas as noites.

— Boa noite, baby. — Esfreguei a bunda contra sua virilha, me acomodando.

Ele segurou minha mão e a acomodou entre meus seios, cutucou sua mandíbula no meu ombro e suspirou da maneira feliz que eu sabia que significava que ele estava se sentindo satisfeito.

— Amo você, Addy.

Bocejei.

— Também te amo. Me desculpe por não enviar mensagens de texto. Não vou fazer isso de novo.

— Obrigado. Também gostaria que você não bebesse amanhã à noite quando fizer tudo isso de novo. Quero que você esteja em seu juízo perfeito.

— Hum-hum. Tudo bem. Não vou beber — murmurei.

Ele beijou minha bochecha e pressionou o rosto em meu pescoço.

Adormeci com seu hálito quente contra minha pele.

Sim, éramos nós, e era absolutamente perfeito.

Na noite seguinte eu estava com outro vestido justo e entediada. A música no clube estava batendo tão alto na minha cabeça que precisei tomar quatro ibuprofenos só para aliviar a tensão. O que eu realmente precisava era de uma dose, mas prometi a Killian, Jonah e Ryan, depois de repetidas repreensões sobre o quanto eu tinha sido estúpida ontem, que eu não beberia.

Trey, ex-namorado de Simone, estava trabalhando no bar esta noite e veio até mim. Eu estava olhando as mensagens de texto não apenas de Killian, mas de todas as minhas irmãs. Quero dizer, era de se imaginar que eles deixariam alguém em paz se estivesse em tocaia, como eu estava. Mas nãooooooo. Cada uma delas tinha algo a dizer, sabedoria para transmitir, ou apenas queria saber como eu estava porque nenhuma delas conseguia lidar com o fato de que eu estava fazendo isso sozinha. Bem, com o FBI a reboque, é claro.

— Ei, linda. — Trey se inclinou sobre o bar e sorriu.

Argh. O cara era um colírio para os olhos, mas era um idiota e traiu minha irmã regularmente. Era um homem bonito, mas um grande jogador. Não queria ter que falar com ele de jeito nenhum. Ainda assim, eu estava lá para desempenhar um papel, então fiz meu papel retribuindo o sorriso.

— Oi, Trey. Como vão as coisas? — Tentei por ser civilizada. Ele bateu no bar com os dedos.

— Não posso reclamar. Além do fato de que a Simone cortou todo contato comigo. Nem retorna minhas mensagens. Rude, não é? — Ele se levantou e examinou o bar acenando para uma garota bonita que levantou a bebida vazia. Ele piscou para ela e levantou a mão em um gesto que significava "só um minuto".

Olhei para a loira alta que o estava comendo com os olhos e esfregando os lábios, inclinando o corpo para que os seios ficassem à mostra.

Que nojo.

Nunca entendi esse tipo de atitude. Isso nunca funcionava para mim. Charlie, por outro lado, era fã. Assim como Tabby, em seu apogeu. As duas iam a casas noturnas, levavam alguém para casa, se divertiam e, depois, nunca mais falavam com aquelas pessoas. Eu entendia a necessidade humana de se conectar fisicamente, mas não gostava de dar uma rapidinha com um estranho. Charlie afirmava que fazia maravilhas para seu estado mental, já que estava constantemente preocupada com as crianças que ajudava, e Tabby apenas gostava de sexo sem compromisso. Quanto a mim, eu precisava de uma conexão emocional para ter envolvimento sexual. Era a forma como eu me conectava com o outro. Talvez tivesse a ver com o abuso que sofri quando jovem ou eu fosse antiquada.

De qualquer forma, caras como Trey investiam tempo na pessoa errada quando se aproximavam de mim com aquela arrogância.

— Você a traiu repetidamente — comentei.

Ele franziu o cenho quando me serviu da vodca falsa.

— Sim, mas aquelas garotas não significavam nada. Eu sempre voltava para Simone. Ela era minha garota.

Eu ri.

— Cara, não. Ela era o seu capacho, onde você limpava os pés toda vez que a via. E ela está morando com outro cara.

Ele inclinou a cabeça.

— Quando ela se cansar dele, vou reconquistá-la — ele respondeu com confiança, como se realmente acreditasse nisso.

Pisquei várias vezes com a estupidez absoluta saindo de sua boca.

— Você é burro assim mesmo?

Ele inclinou a cabeça para trás.

— Por que estou esperançoso de que vou recuperar minha mulher?

Balancei a cabeça.

— Trey, ela não está apenas morando com o homem dos seus sonhos, mas ele também comprou uma casa para morarem juntos. Ela trabalha com o pai e o irmão dele, se formou e os dois estão planejando casamento e filhos em um futuro muito próximo. Ah, e estão criando um cachorro juntos.

— Ainda há tempo. Ela não se casou com ele.

— Você é bem insistente. Cara, ele é um agente do FBI e mostra a ela todos os dias o quanto a ama. A trata como ouro. Você é um barman e traidor em série. Desista. Ela nunca vai te aceitar de volta. Jamais — repeti, esperando que ele entendesse.

Ele se inclinou para frente e me olhou diretamente nos olhos. Caramba, ele era muito bonito. Eu podia entender por que Simone sempre o perdoava. Ele tinha um jeito surfista, ao contrário de Jonah, que parecia o modelo de uma capa da GQ, arrasando naqueles ternos, como se fosse Clark Kent. Além disso, a vida deles juntos era maravilhosa. Não havia como competir.

— Quer dizer que acabou? De verdade? — Ele pronunciou aquelas palavras de uma maneira que soava como se ele realmente as estivesse ouvindo pela primeira vez.

Ah, meu Deus. Que idiota.

Fechei os olhos, em seguida olhei para ele. Ele realmente parecia muito triste e torturado de repente.

— Foi mal, cara. Esse navio já partiu. Embora, a garota loira do outro lado, esteja olhando para você. Tenho certeza de que você tem uma chance com ela.

Ele bufou.

— Bem, sim, mas ela é fácil. A Simone era do tipo para se casar. Cara, a minha mãe vai ficar muito chateada quando eu disser a ela que não estamos mais juntos. Droga. Achei que poderia reconquistá-la, sabe?

Balancei a cabeça.

— Não, não sei, já que ela deixou bem claro depois que você terminou com ela por mensagem de texto que estava encerrando essa parte da vida dela.

Estou muito feliz que Simone seguiu em frente e encontrou um homem de verdade. Esse cara é louco.

— Sim, mas... — Ele deu de ombros. — Ainda assim, pensei que poderia reconquistá-la. Que merda. — Ele jogou o pano que tinha sobre o ombro no bar e começou a limpar ao redor.

Respirei fundo.

— Sim, essas coisas acontecem. Você vai superar.

Ele assentiu e seguiu para pegar bebidas para outros clientes, com os ombros caídos de um jeito que não estavam antes. Quase senti pena do cara sem noção, mas ele traiu minha irmã e a tratou como merda. Ele merecia se sentir mal por suas ações.

Minha mais nova amiga, uma agente disfarçada do FBI que atendia pelo nome de Tanisha, uma mulher de pele escura e atlética, me olhou com os olhos arregalados antes de sussurrar:

— Sua irmã se livrou de um idiota. — Ela tomou um gole de sua bebida falsa e sorriu.

Nós duas rimos, até que uma comoção surgiu na multidão atrás de nós. Do nada, uma briga começou e alguns caras vieram correndo para mim e Tanisha. As banquetas altas em que estávamos sentadas foram empurradas para o lado. Caí em Tanisha e as seguintes balançaram como uma pilha de dominós. Cada pessoa sentada ao nosso lado foi caindo em cima da outra. Nos tornamos uma pilha de membros e metal, rolando vários metros e batendo no chão de concreto duro. Ouvi algo estalar em meu pulso quando estendi a mão para me segurar, antes de bater minha bochecha contra a perna de metal de uma cadeira.

Gritei de dor enquanto a confusão continuava. Tanisha me puxou para cima e senti um líquido escorrer pelo meu rosto quando me levantei. Ela estava segurando o corpo, na direção das costelas, e empunhava a arma. Não fazia ideia de onde ela escondeu a arma com aquela roupa sexy, mas ali estava.

— Addy! — Trey pulou por cima do bar assim que outro grupo de caras grandes dando socos veio em nossa direção. Ele me levantou pelos quadris e me colocou no bar, recebendo o peso dos homens. Me virei e ele me empurrou para a segurança atrás do bar. Tanisha colocou as mãos no balcão e saltou sobre ele como uma heroína de um filme de ação. Ela me empurrou para trás e para baixo me entregando um maço de guardanapos.

— Pressione isso em seu rosto. Merda, garota, tem um corte feio aí — ela disse, então voltou o olhar para a comoção além de nós.

Meu rosto doía e meu pulso estava latejando junto com meu batimento cardíaco. Eu o embalei enquanto minha visão falhava. Respirei fundo, tentando não desmaiar. Ouvi meu nome sendo chamado na voz mais amada que se possa imaginar, pensando que era Killian, mas sabendo que era impossível.

Então, do nada, o próprio homem apareceu. Killian se agachou onde eu estava escondida atrás do bar, enquanto a briga continuava.

— Amor, você está aqui? — As lágrimas caíram de meus olhos e meu lábio inferior começou a tremer.

— Eu não ia deixar você ir sozinha de novo. Não consegui lidar com isso ontem à noite. O Jonah me deixou ficar no escritório do gerente. Estava de olho o tempo todo.

— Meu pulso está quebrado. — Levantei o antebraço enquanto ele olhava para baixo.

— Puta merda, Addy. Isso parece muito ruim. — Ele me fez afastar os guardanapos da minha bochecha. — Só um corte. Acho que não vai precisar de pontos. Talvez apenas um.

De repente, as luzes do clube se acenderam e eu estava sendo levantada nos braços do meu homem. Ele me tirou do bar e depois me colocou de pé.

As pessoas estavam assistindo a cena no centro da pista de dança. Havia frequentadores que não estavam envolvidos nas laterais, encostados nas paredes. No centro, havia um bando de caras com as mãos atrás da cabeça sendo algemados por agentes do FBI.

Jonah veio até mim.

— Você está bem? Vi você ser colocada atrás do bar com a Tanisha, então sabia que você estava em segurança.

— O que aconteceu?

— Briga de bar que saiu do controle — ele resmungou.

— Ela precisa ir ao hospital. Quebrou o pulso — Killian afirmou com urgência.

Levantei meu braço e o pulso já estava inchando, e um lado parecia estar empurrando a pele de um jeito estranho.

— Merda. Simone vai me encher o saco. — Ele gemeu. — Sinto muito, querida. Tanisha! — Jonah chamou.

Minha nova amiga apareceu segurando seu lado. Em seguida, ela levantou a bainha do vestido e encaixou a arma em um coldre de coxa.

— Sim, chefe?

— Que legaaaaal — eu disse com admiração quando o tecido brilhante foi puxado de volta, escondendo a arma completamente. Ela era como uma Tomb Rider do FBI.

— Tenho uma faca do outro lado. — Ela piscou com um brilho sexy.

Arregalei os olhos.

— Sério?

Ela sorriu e assentiu.

— Sim.

— Que legaaaal — repeti pensando que minha nova amiga do FBI era demais. — Você é demais! — disse a ela.

— Vamos marcar de nos encontrar depois disso. Talvez fazer as unhas e sair para beber.

— Minhas irmãs podem ir? — perguntei automaticamente. Elas adorariam ter uma garota sexy do FBI em nossa equipe.

— Elas são tão legais quanto você? — Ela inclinou a cabeça e as luzes do clube brilharam ao longo da sua lateral brilhante que deixava ver um rabo de cavalo baixo de longas ondas escuras que terminava no meio de suas costas.

Assenti de forma avida.

— Muito.

— Então, com certeza. Quanto mais irmãs, melhor.

— Incrível. — Deixei minha empolgação aparecer.

Ela riu e se concentrou em Jonah.

— Você pode acompanhá-los até o hospital, com o Holt? Não quero que ela fique sozinha por um minuto. Não tenho certeza se algum desses brigões é nosso cara. — Jonah suspirou e esfregou a nuca no mesmo gesto que eu o vi fazer várias vezes quando estava frustrado.

Killian passou o braço em volta dos meus ombros e me manteve perto antes de beijar minha têmpora.

— Está tudo bem. Você fez o que podia. Nós vamos ver o que fazer, mas seus dias de isca acabaram, baby. Isto é o suficiente.

Assenti com tristeza, enquanto meu pulso gritava por atenção.

— Vamos te remendar, amiga. — Tanisha nos guiou pela enorme pista de dança em direção à saída.

Ahhh, a garota legal me chamou de *amiga*. Pelo menos consegui uma nova amiga com essa confusão.

Ainda assim, ter que manter o pensamento positivo era uma droga.

Assim como pulso quebrado.

Rosto machucado também.

E missões secretas arruinadas eram uma porcaria.

Basicamente, minha vida agora estava uma droga.

DEZOITO

Saímos de um dos SUVs pretos padrão, não apenas do FBI, mas também da empresa de segurança. Holt, que estava a noite toda do lado de fora do clube, foi escolhido como nosso guarda-costas e motorista. Ele deu a volta para o lado do passageiro e abriu a porta. Tanisha saiu na frente e Killian a seguiu para que pudesse vir logo atrás de mim.

Embalei o pulso e Tanisha segurou a lateral do corpo de forma protetora, enquanto seguíamos caminhando pelo asfalto. Quando nos aproximamos das portas da emergência, reconheci um casal que estava indo para o mesmo destino que o nosso, mas usando uniformes. Tessa e Cory.

— Ah, meu Deus, o que aconteceu com você? — Tessa perguntou, arregalando os olhos, enquanto se aproximavam.

Cory estendeu a mão com delicadeza para o meu cotovelo.

— Deixe-me ver seu pulso. O que houve?

Nós seis paramos no lado de fora da entrada da sala de emergência.

— Vai ser preciso fazer um Raio-X para garantir que não quebrou nada e ver se vai precisar de gesso, assim que o inchaço diminuir. Merda, Addy, que machucado feio. Vamos. Tessa e eu não estamos trabalhando no pronto-socorro, mas vou mexer alguns pauzinhos e ver o que posso fazer para agilizar seu atendimento.

Espero que não seja uma noite muito movimentada — ele disse, tentando me levar para dentro, com uma mão no meu ombro.

— Eu a acompanho — Killian grunhiu em um tom possessivo.

Ele estava farto de me ver machucada. As coisas pareciam estar ficando mais agitadas a cada dia, sem luz no fim do túnel.

Cory ergueu as mãos em rendição quando Tessa foi ajudar Tanisha.

— Você está segurando as costelas. Também se machucou? O que foi que aconteceu?

— Briga de bar. Fomos pegas no fogo cruzado. Tenho certeza de que minhas costelas estão apenas doloridas. Não seria a primeira vez. Nem será *última* — *Tanisha respondeu.*

— Você é fodona — brinquei com minha nova amiga.

Ela riu bem-humorada.

— Os iguais se reconhecem. Você não derramou uma lágrima. Isso é uma grande demonstração de força, garota, especialmente quando qualquer um pode ver claramente que você está com muita dor.

— Por acaso, tomei ibuprofeno antes de irmos ao bar porque estava de ressaca desde ontem à noite. Falando nisso... vocês dois não parecem estar mal. Como isso é possível?

Cory deu de ombros.

— Eu era o motorista da rodada. E a Tessa tem uma alta tolerância e nunca parece estar afetada no dia seguinte. — Ele nos acompanhou até a sala de emergência.

Ela sorriu.

— O que posso dizer? É um presente de Deus. Sem ressaca. Acho ótimo!

Meu pulso começou a doer mais, e eu gemi quando ele foi empurrado.

— Vou levar a Tanisha e fazer a admissão de vocês duas, enquanto o Cory avalia seu pulso com um ortopedista — Tessa ofereceu.

— Vocês ficam com ela? — Tanisha perguntou.

Holt e Killian assentiram, mas não disseram nada.

— Obrigada, Tessa. Nos vemos depois, Tanisha! — falei.

Ela acenou enquanto Tessa a levava para uma área diferente. Seu trabalho para a noite estava terminado. Holt e Killian me protegeriam.

Nas próximas horas, fui examinada por um ortopedista, fiz Raio-X, o pulso foi recolocado no lugar e avaliado por um cirurgião. Ele disse que era uma ruptura limpa, o que quer que isso significasse, e que eu me recuperaria sem a necessidade de cirurgia. A pele da minha bochecha foi bem lavada e levei um ponto só, como Killian tinha assumido. No entanto, como eu também bati a cabeça na cadeira e admiti que quase desmaiei, resolveram me manter em observação, com o braço em uma tipoia para que o inchaço pudesse diminuir o suficiente para que fosse engessado.

Assim que fui acomodada em um quarto, Killian puxou uma cadeira ao meu lado e se acomodou nela. Ele pegou minha mão boa e levou-a aos lábios.

— Como você está? — ele perguntou.

Brinquei com sua barba com as pontas dos dedos.

— Bem. Cansada. Me sentindo estúpida. Tudo isso e nós nem pegamos o cara mau — reclamei.

— Que cara mau? — Cory perguntou enquanto entrava no quarto e fechava a porta.

O telefone de Killian tocou e ele se levantou quando Cory se aproximou e foi até o computador ao lado da cama para verificar o que precisava. Ele se virou e quando olhei novamente, estava inserindo algo no soro. Provavelmente mais medicamento ou algo do tipo. Honestamente, neste momento, não me importei. Eu estava muito cansada.

— É o Jonah. — Ele pegou o telefone e caminhou para o outro lado do quarto para atender a chamada.

— Argh, você não leu os jornais? — perguntei a Cory, que estava digitando no computador.

Ele balançou a cabeça.

— Você quer dizer aquele caso do *Estrangulador*, no qual você estava envolvida quando nos conhecemos? Achei que isso já tinha acabado há muito tempo. — Ele continuou digitando.

Suspirei profundamente quando o peso de tudo me atingiu, sufocando minha sensatez.

— Estava, até que algum idiota começou a matar mulheres que se pareciam comigo. — Suspirei, sentindo meus olhos mais pesados que antes.

Cory parou no meio da digitação.

— O que você disse? — Seu tom era chocado.

— Sim. Parece que algum maluco decidiu que eu era especial o suficiente para matar três mulheres que se pareciam um pouco comigo. E além disso...

— O quê? — Ele arregalou os olhos e comprimiu os lábios em uma linha branca, plana e de aparência raivosa.

— Ele queimou os braços delas assim. — Mostrei a ele o interior do meu braço livre.

— Pensei que ele só havia feito isso com duas das mulheres. Não com a Mallory. — Ele franziu a testa.

— Sim, mas mesmo assim, ele a matou e depois queimou o rosto dela! — Estremeci. — Horrível. E assustador. — Fechei os olhos tentando descansá-los e passei a língua ao redor do interior da minha boca. Parecia estranha de repente.

— Ela deve ter sido uma vadia má para merecer isso — Cory afirmou.

O que ele disse levou um minuto para ser absorvido.

— Hum? — Olhei para Cory, que estava encarando Killian. Observei enquanto ele levantava as mangas da camisa térmica que usava sob o uniforme. Notei marcas de queimadura por seus braços, tanto na frente quanto nas costas. Semicerrei o olhar tentando focar e vi algumas dessas mesmas marcas na pele de seu pescoço.

A voz de Killian se elevou, me tirando da minha inspeção do meu novo amigo.

— O que você quer dizer com o médico está morto?

— O médico? — questionei, me esquecendo das cicatrizes de Cory enquanto minha cabeça latejava como uma britadeira. Eu precisava dormir. Precisava me aconchegar na cama de Killian no *loft* e dormir por uma semana inteira. De preferência com ele e Brutus ao meu lado.

Killian estava andando de um lado para o outro, com o telefone pressionado em seu ouvido enquanto ele se virava e dizia na minha direção.

— O dr. Templeton foi encontrado morto em seu apartamento esta noite. Braços, rosto e órgãos genitais queimados.

— O quê?! — questionei.

— Bem-feito para ele — Cory murmurou tão baixo que eu não tinha certeza se ouvi direito.

— Jonah disse que sua foto estava colada sobre o membro queimado — Killian continuou.

Ofeguei, cobrindo a boca.

— Quem mataria o dr. Templeton e como o assassino saberia que ele era um suspeito? — Killian gritou ao telefone. Olhei para ele e então senti um gelo em minhas veias, observando Cory colocar as mãos no bolso enquanto se aproximava do meu namorado.

As palavras de Cory de um momento atrás finalmente me atingiram.

— *Pensei que ele só havia feito isso com duas das mulheres. Não com a Mallory.*

— *Ela deve ter sido uma vadia má para merecer isso.*

— *Bem-feito.*

Como Cory saberia esses detalhes que não foram divulgados ao público, a menos que estivesse lá?

A menos que ele mesmo tivesse feito isso.

Porque foi ele quem a matou.

Ah, meu Deus!

Meu corpo inteiro congelou quando a ficha caiu.

— Baby! — tentei gritar, mas saiu como um sussurro. Minhas

cordas vocais pareciam inchadas e roucas, e era cada vez mais difícil manter os olhos abertos.

Eu estava drogada.

E Cory era o assassino.

— O que você quer dizer com a briga do bar foi uma armação? Eles contaram que foram pagos para iniciá-la por um cara usando uniforme médico? — Killian balançou a cabeça, mas Cory continuou se aproximando.

— Killian! — gemi assim que Cory levantou o braço e atingiu o pescoço de Killian com uma seringa.

— NÃO! — gritei, mas quase nenhum som saiu da minha garganta. Tentei sair da cama, porém o cansaço era esmagador, e uma tontura me atingiu. Meus membros pareciam gelatina. Eu não conseguia nem levantar a perna. Eu a movi o suficiente para que ela caísse para o lado e ficasse pendurada na beirada da cama. O resto de mim afundou profundamente na cama do hospital.

— Killian. — Meus olhos se encheram de lágrimas, que caíram pelo meu rosto.

— Finalmente, ele está quieto. — Cory empurrou o cabelo, tirando-o dos olhos.

— Você o matou? — perguntei baixinho, incapaz de gritar, enquanto olhava para a forma imóvel de Killian.

Cory enxugou as mãos no uniforme e tirou outra seringa, enquanto se aproximava.

— Você tem sido mais escorregadia que um peixinho em um rio raso, não é, Addison?

As lágrimas continuavam vindo. Ele se aproximou da cama, mas a forma sem vida de Killian ficou caída do outro lado do quarto.

— O remédio vai deixar você grogue e quase sem voz. O que funciona para o que planejei.

— Por quê? — murmurei, sentindo a língua grossa e inchada.

Ele semicerrou o olhar e me mostrou seus braços.

— Você não percebeu? Somos iguais. Maltratados. Queimados.

Vencidos. A tia Mable morreu uma semana antes de você ser internada pela primeira vez, e foi como se um botão tivesse sido acionado quando você apareceu no hospital parecendo comigo.

Balancei a cabeça, mas ela mal se moveu.

— Não somos parecidos.

Ele se sentou na beira da cama.

— Ah, somos, sim. A tia Mable costumava me machucar. Me queimar. Me dizer o quanto sou ruim e feio. Mesmo depois de cuidar dela. Todos aqueles anos. Fazendo tudo por ela. Achei que estava sozinho. Horrível. Deformado. E qualquer mulher que eu abordasse, acharia que minhas queimaduras nojentas. — Ele levantou a camisa e me mostrou o peito, que estava coberto de cicatrizes mal curadas como as minhas, só que a dele cobria toda a parte superior do corpo.

— A tia Mable fumava um maço por dia. Não ligava muito para cinzeiro. — Ele contorceu os lábios. — E, ainda assim, cuidei dela como um bom menino deveria. Meus pais morreram. Fiquei com ela e ninguém se importou com o que ela fez comigo.

— Eu teria me importado. — Tentei manter os olhos abertos. Mantê-lo falando para que alguém, qualquer um, pudesse descobrir o que estava acontecendo aqui. Olhei para Killian e pude ver seu peito subindo e descendo com sua respiração, graças a Deus!

Cory assentiu.

— Percebi isso quando você veio para cá, depois que o *Estrangulador* te queimou. Sabe, descobri que mulheres confusas como eu, são muito mais legais. Achei que poderia te vingar. Te deixar presentes do meu afeto eterno.

— Matando aquelas mulheres? — murmurei.

Ele assentiu.

— É claro. Elas eram egocêntricas. Achavam que eram um presente para os homens e tratavam mal os outros. Não são uma grande perda para este mundo.

— E a Tessa? — Tentei encontrar decência nele, porque ela era incrivelmente gentil e doce.

— Um passatempo divertido até que eu pudesse chegar a você. — Ele passou um dedo do meu joelho ao pé, que estava pendurado na cama, antes de levantá-lo, colocá-lo de volta na cama e me cobrir mais uma vez.

— E a enfermeira? — Mexi os dedos das mãos e dos pés, tentando movê-los, pensando que talvez pudesse fazer algo para ajudar na minha situação.

— Era um ser humano nojento. Se achava melhor que eu e me tratava como lixo. Os outros a amavam, porque ela mentia o tempo todo e cobria seus turnos. Então, me certifiquei de que seu local de descanso final se encaixasse na pessoa. A lixeira do lado de fora de onde você foi torturada. Não foi legal da minha parte?

— Hum, sim, muito — eu disse, pensando que talvez pudesse jogar o jogo dele o suficiente para salvar Killian e a mim de qualquer que fosse o final do jogo de Cory.

— E o médico?

Ele abriu um sorriso enorme, seu rosto inteiro se iluminando.

— Estou tão feliz que você perguntou! — Seu tom era de alegria e realização. — Ele estava obcecado por você. Te tocou como se tivesse o direito de fazer isso. E não tinha. Só eu tenho. Estamos destinados. Eu e você. Nós somos iguais. — Ele esfregou as mãos, então puxou o cobertor, removendo-o completamente.

— O que você vai fazer? — Olhei para minhas pernas nuas e de volta para seu olhar selvagem, pensando que talvez ele fosse fazer algo que eu não tinha certeza se conseguiria me recuperar.

Cory torceu o nariz.

— Ah, isso não. Quando você me entregar seu lindo corpo, será sua escolha e não em um hospital. Isso não é nada romântico. Ainda assim, tenho que tirar você daqui para podermos ficar juntos.

Ele foi para o outro lado do quarto, onde notei que uma cadeira de rodas estava fechada. Cory a abriu com habilidade e a empurrou para a cama.

— Não precisa fazer isso, Cory. Você foi ferido como eu. Nós podemos te dar a ajuda que você precisa... — Tentei piscar várias vezes para afastar o desejo constante de fechar meus olhos e cair no sono. Mas por Killian e pela minha própria sobrevivência, eu precisava ficar acordada. Eu tinha que ficar.

Ele semicerrou os olhos.

— Não preciso de ajuda. Só preciso tirar você daqui, para que possamos nos mudar e vivermos felizes.

— E o meu pulso? — Tentei adotar a abordagem de precisar de atendimento médico. Pensando que talvez eu pudesse apelar para o seu desejo de ajudar as pessoas necessitadas, que os enfermeiros tendiam a ter.

Ele sorriu.

— Sou enfermeiro, querida. Posso facilmente engessar esse pulso e deixá-lo como novo de seis a oito semanas. Só precisamos sair daqui.

— E o Killian? O que você deu a ele?

— Porque você se importa? — ele gritou, seus olhos azuis se transformando em um tom escuro enquanto a expressão em seu rosto demonstrava raiva. — Ele não significa nada! — Ele foi até Killian e chutou sua forma sem vida. — Absolutamente nada. — Ele chutou o belo corpo do meu homem novamente. — Nada para você! Entendeu? *Eu* estou aqui. *Eu* vou cuidar de você. Tratar de você e de suas cicatrizes como se fossem um presente!

— Tudo bem, tudo bem. Você me convenceu. O que faremos a seguir? — Deixei as lágrimas caírem.

— Lágrimas? Por que é que você está chorando? Eu não te machuquei. Bem, paguei para aqueles caras começarem uma briga e garantir que você se machucasse. Mas era tudo parte do meu plano. Eu sabia que, mesmo que você tivesse um arranhão, aquele agente do FBI que esteve nos noticiários sobre o caso te mandaria para cá. O momento foi planejado para que a Tessa e eu chegássemos na hora em que eu acreditava que você chegaria, e lá estava você. Como um milagre. Desde que a tia Mable morreu, me livrei de sua tortura, e lá estava você. Um presente do Universo só para mim. Alguém que podia entender o que sofri todos esses anos.

Engoli a emoção, tentando o meu melhor para pensar direito. Encontrar uma maneira de tirar eu e Killian disso. Virar a maré de alguma forma.

Foi quando Cory se aproximou e levantou meu corpo pesado e grogue e o colocou na cadeira de rodas. O homem tinha bastante força. Eu não era leve ou pequena, e ele me colocou direto na cadeira.

— Obrigada — eu disse no tom mais doce que consegui.

Ele parou e se levantou, pegando o cobertor e cobrindo minhas pernas com ele.

— De nada.

— Você está certo, somos muito parecidos. Nós dois sofremos muito nas mãos de pessoas muito ruins — falei.

Ele assentiu e sorriu.

— Sim, exatamente. Você está começando a entender. Eu sabia que iria. Sabia que, quando você foi tão legal comigo naquele dia em que se internou e eu limpei suas feridas, que você era especial. Você olhou nos meus olhos e tudo se encaixou. Passei por tudo aquilo para que eu pudesse ser o homem para você. Um homem que entenderia você como ninguém mais poderia. — Ele se inclinou para frente e pressionou os lábios frios e secos nos meus.

Fechei os olhos e deixei, tentando não soluçar. Busquei forças dentro de mim para suportar, até que ele se afastou e segurou meu rosto.

— Eu sabia que seria incrível entre nós — ele se emocionou. — Agora, vamos nos livrar de seu guarda-costas. — Ele sorriu, e meu estômago se apertou, o pavor enchendo minhas veias.

Eu assisti impotente e falei o mais alto que pude, o que não era nada alto.

— Holt! — gritei, mas saiu arrastado e rouco, minhas cordas vocais nem mesmo fortes o suficiente para pronunciar o nome.

Cory girou, seu rosto uma máscara de fúria.

— Não. Faça. Isso. Novamente — disse por entre os dentes e tirou outra seringa.

— Este está cheio de cianeto. Uma grande dose disso mata uma pessoa praticamente instantaneamente. Se quer que isso aconteça com seu amado guarda-costas ou qualquer outra pessoa, vá em frente e tente novamente. Se quiser sair daqui viva, e eles também, cale sua boca bonita.

Achei que ele estava certo. Minha melhor aposta era deixá-lo me tirar daqui, mantendo todos com quem eu me importava em segurança.

Vi com horror quando Cory foi até Killian, agarrou seus braços, o arrastou para o pequeno banheiro anexo e então fechou a porta. Pelo menos, ele acordaria e estaria seguro. Irritado. Irritado além da razão, mas vivo.

Então ele me olhou com um olhar feroz, colocou um dedo na boca e disse antes de abrir a porta.

— Shhh.

Holt estava parado ali. Ele olhou para Cory então para mim e ergueu o queixo.

— E aí?

— O médico disse que quer uma ressonância magnética do cérebro para garantir que ela não tenha uma concussão ou algo pior.

Holt assentiu, me avaliando quando Cory se aproximou e foi para trás da cadeira de rodas. Arregalei os olhos e tentei o meu melhor para demonstrar a Holt que havia algo acontecendo, mas sem dizer nada.

Ele olhou para mim, depois para Cory e então desviou o olhar.

Fechei os olhos e me releguei a ser levada.

Cory e eu passamos por Holt, mas em vez de esperar, ele acabou nos seguindo.

— Onde está o Killian? Achei que ele estava no quarto. O homem nunca sai do seu lado — Holt afirmou em tom categórico.

Cory colocou a mão no meu ombro e apertou forte em advertência.

— Banheiro — murmurei.

— Você poderia, uh, esperar aqui, senhor? Só vamos até o

setor de imagem. Nada além — Cory disse como se fosse apenas mais um dia no hospital. Um verdadeiro ator.

Holt semicerrou o olhar e nos seguiu até o elevador.

— Não, não tenho nada melhor a fazer do que seguir a Addison por aí. Você adora, certo, Addison? — Holt abaixou a cabeça e olhou bem nos meus olhos. — Você está bem?

Uma lágrima caiu, mas não consegui levantar os braços para enxugá-la.

— Nunca estive melhor — sussurrei.

— Qual é o problema com a voz dela? — ele perguntou a Cory.

— Remédios para dor às vezes têm esse efeito — ele disse, soando perfeitamente razoável.

Meu coração batia tão forte que meu corpo inteiro parecia vibrar. Mais lágrimas caíram e eu fechei os olhos.

Por favor, não o deixe matar Holt. Por favor, não o deixe matar Holt.

Holt baixou a cabeça novamente para olhar diretamente nos meus olhos. Eu os movi para o topo tentando gesticular para Cory, mas de repente, seus olhos se arregalaram e seu corpo caiu na frente da cadeira de rodas.

— Você tem sorte de eu ainda ter uma seringa cheia do mesmo sedativo que usei naquele homem que dizia ser seu. Ele vai acordar facilmente com sais aromáticos, quando for encontrado. Não quero machucar ou matar pessoas, Addison. Mas se me atrapalharem ou fizerem coisas ruins para machucá-la, então é um detalhe com o qual devo lidar. Não tenho medo de sujar as mãos se isso significar você e eu juntos no final.

Assisti com horror quando Cory usou uma chave que impedia o elevador de parar em qualquer outro andar. Descemos direto. Quando chegamos ao saguão principal, ele me manobrou em torno do corpo inconsciente de Holt e foi em uma direção diferente, que não era para o saguão. Ele caminhou por um longo corredor e passou por carrinhos de lavanderia e macas de hospital desocupadas, e cadeiras de rodas que estavam alinhadas. Talvez uma parte do hospital menos usada, especialmente tarde da noite em um fim de semana.

Uma desesperança encheu meu coração e minha mente. Ele ia se safar de tudo e me levar com ele. Pior, não havia nada que eu pudesse fazer sobre isso.

Killian estava nocauteado. Holt também. E Killian... Quem sabia o que aqueles chutes fizeram ao seu corpo?

— Quase livres, baby. Você e eu, e talvez uma cabana no México em nosso futuro próximo. Isso não parece legal? — Ele se exibiu de forma presunçosa.

Cory empurrou a barra de metal de uma porta de saída. Alarmes soaram alto, mas ele não pareceu se importar. Ele estava olhando para mim.

— O carro está muito perto. Estaremos bem distantes quando a segurança do hospital descobrir qual porta foi aberta.

— Eu não contaria com isso, idiota! — Jonah, Ryan, uma equipe do FBI e policiais tinham armas apontadas diretamente para o meu captor.

Eu queria explodir de alegria, mas fisicamente não podia fazer nada, com os remédios ainda correndo em minhas veias.

Cory instantaneamente colocou a última seringa no meu pescoço.

— Isso está cheio de cianeto. Se eu empurrar, ela morre em segundos! — ele gritou.

Ele mal terminou de dizer a última sílaba da palavra *segundos* quando um tiro rasgou o ar da arma de Jonah. A seringa caiu em meu colo quando o corpo sem vida de Cory caiu para trás. Ouvi seu peso bater no chão, enquanto eu era atropelada por Jonah e Ryan.

— Tirem-no daqui — Ryan explodiu.

Jonah guardou a arma e segurou minhas mãos, se agachando.

— Addy, querida, você pode me ouvir?

— Sim, mas não posso me mover. Morto? — sussurrei.

Ele assentiu.

— Bala na cabeça. Ele nunca mais vai machucar ninguém.

— Ele deu a volta na cadeira de rodas e me empurrou para fora do caminho, em direção a dois funcionários do hospital que estavam esperando atrás dos policiais. Eles correram até mim.

— Sabe o que ele te deu? — um dos profissionais perguntou.

— Não. Killian, no meu quarto — gaguejei, precisando que alguém fosse checá-lo.

— Ele foi encontrado e acordou imediatamente, quando sua verdadeira enfermeira foi até lá. Ele virá em breve — Jonah afirmou.

Foi quando o vi sair correndo pelas portas do hospital do outro lado do prédio, olhar para os dois lados e correr direto para mim. Nunca fiquei tão feliz em vê-lo, vivo e correndo, antes.

— Puta merda, puta merda, puta merda! — Ele caiu de joelhos empurrando uma das enfermeiras para fora do caminho e se inclinou para a frente da cadeira, onde passou os braços ao redor do meu corpo. Suas mãos tremiam pra caramba quando ele levantou a cabeça. — Pensei que ele tinha te levado para sempre. Sinto muito por não ter previsto isso, baby. Sinto muito por ter deixado você ser levada. — Lágrimas escorriam por suas bochechas enquanto ele segurava as minhas e olhava em meus olhos. Ele tinha sido tão forte esse tempo todo. Vê-lo desmoronar foi devastador.

Minhas lágrimas também caíram e se misturaram com as dele enquanto ele me beijava de leve.

— Você está bem? — ele sussurrou contra meus lábios.

— Não, mas vou ficar. — Eu mal consegui dizer as palavras.

— Ela precisa ser internada. O Cory deu algo a ela que precisamos tirar de seu organismo — a enfermeira que mediu minha pressão arterial anunciou.

— Sim, tudo bem. Mas você não vai sair das minhas vistas. — Killian se moveu atrás de mim e Jonah o deixou me conduzir de volta para o hospital. O último lugar que eu queria estar, mas sabia que precisava.

Quando estávamos de volta ao quarto e os médicos descobriram o que foi usado em mim, eles conseguiram expulsar a substância de meu corpo. Lentamente, minha capacidade de me mover voltou, até que finalmente voltei ao normal.

Killian passou os dedos pelo meu cabelo, enquanto se sentava ao lado da cama.

— Sua família estará aqui em breve. Tente descansar um pouco.

— Quero ir para casa. — Fiz beicinho.

— Para a Kerrighan House?

Balancei a cabeça.

— Para a *sua* casa. Dormir na sua cama, em seus braços, com nosso cachorro deitado bem ao meu lado. — Não pude evitar o dilúvio de emoção me dominando. Tinha sido uma noite, dia, mês insanos. Caramba, foram vários meses. Eu estava farta. Cansada disso até o âmago do meu ser.

— Cachorro na cama? — ele brincou.

— Sim — eu disse, fungando, enquanto as lágrimas continuavam vindo.

Killian as beijou e assentiu.

— Tudo bem, baby. Em breve, levaremos você e nosso cachorro para casa. Agora feche os olhos e descanse. Por mim.

Engoli em seco, quase com medo de fechar os olhos.

— Você vai ficar aqui?

— Todo segundo. Todo minuto. Toda hora. Todos os dias. Estarei aqui. — Foi uma promessa que acreditei.

Assenti e fechei os olhos, me concentrando na maneira calmante com que ele passou os dedos pelo meu cabelo, pensando em como seria bom quando voltássemos para sua casa.

DEZENOVE

Killian conduziu a mim e a Brutus pela porta do *loft*.

Inspirei profundamente, absorvendo cada centímetro do lugar que, para minha surpresa, se tornou meu santuário. A minha casa longe de casa. Pelo menos, por enquanto. Até que eu encontrasse meu próprio lar mais uma vez.

Segui para dentro, usando chinelos, presente que Mama Kerri levou para o hospital junto com um grande roupão rosa fofo. Não havia mais sedativos em meu organismo e meu pulso, engessado, doía pra caramba. Me recusei a tomar qualquer remédio para dor além de ibuprofeno, porque já estava farta de ser drogada.

— Pode ligar a TV no noticiário, por favor? A Sonia deve estar dando sua declaração à imprensa agora mesmo.

— Pode deixar, linda. — Ele foi até o sofá azul-petróleo onde tinha uma TV menor, instalada atrás da porta de um armário. Não era nada parecida com o grande projetor, mas eu achava que ele usava a tela grande para assistir filmes e séries, não para noticiário comum.

Ele me colocou no sofá com um cobertor. Nem precisou dizer a Brutus para me proteger. Meu garotão pulou no sofá, acomodou a cabeça em meu colo e bufou como se tivesse ficado chateado por não poder estar em casa. Mama Kerri não permitia animais em cima dos móveis e eu entendi o porquê quando vi todas as minhas roupas ficarem com pelos de cachorro. Não era nada bom. No entanto, não impediria meu bebê de me abraçar. Eu escolhia minhas batalhas, e era amor de cachorro *versus* pelos de cachorro. O amor canino foi o vencedor, claro.

Killian ligou o noticiário.

— Vou fazer um chá para você. Quer uma dose de uísque nele?

— Sim, por favor. Seria bom. — Acariciei a cabeça de Brutus, enquanto ele fungava na minha barriga, me beijando sempre que podia. Parecia que os dois homens Fitzpatrick, mestre e cão, precisavam estar comigo agora. Killian, por que se sentia culpado. Eu podia ver em seus olhos toda vez que ele me olhava, desde a noite passada. Brutus porque sentiu minha falta e sabia que eu estava machucada. Ele também estava seguindo as dicas de seu pai, que estava muito triste com o que aconteceu. Eu não tinha certeza de como eu iria fazê-lo ver que não era culpa dele, mas conseguiria resolver isso. O tempo também curaria essas feridas. Era o que eu esperava.

O âncora do noticiário apareceu e a informação "anúncio especial" em azul piscou na tela.

— Os moradores de Chicago podem voltar a se sentir seguros, agora que o suspeito do que parecia ser uma cópia do *Estrangulador do Banco de Trás* foi encontrado. A senadora Sonia Wright convocou uma coletiva de imprensa para compartilhar suas descobertas, já que sua família esteve mais uma vez ligada aos trágicos assassinatos.

A tela se encheu com o rosto deslumbrante de Sonia. Ela parecia cansada, com os olhos avermelhados, como se tivesse ficado acordada a noite toda, o que eu sabia que era verdade. Depois que fui salva e Cory morto, Mama Kerri e todas as minhas irmãs foram para o hospital.

Sonia empurrou uma mecha do cabelo loiro brilhante, quase platinado, atrás da orelha enquanto olhava para a câmera.

— Por volta das três da manhã, minha irmã adotiva, a modelo Addison Michaels-Kerrighan, foi capturada por um homem chamado Cory Pitman. O sr. Pitman era enfermeiro no hospital do Sagrado Coração. Ele foi muito maltratado quando criança e se fixou em minha irmã no momento em que ela procurou atendimento, depois de sobreviver ao sequestro que sofreu nas mãos do *Estrangulador do Banco de Trás*, há vários meses. O FBI pegou o sr. Pitman tentando levar minha irmã do hospital ontem à noite. Quando ele ameaçou sua vida, foi baleado e morto por um membro do FBI de Chicago.

Ela continuou falando.

— Foi confirmado que ele não era um assassino imitador, mas ficou obcecado com minha irmã devido ao que o FBI está chamando de surto psicótico. Estamos muito felizes que Addison foi poupada do que poderia ter sido um destino trágico pelos esforços heroicos do departamento de polícia local, da Holt Security e do FBI. Nossas mais profundas condolências e orações vão para as famílias de Hillary Johnson, Alison Wills, Mallory Kenzie e do dr. Greg Templeton, que perderam suas vidas por causa deste louco. Nenhuma dessas pessoas merecia o que aconteceu com elas. Com isso dito, minha família e eu somos muito gratas a todos vocês por nos manterem em seus pensamentos e orações, e por seu apoio contínuo. As flores e velas que vocês acenderam em meu escritório são uma prova do poder de sua fé de que minha irmã conseguiu voltar para casa. Obrigada.

— *Há um boato de que você é a próxima na fila para concorrer à presidência!*

— *Você será a primeira mulher presidente?*

— *Vai concorrer nas primárias?*

Sonia balançou a cabeça e abriu aquele sorriso falso que a imprensa devorava.

— Não tentarei concorrer à presidência. Ainda tenho muito a fazer como senadora do grande estado de Illinois.

— Presidente Wright! Presidente Wright! Presidente Wright!

— A multidão que cercava minha irmã cantava perto do pódio elevado em que ela falava.

Suas bochechas ficaram rosadas, o que a deixou ainda mais bonita em seu terno preto e lábios pintados de vermelho cereja. Ela acenou com doçura para as câmeras, enquanto Quinn, seu braço direito e melhor amigo, a tirava do caminho para que o chefe da filial do FBI em Chicago pudesse falar.

Desliguei, sem me importar com o que os outros tinham a dizer.

— Presidente dos Estados Unidos? — sussurrei, quando Killian se aproximou com meu chá.

— Quem está concorrendo? — ele perguntou.

Dei de ombros.

— A imprensa começou a perguntar sobre isso para a Sonia.

Ele bebeu seu próprio chá.

— Ela seria muito boa. Eu votaria nela.

— Uau. Eu me pergunto se ela está considerando isso.

— Ela seria tola se não o fizesse. Sua carreira tem sido seguida de perto pela imprensa e líderes políticos há anos. À luz de seu envolvimento nas tragédias de sua família, ela mostrou uma força incrível. Sua irmã é muito respeitada na arena política.

— Eu sabia que ela era amada pelos moradores de Chicago, mas presidente? — Balancei a cabeça. — Eu nunca teria pensado nisso. Tudo bem que, quando ela avisou a todas nós que estava concorrendo a uma cadeira no Senado, mesmo sendo completamente desconhecida, ficamos impressionadas quando ela ganhou. Agora que eu realmente penso sobre isso, ela seria uma presidente maravilhosa. Embora eu me pergunte se o mundo estava pronto para uma jovem presidente solteira.

— Qual a idade dela?

— Agora, ela tem trinta e três anos. Embora, na próxima eleição em pouco mais de dois anos, ela estaria com trinta e cinco anos.

— A idade mínima para se eleger — Killian comentou.

— Sim. — Tomei um gole do chá de pêssego, mel e uísque e suspirei de contentamento. Eu estava exatamente onde precisava estar.

Killian se sentou com cautela ao meu lado. Ele segurou a parte de trás da minha nuca e começou a passar os dedos sobre os nós de tensão no meu pescoço.

— Você precisa descansar, Addy. Relaxar e encontrar um pouco de paz.

Assenti.

— Preciso de uma chuveirada.

Ele apontou para o gesso.

— Precisamos cobrir isso.

— Nossa, é como se eu não pudesse descansar — gemi.

— Vou preparar o banho. Sua família virá jantar mais tarde. Vou te dar um banho e te colocar na cama com um analgésico.

— Não. Nada de remédios.

— Addy, estarei aqui. E o Brutus destruiria qualquer um que tentasse te machucar. Não se preocupe. Acabou.

Suspirei.

— Vai levar tempo para eu acreditar nisso ou, pelo menos, me sentir segura o suficiente para que a preocupação desapareça.

Ele se inclinou e me beijou suavemente.

— Justo. Vou preparar seu banho.

— Te amo. — Eu o beijei. — Obrigada por estar ao meu lado. Eu não teria sobrevivido a isso, mental ou emocionalmente, sem você.

Ele sorriu com tristeza.

— Só boas experiências e memórias daqui para frente. — Ele beijou meus lábios e depois meu nariz. — Volto já.

— Tudo bem — concordei, tomei um gole do chá e acariciei a cabeça macia de Brutus.

— Deixe-me ver se entendi — Blessing retrucou. — Esse cara levou vantagem sobre todo o FBI?

Jonah gemeu.

— Blessing, ele evitou nossas entrevistas, sim. Quando a ligação do Killian foi cortada de repente, pensei que talvez fosse sinal ruim. Tentei ligar para o posto de enfermagem para falar com ele no quarto de Addy, mas fiquei na espera. Alguns dos briguentos no bar disseram que um médico ou enfermeiro loiro, usando uniforme, havia pagado para começarem uma briga e garantir que Addison fosse apanhada nela. Eles foram informados de que se ela precisasse de atendimento médico, eles receberiam mais quinhentos dólares.

— Certo. Então como você descobriu que era o Cory? — perguntei a Jonah.

— Quando ele disse que era um enfermeiro ou médico loiro, me lembrei que você estava dançando com um cara loiro e uma moça morena que trabalhavam no hospital, na noite anterior. Liguei para o escritório para ver quem não havia sido entrevistados e descobri que Cory Pitman havia evadido nossos pedidos de entrevista repetidamente. Um de nossos agentes me enviou sua identidade e eu fiquei louco quando vi que era o mesmo cara da noite anterior.

Simone esfregou a mão na coxa de Jonah. Ela estava sentada ao lado dele no sofá enorme e confortável que usávamos para assistir filmes e programas.

— Cercamos o local por precaução e planejávamos invadi-lo quando Ryan e eu escolhemos a saída certa. E lá estava você, sendo levada em uma cadeira de rodas pelo suspeito.

— Tenho certeza de que Deus Todo-Poderoso teve uma mão nisso. — Liliana fez o sinal da cruz.

— Não entendo — Charlie disse enquanto ia até a cozinha e pegava outra cerveja gelada e uma fatia de pizza. — Qual era o plano dele?

— Me levar para o México e viver feliz para sempre. — Tremi e Killian me puxou mais perto, passando o braço em volta de mim, e eu me aconcheguei nele.

— Que horror. Ele teria arruinado o México para você e lá é tão divertido! — Charlie franziu o rosto em uma expressão azeda.

Eu ri.

Genesis olhou por cima do ombro de Blessing do outro lado do sofá. Segui seu olhar e vi Rory jogando a bola para Brutus. O cachorro corria atras da bola, a pegava e corria de volta para ela, deixando-a cair bem a seus pés. Ela gritava e acariciava sua cabeça cada vez que ele fazia isso. Meu cachorro estava apaixonado. Me fez querer ter um bebê, um meu e de Killian. Suspirei de forma sonhadora. Um dia. Teríamos muito tempo agora que tudo isso acabou.

— E como você está com tudo isso? — Mama Kerri perguntou naquele tom sempre preocupado que toda mãe carregava consigo.

Eu me aconcheguei mais em Killian.

— Agora que estou aqui, com meu namorado e todas as pessoas que amo no mundo, estou ótima.

— Humm — Mama murmurou de forma evasiva, como se ela soubesse algo que eu não sabia. — Me avise se surgir algum problema ou precisar conversar. Não importa a hora da noite ou do dia. Tudo bem, menina? — Ela reiterou algo que eu já sabia, mas ainda assim, era maravilhoso de se ouvir.

— Claro, Mama.

— Vocês querem ficar comigo?

— Mama, não vai nos fazer ficar em sua casa de novo, não é? — Blesing franziu a testa. — Depois de meses, finalmente poderei voltar para minha casa.

Sonia se levantou.

— De jeito nenhum. Tenho muito o que fazer e vocês reclamam quando trabalho até tarde. O que faço todos os dias da minha vida, então é normal para mim.

— Isso não é normal para ninguém. SoSo — Simone retrucou. — Você precisa ter uma vida.

— Sim, sra. Presidente! — provoquei.

— Você ouviu isso, não é? — Sonia desviou o olhar, pensativa.

— O mundo inteiro ouviu. Isso é sério? — Charlie perguntou, seu tom agora introspectivo.

Sonia suspirou e deu de ombros. Ela colocou a mão na testa e esfregou as têmporas com o polegar e o indicador.

— Não sei. É muito estranho. O pedido está vindo do nada. É como se o primeiro caso acendesse o conceito e então este alimentasse o fogo. Meu escritório foi atingido por mais de mil ligações hoje, de veículos de imprensa de todo o país que, de alguma forma, pensam que estou concorrendo à presidência e querem uma nota a respeito.

— Você está? — Blessing perguntou com um sorriso largo.

Sonia balançou a cabeça.

— Sinceramente, não tinha pensado nisso. Sou muito jovem para ser senadora e não estou na política há tanto tempo. Nunca considerei essa possibilidade.

— E porque não? Minha filha é uma senadora maravilhosa, e todo mundo pensa o mesmo. Você tem uma capacidade incrível de falar por todas as pessoas, democratas, republicanos, do partido verde e independentes.

— Mas sou jovem. Solteira. Nunca servi nas forças armadas e não estive na arena política por toda a minha vida como o resto dos candidatos. Que, como vocês sabem, são ótimas razões para eleger alguém para representar e liderar nosso país.

Dei de ombros.

— Não sei. O Killian e eu votaríamos em você — elogiei. Eu podia sentir Killian assentir atrás de mim.

Cada uma das minhas irmãs concordou.

— Por enquanto, vou tirar isso da cabeça. Há muito trabalho a ser feito e tenho um número infinito de reuniões que foram canceladas devido a tudo o que vem acontecendo nos últimos meses. Estamos livres desse horror e podemos finalmente seguir em frente.

— Aqui, aqui! — Charlie levantou sua cerveja.

Todos seguiram levantando suas bebidas, fatias de pizza deixadas na mesa ou no colo.

Uma rodada de *saúde* ecoou de cada um de nós.

Simone ergueu o copo.

— E às minhas núpcias — Simone desabafou.

Todos os olhares foram diretamente para Simone que estava sorrindo como um gato de Cheshire!

Sonia se levantou.

— Casamento! — Ela começou a pular em seus saltos elegantes, completamente o oposto de seu comportamento equilibrado normal.

Os olhos de Simone se encheram de lágrimas quando ela assentiu e se levantou.

— Vou me casar!! — ela gritou bem alto.

— Ah, meu Deus! Minha irmãzinha vai se casar! — Sonia gritou e puxou Simone em seus braços, balançando-a descontroladamente até que as duas estavam praticamente correndo.

Chorei. Elas choraram. Todas nós ficamos emocionadas e abraçamos Simone e Jonah, um após o outro.

— Hora de comemorar! — Killian foi até a cozinha e tirou algumas garrafas de champanhe do refrigerador de vinhos.

Fui até Simone e abri os braços. Ela me agarrou e me balançou de um lado para o outro.

— Querida, estou tão feliz por você — disse, a emoção dando um nó em minha garganta.

— Ele me pediu esta manhã. Disse que, depois do que aconteceu, não estava disposto a esperar mais para me fazer dele.

Beijei sua bochecha e enxuguei seus olhos lacrimejantes.

— Ele me salvou, você sabe. — Confiei um detalhe que deixamos de fora para o resto da minha família. Elas não precisavam da imagem de Jonah atirando em um homem bem entre os olhos e matando-o.

Simone assentiu.

— Ele me disse que foi quem puxou o gatilho e nem deu

chance ao homem de falar. Preocupado que ele injetasse veneno em você. Ele prometeu proteger a mim e aqueles que amo com cada fibra de seu ser. Nenhum homem jamais se importou tanto comigo ou entendeu a unidade familiar que temos. E o Jonah se preocupa genuinamente com cada uma de vocês. Quanto mais ele se conecta, mais o amor cresce. Ele esteve fora de si nas *últimas semanas, sabendo que você estava em risco. Sabendo que todas nós estávamos. Nenhum homem poderia me amar assim, exceto Jonah.*

Assenti, pensando em Trey no bar e no quanto ele sentia falta de Simone. Ele sabia que tinha perdido.

— Você encontrou o homem certo para você — concordei.

Ela sorriu, e nós vimos Jonah e Killian darem tapinhas nas costas um do outro e servirem taças de champanhe.

— E você? — Simone perguntou.

— Além de todas vocês e Mama Kerri, o Killian é a melhor coisa que já me aconteceu. Estou apaixonada e completamente dedicada a ele.

— Isso é incrível. Agora só precisamos arrumar o resto de nossas irmãs.

— Falando em irmãs... E Liliana e Omar, o guarda-costas? — Eu ri. — Há muita tensão sexual entre esses dois.

— E a Blessing e o Ryan — ela acrescentou e balançou as sobrancelhas. — Ele olha para ela como se a nossa irmã fosse uma barra de chocolate e ele estivesse com fome — Simone acrescentou.

Nós duas começamos a rir.

— E, claro, ainda temos Charlie, Gen e Sonia. Ou devo dizer, a sra. Presidente.

Ela arregalou os olhos.

— Minha nossa. Pode acreditar nisso?

— Não sei, mas eu a apoio no que ela quiser. — Passei o braço ao redor de sua cintura e, juntas, fomos para a cozinha celebrar suas núpcias iminentes como uma família.

Olhei para a direita e vi a bela foto que Tabby havia tirado da Kerrighan House. Killian a pendurou na parede enquanto eu estava cochilando, e se certificou de que uma das luzes acima a destacasse lindamente. Ele me surpreendeu com isso quando acordei me sentindo muito melhor em comparação com as últimas semanas vivendo com medo.

Tabby podia não estar aqui pessoalmente, mas estava em espírito. O sacrifício que ela fez, dando sua vida para proteger a mim e Simone, nunca seria em vão.

— Sinto sua falta, Tabby — sussurrei e mandei um beijo para aquela foto antes de entrar na cozinha e ir direto para os braços do meu homem.

Ele me entregou uma taça de champanhe.

— Só porque você não está tomando remédios.

— Viu? Outra razão para não tomá-los. — Dei um tapinha em seu abdômen de brincadeira.

Ele riu e me abraçou, enquanto Jonah levantava sua taça de champanhe no ar e todos nós o seguimos.

— Mama Kerri, gostaríamos de lhe fazer uma pergunta importante — Jonah anunciou.

— Você já pediu minha permissão para se casar com a minha filha antes de fazer o pedido a ela. O que mais você poderia precisar perguntar? — Ela riu.

Simone acariciou seu noivo e então olhou para nossa mãe.

— Queríamos sua autorização para nos casarmos na Kerrighan House, em seu quintal. Neste verão.

Ela inclinou a cabeça para trás e colocou a mão no coração.

— Neste verão? Nos próximos meses?

Simone assentiu.

— Meados de agosto. Dia dezesseis, para ser exata.

Todos na sala ficaram em silêncio. Meu coração quase explodiu quando ela pronunciou a data. Segurei Killian com tanta força que ele grunhiu.

— Dezesseis de agosto. — Os olhos de mamãe ficaram marejados. — Aniversário da Tabby.

Simone assentiu e olhou ao redor, fazendo contato visual com cada uma de nós.

— Se estiver tudo bem para todas vocês, gostaríamos de homenagear Tabitha, nos tornando uma família em seu aniversário. Nos casando no único lugar em que ela se sentia segura. O único lugar onde todas nos sentimos seguras. Ela nos amou mais que tudo e deu sua vida para que eu pudesse viver. Quero celebrá-la e ao amor da minha vida nesse dia. Porque sem o sacrifício dela, Jonah e eu não estaríamos onde estamos, com um futuro brilhante pela frente.

Ela olhou para Mama Kerri.

— Mama? — Sua voz falhou, a emoção enchendo a sala a ponto de explodir.

— Está tudo bem para mim, menina, se estiver tudo bem para suas irmãs — ela sussurrou.

Sonia assentiu e enxugou os olhos.

Genesis sorriu.

— Ela adoraria isso, *Si*.

Charlie assentiu, balançando o rabo de cavalo vermelho com seus movimentos bruscos.

— A Tab ficaria tão animada.

Blessing colocou a mão no quadril.

— Vai ser um festival de choro. Claro, está tudo bem. A Tabby seria presunçosa sobre isso também.

Liliana disse:

— *Si*, sim. Um milhão de vezes. Ela adoraria que você se casasse no aniversário dela.

O olhar de Simone veio até mim. Eu fui a última.

Explodi em lágrimas, a parede de emoção desmoronando ao meu redor em grandes soluços, sacudindo meus ombros. Killian me segurou, mas rapidamente o afastei e fui até Simone.

— Ela morreu por isso, Simone — solucei. — Ela morreu para que pudéssemos ter isso aqui. Assim, você poderia ter o Jonah... e eu-eu p-poderia ter o Killian! — Solucei contra seu pescoço em uma torrente de lágrimas. — Eu estou tão feliz! — Nunca chorei tanto. Simone fez o mesmo, nós duas soluçando feito loucas.

Nossas irmãs se reuniram ao nosso redor, abrindo os braços. Mama Kerri nos abraçou também e choramos juntas.

— Você está certa, minha Addy. A Tabitha morreu para dar a todas nós uma bela vida. Cabe a nós honrar esse presente, todos os dias.

Rory cutucou nossas pernas até que estava no centro do círculo.

— Tia Si, posso ser a daminha?

Todas nós rimos tanto, que as lágrimas se tornaram de alegria. Simone se abaixou e pegou nossa sobrinha, colocando-a no colo.

— É claro. Você vai ser a melhor daminha do mundo inteiro!

— E eu serei a melhor madrinha. — Blessing mexeu os quadris como se já tivesse o papel.

— O quê? De jeito nenhum! *Eu* serei a madrinha. — Charlie empurrou Blessing para o lado. — Você deveria ser da Addy! Dividi um quarto com Tabitha e se eles vão se casar no aniversário dela, então sou eu quem deve ser a escolhida.

Não era uma lógica ruim se você me perguntasse, mas é claro que ela estava sentindo falta de uma pessoa importante na vida de Simone.

— O que eu sou? *Fígado picado?* — Liliana reclamou. O que eu achava que significava *fígado picado*.

Genesis apenas balançou a cabeça e sorriu. Sempre a calma e composta do grupo.

— Tenho certeza de que a sra. Presidente será a madrinha, garotas. Não esqueçamos quem salvou sua vida de um incêndio quando ela era criança. — Lembrei ao grupo que Simone e Sonia eram parentes de sangue. Elas tinham os mesmos pais biológicos. Irmãs por laços familiares, não por escolha. Não que o fato tivesse feito alguma diferença real para qualquer uma de nós.

Simone foi até Sonia e abraçou a irmã mais velha.

— Verdade. Então, você me daria a honra de ser minha madrinha?

O sorriso de Sonia era enorme.

— Eu ficaria ao seu lado a qualquer dia, por qualquer motivo. Você sabe disso. Eu te amo e estou muito feliz com essa notícia! — Ela abraçou sua irmã mais nova.

— Cara, isso é uma merda! — Blessing desabafou.

— Blessing! Minha nossa. — Mama Kerri a acertou.

— Desculpe, Mama, mas é!— Ela se virou para mim e apontou. — Quando você se casar, eu serei a sua!

— Acha que não sei disso? — Eu ri porque eu com certeza a escolheria. Dividimos um quarto por anos. Compartilhamos quartos de hotel por muito mais tempo, e logo começaríamos a fazer negócios juntas. Ela era, de longe, minha melhor amiga.

— Então eu recebo os direitos sobre Liliana e Genesis! — Charlie resmungou cruzando os braços.

— Si, vou fazer o vestido de casamento mais lindo. Você vai ficar louca. Já posso ver. *Boho chic*. Renda. Talvez alguns cristais. Ahh, Deus, vai me dar um grande trabalho. Mas vou conseguir. Vou fazer, garota!

— Incrível! — Simone bateu na mão de Blessing.

— Podemos tomar nosso champanhe agora? — Jonah disse em voz alta e as mulheres pegaram suas taças mais uma vez. — Agora que já contamos as novidades, só quero dizer que, mesmo que vocês todas sejam mulheres loucas, malucas e selvagens, mal posso esperar para chamar cada uma de vocês de minha família. Felicidades!

— Agora isso é algo pelo qual eu quero brindar — Killian murmurou, seu lindo olhar castanho apenas em mim.

— Eu também. — Bebi meu champanhe, fiquei na ponta dos pés e apreciei o sabor das bolhas frutadas nos lábios do meu homem mais do que nos meus enquanto o beijava.

— Em breve, seremos nós — ele sugeriu.

Dei de ombros.

— Um dia. — E então pisquei para ele.

Ele mordeu o lábio inferior, em seguida, me presenteou com um sorriso sexy. Beijei seu rosto também apreciando o gosto de champanhe de seu beijo pela segunda vez. Uma vez nunca era o suficiente.

Eu planejava beijá-lo por toda a eternidade, e ainda não seria suficiente.

EPÍLOGO

Três meses depois...

Brutus e eu estávamos regando as plantas quando Killian entrou com uma caixa de papelão gigante em seus braços. Atrás dele estava Atticus, também carregando uma caixa. Mas isso não era tudo. Em seguida veio Ryan com outra caixa. Omar, Holt, os pais de Killian, Quinn e Niko – assistente de Sonia e seu marido – Mama Kerri, e cada uma das minhas irmãs até que todo o lado da parede estava cheio de caixas empilhadas.

O que eu não vi foi meu cachorro sair do jardim interno, descer as escadas na velocidade da luz e atacar os recém-chegados.

Killian estendeu a mão e ordenou:

— *Blieb.* — O cachorro parou onde estava. — *Sitz* — Killian disse, e o cão ficou olhando para a horda de pessoas circular sem medo, por já terem sido apresentados e considerados *amigáveis* para o nosso cachorro.

Desci as escadas e fui até Killian.

— Bom garoto — eu disse e acariciei a cabeça de Brutus quando passei por ele.

Killian me puxou em seus braços e me abraçou.

— Oi, baby. — Ele me deu um selinho.

— O que é tudo isso? — Inclinei a cabeça e olhei para todas as caixas.

— São as suas coisas, linda. Você não achou que eu ia deixar você continuar pagando por aquele apartamento quando dorme em nossa cama todas as noites, não é?

Abri a boca, surpresa.

— Minhas coisas?

Ele assentiu.

— Tudo, menos os móveis. Desmontamos tudo e colocamos em um deposito para que pudéssemos decidir juntos o que você gostaria de trazer para o *loft* ou doar.

— Ei, se você for doar aquele sofá incrível, eu aceito! — Charlie falou.

— É seu, irmã — ofereci de imediato. Eu não queria nada daquilo.

— E aquelas mesas laterais ficariam excelentes em meu apartamento. Você sabe que estou de olho nelas desde que você as comprou — Blessing acrescentou.

— Pode pegar. — Eu sorri.

Killian esfregou meu ombro.

— Você mora aqui desde que tudo isso começou e ainda não deixou sua marca em nossa casa. Achei que não tinha feito isso porque suas coisas estavam naquele apartamento. Então, juntei os caras, minha família e a sua, para trazê-las para cá.

Assenti, em choque, e o abracei.

— Isso foi muito atencioso. Mas você se esqueceu de uma coisa — provoquei.

Ele franziu a testa.

— Pegamos tudo, linda. Juro. O Ryan também mostrou seu distintivo para persuadir o dono do imóvel a te liberar do contrato. Você não será penalizada.

Eu sorri.

— Killian, você não me pediu para morar com você — falei

em tom sério. Era algo que eu estava me preocupando desde que aquela situação terminou.

— Sério? — ele perguntou com surpresa. — Addy, linda, suas roupas estão penduradas no meu armário há meses. Seus artigos de toalete, no banheiro. Meu cachorro é praticamente seu agora. Ele prefere você a mim o tempo todo, e eu nem fico bravo porque você é a mãe dele. Em uma situação assim, eu escolheria minha mãe também.

— Um menino tão bom, meu Killian — a mãe dele disse de onde estava, ao lado de Mama Kerri. Elas se tornaram muito amigas desde que se conheceram na semana depois que tudo terminou com Cory.

Dei de ombros.

— Eu só não queria que você sentisse que tinha que me manter...

Ele se moveu rápido. Enfiou os dedos na parte de trás do meu cabelo, segurou-os e tomou minha boca em um beijo profundo.

Na frente de toda a minha família.

Me derreti contra ele, como sempre fazia quando seus lábios estavam nos meus.

Ele mordiscou meu lábio inferior enquanto se afastava e sorriu.

— Addison, você vai morar oficialmente comigo?

Eu sorri e assenti.

— Sim.

Ele revirou os olhos.

— Excelente. Uau! Eu estava preocupado que você dissesse não. — Ele passou o braço em volta da minha cintura e se virou para o nosso público.

Eu caí na gargalhada e então acenei como uma idiota para todo o grupo nos observando.

— Oi, pessoal, obrigada por pegarem as minhas coisas. Aposto que vocês estão com fome. Temos cerveja e vinho, mas posso pedir pizza... — ofereci.

Todos ficaram em silêncio enquanto Jonah vinha de trás de Simone com algo embrulhado em um pano vermelho. Ele se aproximou de mim com os braços abertos, segurou o item e o descobriu com a mão livre.

Engoli em seco quando vi que ele estava com o que de mais importante tinha sido tirado de mim.

O álbum de Tabby.

A lombada brilhou com meu nome. Levei a mão à boca ao me aproximar. Estendi os dedos e toquei o álbum de fotos que significava mais para mim do que cada mobília, peça de roupa ou item do meu antigo apartamento todos juntos.

Minha mão tremia enquanto eu passava os dedos pela frente.

— Você prometeu que iria pegá-lo de volta — eu disse em voz baixa, repleta de emoção.

Ele assentiu.

— Eu cumpro minhas promessas.

— Você é um bom homem, Jonah Fontaine. Estou muito feliz que muito em breve você será oficialmente meu irmão.

— O sentimento é mútuo, Addison.

Peguei o livro e segurei-o contra o peito, com lágrimas rolando pelo meu rosto. Killian passou os braços em volta de mim por trás e me inclinei contra sua força.

Pela primeira vez em meses, senti verdadeira paz e felicidade.

Abri os olhos e sorri enquanto chorava.

— Eu nunca estive tão feliz — murmurei. — Eu amo muito todos vocês.

Killian beijou meu pescoço e me aconchegou.

— Me mostre seu álbum, baby. Eu estava ansioso para vê-lo.

Isso colocou um sorriso enorme no meu rosto.

— Venham, todos. Vamos pedir pizza. Charlie, Simone, vocês cuidam das bebidas.

— Deixa conosco! — Charlie falou e enganchou seu braço no de Simone.

— Blessing, você pode...

— Pizza. Irmã, esse é meu trabalho. Estou esfomeada. — Como ela sempre afirmava estar.

Acenei para Evelyn, a mãe de Killian.

— Venha aqui. Há uma irmã minha que você ainda não conheceu.

A mãe de Killian se apressou. Observei seu cabelo branco-acinzentado bem penteado com um corte perfeito no queixo. Ela tinha aquela segurança de mulher madura, e estava usando túnica e saia chique.

Levei minha amada posse para o sofá azul-petróleo e Killian se sentou ao meu lado, com a mãe do seu lado. Mama Kerri se acomodou no meu outro lado. Aquela mulher estava sempre comigo quando algo poderia me machucar. Eu tinha tanta sorte de tê-la.

Abri a capa, e a primeira página era uma foto minha, com o cabelo esvoaçando em meu pescoço. Era uma foto mais de rosto. No alto, em letra cursiva azul, estava a palavra BELEZA. Diretamente abaixo, em letras roxas em bloco, estava SELVAGEM.

— Beleza Selvagem — Killian ofegou. — É como registrei você em meu telefone — ele falou com admiração.

Eu sorri e tracei as letras.

— No dia em que nos conhecemos na sessão de fotos, você também disse que eu era uma Beleza Selvagem.

Ele pegou minha mão, segurou-a com força, levou-a aos lábios e beijou as costas.

— E você é.

— A Tabby também pensava assim. — Mama Kerri sorriu e passou a mão em minha coxa, me confortando do jeito que só uma mãe poderia.

— Bem, parece que vocês dois estavam certos. Vire a página, estou animada para ver mais — a mãe de Killian pediu.

Ficamos ali sentados até que, uma a uma, minhas irmãs se aglomeraram apontando e rindo.

— Eu me lembro disso! — Genesis riu. — Olha como eu estava grávida! — Ela apontou para uma foto em que Simone e eu estávamos com as cabeças pressionadas em um lado da barriga de Gen, que estava rindo na foto como agora.

Havia outra em que eu segurava Liliana nos ombros. Blessing estava com Charlie e estávamos brincando de briga de galinha, enquanto Mama estava nos bastidores, nos mandando parar com isso antes que alguém se machucasse.

Passamos por toda a minha vida, desde quando eu tinha cerca de dez anos e todas nós estávamos em casa, até há apenas um ano. As duas últimas fotos eram *selfies*. Uma de Tabby beijando minha bochecha e eu rindo, e depois uma séria. Estávamos com a cabeça inclinada uma para a outra, o rosto anguloso de Tabby presenteando a câmera com um sorriso raro e sereno.

— Nossa menina só era feliz com suas irmãs. Vocês eram a vida dela. Nada mais tinha qualquer relevância para Tabby. Ela tinha seus demônios, que eram muitos, mas a única coisa que ela realmente se importava era com cada uma de vocês.

Me virei para Mama Kerri.

— Você sabe que ela te amava mais que qualquer pessoa neste mundo. Ela dizia isso o tempo todo. Você a salvou.

Ela assentiu e enxugou algumas lágrimas.

— E ela salvou você e a Simone para mim.

Simone fungou, mas Sonia estava bem ali, com os braços em volta da irmã mais nova, pronta para apoiá-la se fosse preciso. Olhei para cada uma das mulheres que eu considerava minhas irmãs, que abraçavam umas às outras.

— Tivemos muita sorte de sermos amadas por ela. Esse tipo de amor vem muito raramente. Fomos abençoadas. *Somos* abençoadas. — Mama Kerri traçou o contorno do rosto de Tabby.

— Sim, somos. E agora vamos homenageá-la e celebrá-la no casamento da Simone e do Jonah. Mal posso acreditar que será em alguns meses!

— Não é? — Simone suspirou. — Vai ser incrível. Você tem que ver as fotos do vestido que a Blessing está fazendo para mim. Blessing... tem alguma das fotos aí?

— Por favooor! Tenho toneladas dessas merdas no meu telefone — ela disse, pegando o aparelho no bolso de trás.

— Blessing, querida, merda ainda conta, mesmo quando é um elogio — Mama Kerri a repreendeu.

— Desculpe, Mama — Blessing disse enquanto abria as imagens em seu telefone e as passava para Simone, que mostrou a Sonia.

— Como você faz isso? — a mãe de Killian perguntou. — Faz com que parem de xingar? Meus meninos são terríveis, falam como marinheiros o tempo todo.

— Certo, essa é a minha deixa. — Killian se levantou e pegou minha mão, me ajudando a ficar de pé e a dar a volta na mesa de centro.

Ele se abaixou e pegou o álbum.

— Vamos encontrar um bom lugar para isso — disse, com o livro debaixo do braço e minha mão na sua. Em seguida, me levou até a foto de Tabby na parede. Ao lado, havia uma prateleira novinha em folha, que eu não tinha visto antes. A prateleira era estreita, tinha cerca de dezoito centímetros de largura, e ele colocou o álbum ali, de pé. Havia uma pequena borda na frente, fazendo com que o álbum se encaixasse perfeitamente sem cair.

— Quando você pendurou isso?

— Quando você estava no telhado com o Brutus ontem. Eu sabia que o Jonah tinha conseguido liberar o item da evidência há alguns dias. Queria pegar todas as suas coisas e ter certeza de que estava no lugar para colocar o álbum, quando ele chegasse hoje.

Assenti.

— Você é incrível, sabia disso?

Ele passou os braços em volta de mim por trás, depois que coloquei o álbum na prateleira ao lado da foto de Kerrighan House, tirada por Tabby. Ficou lindo. Até que percebi que havia outra prateleira do outro lado.

— Essa é para quê? — Apontei para a prateleira vazia.

— Ah, certo. — Ele me soltou, foi até a estante e trouxe um

álbum de fotos de tamanho semelhante e me entregou. A lateral dizia *Fitzpatrick* em letras douradas.

— Legal! Você também tem um álbum da sua família! — Minha voz se elevou com entusiasmo.

Ele ergueu o queixo.

— Abra — ele pediu.

A primeira página era uma *selfie* nossa em preto e branco, na cama, juntos. Estávamos com os cabelos soltos e bagunçados. Eu estava sem maquiagem, mas sorria como uma lunática. Tínhamos acabado de fazer amor e tendo um dia preguiçoso na cama. Foi há um mês, no dia em que tirei o gesso. Killian estava sorrindo e, como Tabby, conseguiu centralizar a imagem, tirando uma linda foto nossa que capturou a alegria e o amor em nossos rostos.

— Baby... — Eu sorri.

— Vire a página. — Ele assentiu.

Fiz isso, e então perdi a capacidade de respirar.

As palavras: *Quer se casar comigo, Addison?* estavam escritas na página seguinte.

— Você não está só se mudando para cá, Addy... você também nunca mais vai sair do meu lado. Vou ficar com você para sempre, baby. Eu te amo. Quero estar com você. Quero possuir essa sua beleza selvagem e vê-la brilhar nos olhos de nossos futuros filhos.

Então ele recuou e se ajoelhou.

— Não acredito! — Engoli em seco abraçando o álbum com um braço e cobrindo minha expressão chocada com o outro. Meu corpo inteiro começou a tremer de excitação, adrenalina, ou talvez fosse superabundância de amor correndo em minhas veias.

Killian sorriu e tirou uma aliança do bolso. Não havia caixa, apenas um diamante grande e de formato retangular incrível, com dois triângulos laterais abraçando as bordas longas do diamante. Era de ouro platinado e a coisa mais linda que eu já tinha visto. Nada muito ostensivo, mas fazia uma declaração clara: estou reivindicando essa mulher com um diamante foda, que quero que todos vejam.

— Sim! Sim! Sim! — Pulei.

— Addy, eu ainda não pedi. — Ele riu. — Primeiro, você acha que tenho que te pedir para você se mudar "oficialmente". — Killian fez aspas com os dedos. — Depois você diz sim a uma proposta que ainda nem fiz! — Ele balançou a cabeça.

Acenei para meu rosto aquecido, coloquei o álbum na prateleira e voltei para a frente dele, achatando meu vestido.

— Certo, amor. Vá em frente. Pergunte à vontade.

Ele riu, o som mais bonito do mundo inteiro.

Meu coração batia forte em meu peito, enquanto eu olhava para os olhos castanhos que eu veria todos os dias, quando acordasse. Os últimos lábios que eu beijaria. O único homem que, daqui em diante, eu tomaria em meu corpo.

Killian Fitzpatrick.

O homem feito para mim.

— Addison Michaels-Kerrighan, você me daria o privilégio, a honra de se tornar minha esposa?

Não pude deixar de bater palmas e pular para cima e para baixo novamente.

— Sim, sim, sim — repeti em voz alta.

Ele se levantou.

— Me beije, linda! — ele grunhiu e me aconcheguei naqueles braços musculosos e seguros o mais rápido que pude, grudando os lábios nos dele.

A sala rugiu com aplausos. Nossa família ria e gritava, enquanto selávamos nosso destino. Juntos para sempre.

Tabby teria ficado muito satisfeita.

Killian me soltou, beijou meu nariz, minhas bochechas, meus olhos, e lábios antes de se virar.

— Ela disse sim! — Ele rugiu como um gladiador que acabou de vencer uma batalha.

Passei os braços ao redor dele e me aninhei ao seu lado, olhando para minha família.

— Eu também vou me casar!

Simone levantou as mãos no ar.

— Casamento duplo! — ela gritou.

Eu balancei a cabeça.

— De jeito nenhum. Vamos fazer algo chique e tropical, como em Cannes, na França! — falei, adorando a ideia de algo inspirado na Europa. Eu adorava aquele lugar e mal podia esperar para ir até lá com ele.

— Essa ideia é muito boa. Diversão ao sol. Isso aí. — Blessing se aproximou com os braços estendidos. — Estou tão feliz por você, irmã. — Ela me abraçou e me manteve em seus braços enquanto olhava para Killian. — Se você não tratá-la bem, vai se ver comigo. Tenho conexões — ela avisou e piscou.

Killian ergueu as mãos.

— Mensagem recebida.

— Humm-hummm. Sei disso. — Ela assentiu, e então beijou minha bochecha. — Vou começar a fazer os esboços para o seu vestido assim que você decidir qual será o local e a data.

— Obrigada, Blessing.

Fomos parabenizados por cada um de nossos amigos e familiares. A pizza chegou e virou uma festa que durou a noite toda. Todos beberam e pedimos mais comida depois que a pizza acabou.

Às duas da manhã, estávamos nos despedindo do último convidado. Killian fechou a casa e me levou de mãos dadas até o nosso quarto.

Ele tirou meu vestido de verão e fez amor comigo até apagar.

Me aconcheguei em seu peito largo, olhando para a aliança sob a luz da lua. Desde o início da minha vida, até ser levada para a Kerrighan House, eu estive sozinha. Agora, eu tinha irmãs que adorava, homens que podia chamar de grandes amigos, uma carreira de sucesso, um cachorro incrível e um amor que eu sabia que me amaria até que eu desse meu último suspiro. Se eu não tivesse sobrevivido a esses anos terríveis ou à tortura nas mãos daquele louco, não estaria onde estava hoje. Não saberia o quanto a minha vida poderia ser boa.

Tudo me levou à pessoa que me tornei, ao homem que amava e ao futuro que compartilharíamos.

Não que eu fosse uma beleza selvagem como Tabby ou mesmo Killian acreditavam.

A vida era a beleza.

A vida era selvagem.

A vida era loucamente bela.

Fim.

Se quiser ler mais sobre as irmãs Kerrighan, confira o próximo livro da série, *Espírito Selvagem*, onde conhecemos a história de Liliana.

TRECHO DE ESPÍRITO SELVAGEM

Estacionei em frente ao *Liberty National Bank*, no coração de Chicago, me sentindo abençoada por ter encontrado uma vaga tão perto do banco. Peguei a bolsa, saí do Chevy Blazer esportivo azul e apertei a trava no chaveiro. Levei um momento para apreciar meu SUV. Era bonito e elegante, e eu economizei por um ano para pagá-lo com o salário de professora. Felizmente, aos vinte e oito anos, eu estava quase estável. Só precisava de mais três anos na Franklin D. Roosevelt High School como professora residente de espanhol, e estaria pronta.

Peguei a carteira, me aproximei do banco com a cabeça baixa até que esbarrei em uma parede. Um gigante com cabeça de touro sorridente. Uma parede de tijolos que eu conhecia muito bem.

— Droga, Omar! Você está me seguindo? — Apontei um dedo acusador e semicerrei o olhar.

Ele riu daquele jeito irritante e gostoso, que me fez parecer um pouco *mal de la cabeza*.

— Não é incomum, *chica*, que duas pessoas que moram na mesma cidade façam negócios no mesmo banco. — Ele ergueu o que parecia ser uma bolsa com zíper que estava cheia do que presumi ser dinheiro. O que achei estranho. Por que ele teria tanto dinheiro em mãos?

— Não respondeu minha pergunta. Você está me seguindo? — repeti.

Ele apertou os lábios.

— Não, *mi lirio*. Não estou. Embora eu ache que deva ser o destino que nos trouxe a este banco, neste momento. Não?

Ouvi-lo me chamar de *seu lírio*, como a flor, provocou um arrepio de excitação. Engoli em seco contra a resposta repentina. Eu tinha uma queda pelo enorme mexicano-americano desde que coloquei os olhos nele, há alguns meses.

Omar Alvarado.

Ele era um galã. Muito mais alto que eu, com um metro e sessenta. Ele tinha pelo menos um e oitenta, e se elevava sobre mim. O homem malhava muito. Naquele momento, estava usando jeans escuros perfeitamente ajustados e camiseta preta, que desafiava as leis da gravidade, pois estava muito apertada contra seu peito musculoso. Por um breve instante, me preocupei que pudesse rasgar as costuras e cair de seu corpo. Não era um visual ruim. Ele estava barbeado e perfumado. Usava um boné preto do White Sox com emblema na frente, a aba achatada naquele estilo das ruas, que me fazia desmaiar. Ele tinha uma série de pulseiras de couro em um pulso e uma cruz de ouro pendurada do lado de fora da camisa, entre seus peitorais, e brilhando com a luz do sol.

Prendi a respiração enquanto avaliava o símbolo da minha fé. Eu também usava uma cruz, só que a minha era delicada e antiga, um dos meus bens mais preciosos. Tinha sido usada por minha mãe no dia em que ela morreu no acidente de carro que levou meus pais biológicos.

Eu não tinha visto Omar usando um colar antes, ou talvez nunca tivesse por fora de suas roupas. Quando ele era meu guarda-costas irritante, sempre me dizendo o que fazer durante o desastre de Addison com aquele monstro, Cory Pitman, ele nunca mostrou aquela joia. Na verdade, eu nunca o tinha visto em trajes casuais que não fossem calças pretas, botas e camisetas pretas, que absorviam a umidade ou de mangas compridas. O fato permanecia: o homem parecia bem, não importava o que vestisse.

— O gato comeu sua língua, Liliana?

Balancei a cabeça no piloto automático.

— Por que você não me ligou ou respondeu às minhas mensagens? — ele perguntou abruptamente.

O que me lembrou: eu o estava evitando. Ele era muito mandão, muito possessivo e muito alfa para o meu gosto. Mama Kerri me ensinou a ser uma mulher independente que não precisava de ninguém para realizar seus sonhos. No entanto, ela também me ensinou a estar aberta ao amor. Embora ela nunca tenha dito nada sobre luxúria. E toda vez que eu olhava para Omar, queria lamber e beijar seu corpo da cabeça aos pés. Todos os pensamentos de independência voavam pela janela por causa da beleza que estava diante de mim.

Omar Alvarado era tudo o que sempre sonhei, o que também era parte do problema. Eu não queria me perder em um homem. Queria ficar ao lado. Contar comigo mesma e não ceder a todos os seus caprichos. Minha mãe adorava meu pai como se ele fosse o sol. Fazia tudo o que uma boa mexicana deveria. Palavras dela, não as minhas. Ela cuidou de mim, da casa, da cozinha, da lavanderia e se vestia bem para o marido. Quando ele voltava do trabalho, ela tinha uma bebida, um sorriso e uma mesa cheia de comida esperando-o.

Claro, eu gostava de tratar bem meus namorados, mas era uma mexicana trabalhadora, nascida nos Estados Unidos, que queria ser adorada tanto quanto adoraria o homem que escolhi ter em minha vida. Infelizmente, nenhum dos homens com quem namorei no passado entendia isso. Além disso, os homens com quem namorei acabaram se ressentindo da minha fé. Principalmente porque eu não perdia a igreja no domingo, mesmo quando Cubs, Sox, Bulls, Bears ou qualquer evento ou jogo esportivo acontecesse no domingo. Eu frequentava a igreja regularmente e esperava que o homem com quem eu ficasse compartilhasse minha fé. Fui poupada naquela estrada onde meus pais morreram. Vi coisas naquela noite que cimentaram minha fé de uma forma que nunca poderia ser alterada. Minha fé fazia parte de mim, tanto quanto minha herança mexicana e o amor que eu tinha por minha mãe adotiva, meus pais biológicos e todas as minhas irmãs.

— Liliana, por que você está me evitando? — Sua voz profunda abriu caminho em meus pensamentos.

Afastei o passado e empurrei os cachos selvagens do meu rosto, o que nunca funcionava porque eles voltavam ao lugar.

— Porque não quero sair com você! — falei, passei por ele e entrei pelas grandes portas de vidro do banco.

Omar estava no meu encalço enquanto eu abria caminho pela multidão e entrava na fila para ser atendida no balcão. Segurei a carteira e cruzei os braços, batendo o pé. Esperando que não demorasse muito. Eu deveria encontrar minhas irmãs para a prova do vestido de madrinha na Kerrighan House, onde Blessing e a futura noiva, Simone, estariam esperando. Mas primeiro, eu precisava de dinheiro para a arrecadação de fundos na escola e prometi a algumas crianças que compraria alguma coisa. Elas estavam tentando arrecadar dinheiro para uma viagem ao México que eu também planejava ir. Mal podia esperar para ver as antigas ruínas maias, como Tulum e Chichén Itzá, que datavam de 600 e 1200 D.C. Seria minha primeira viagem ao México, de onde meus avós eram. Eu mal podia esperar.

— Você está mentindo. — Ouvi Omar dizer bem atrás de mim.

Eu me virei.

— Não, não estou! Eu simplesmente não estou a fim de você. Chocante! Chame a imprensa — soltei com veemência, sentindo minhas bochechas esquentarem porque eu estava de fato mentindo.

Ele estalou a língua.

— Mentir é pecado — ele murmurou perto do meu ouvido, e seu hálito quente provocou os cabelos em minha nuca.

— *Cállate* — resmunguei para ele calar a boca. O que ele sabia sobre pecados? O homem era o pecado personificado.

— Ah, grandes palavras de uma mulher pequena — ele zombou.

— Você percebe que não está ajudando suas chances de me fazer sair com você — falei em tom seco.

— É mesmo? — Seu tom estava cheio de humor.

— *Sí*, é.

Ele se aproximou enquanto eu continuava tentando ignorá-lo. Suas mãos desceram para meus quadris e ele pressionou contra minhas costas. Minha pele se arrepiou e coração batia forte. A excitação foi direto para o topo de minhas pernas.

— Ainda bem que não estou tentando sair com você. Não, *mi lirio*, quero muito mais do que sair com você. Quero te beijar. Fazer você suspirar meu nome naquele tom doce que você usa quando está feliz por uma de suas irmãs. Quero te levar para minha casa e adorar esse seu corpinho sexy até que você me implore para parar. Mas, mais do que tudo, quero levá-la para casa, para *mi madre*, e vê-la brilhar ao conhecer a mulher que escolhi para mim.

Suas palavras eram tudo o que eu queria ouvir, mas também desprezava com cada fibra do meu ser. Era exatamente por isso que eu evitava caras mexicano-americanos insanamente gostosos. Na minha experiência pessoal, quando eles viam o que queriam, iam com tudo. Não paravam por nada para alcançar seu objetivo, e eu não gostava de me sentir como um prêmio a ser ganho. Queria um homem que fosse meu parceiro. Sem que ninguém dominasse o outro.

Queria o que minha irmã Simone tinha com Jonah. O que Addison tinha com Killian.

Mais uma vez, me virei.

— Você é cego e surdo se acha que vai conseguir isso de mim. Você está latindo para a árvore errada, senhor! — Apontei para seu peito, atingindo músculos de aço. O homem estava em forma.

Ele segurou minha mão e a levou aos lábios sorridentes. Mordiscou meu dedo com um toque dolorosamente sedutor. Meu olhar se concentrou no seu e ofeguei com o fogo que vi naquelas profundezas infinitas.

— Você será minha um dia, Liliana. Pare de lutar e aproveite o que está queimando entre nós. — Suas palavras foram diretas e cheias de desejo. Um desejo ao qual eu queria que sucumbir. Mas não daria certo. Eu não era a mulher que ele queria. Eu nunca me curvaria a ele. Nunca encaixaria em um papel estereotipado que eu tinha certeza de que ele estava acostumado.

— Não sou a mulher para você — sussurrei.

— Você é a mulher exata para mim. E não vou parar até que você sinta isso também.

Fechei os olhos e estava prestes a rejeitá-lo novamente quando uma série de tiros soaram.

Nós nos viramos, ele enganchando o braço em volta do meu corpo, até eu ser empurrada para trás. Seu corpo servindo de escudo.

Espiei e vi quatro homens mascarados entrarem com armas gigantescas. Maior do que qualquer coisa que eu já tinha visto na vida real.

As pessoas gritavam de terror. Senti calafrios quando a ficha caía do que realmente estava acontecendo.

O banco estava sendo assaltado.

Olhei para a entrada, onde os homens haviam passado e estavam se espalhando. Um homem branco grande em um uniforme de segurança estava caído, com o sangue ensopando seu peito, no chão de mármore branco. Ele não estava respirando.

— Ninguém se mova! Todos, de cara no chão. AGORA! Ou vocês irão morrer como ele — um dos homens mascarados ordenou.

Continue a leitura de *Espírito Selvagem*.
Garanta seu exemplar agora!

AGRADECIMENTOS

Ao meu marido, **Eric**, por me apoiar em tudo que faço. Te amo mais.

Para a maior AP do mundo, **Jeananna Goodall**, ainda culpo você pela necessidade de fazer essa série ser de suspense. Você e seu amor por documentários de *serial killers são hilários, e estou muito feliz por poder alimentar sua imaginação! Obrigada por sempre estar disposta a ouvir minhas ideias insanas em qualquer hora do dia e da noite e conversar comigo sobre elas. Eu amo nossos bate-papos sobre enredo. Eles são especiais e muito divertidos! Eu não poderia fazê-los com ninguém além de você. Te amo, amiga.*

A **Jeanne De Vita**, minha editora, por sempre me ensinar coisas novas e por estar disposta a correr até a linha de chegada a cada novo manuscrito. Sinto que estou sempre prometendo que um dia será mais fácil, mas acho que esse é um objetivo pelo qual sempre vou me esforçar. Um dia, vou te deixar louca e te dar um manuscrito com bastante antecedência. Você vai ficar sem saber o que fazer! <risos> Para todos os novos escritores e autores por aí, confiram a *Romance Writing Academy*, da qual minha editora é proprietária. Ela é uma professora talentosa, editora amiga e pessoa incrível. Vocês ficarão muito felizes por conhecer seus cursos. Confira! www.romancewritingacademy.com

Para minha equipe alfa beta **Tracey Wilson-Vuolo**, **Tammy Hamilton-Green**, **Gabby McEachern**, **Elaine Hennig** e **Dorothy Bircher**. Não sei como vocês me aguentam em todos os livros, mas não me abandonam, e me sinto muito honrada por tê-las como parte do meu grupo. A equipe AC não seria nada sem vocês. Sou abençoada por tê-las como minhas amigas. Amo muito todas vocês!

À minha agente literária **Amy Tannenbaum**, da *Jane Rotrosen Agency*, por estar sempre presente para oferecer uma palavra gentil, conselhos e por acreditar em minha capacidade. Seu apoio é tudo.

À minhas agentes literárias de direitos estrangeiros **Sabrina Prestia e Hannah Rody-Wright**, da *Jane Rotrosen Agency*, que já garantiram um acordo internacional para esta série e continuam a encontrar novos lares incríveis para meus bebês. Obrigada, garotas!

Para *Jenn Watson* e toda a equipe *Social Butterfly*, vocês me surpreendem. O profissionalismo, criatividade e proeza nos negócios são sem precedentes. Obrigada por me adicionar à clientela de vocês. Estou ansiosa para fazer parceria em muitos outros projetos no futuro.

Aos *leitores*, eu não poderia fazer o que amo ou pagar minhas contas se não fosse por todos vocês. Obrigada por cada resenha, palavra gentil, curtida e compartilhamentos do meu trabalho nas redes sociais. Vocês tornam possível para mim viver meu sonho. #SisterhoodFTW

SOBRE A AUTORA

Audrey Carlan é autora bestseller número um do *The New York Times*, *USA Today* e *Wall Street Journal*. Ela escreve histórias que ajudam o leitor a se encontrar enquanto se apaixona. Alguns de seus trabalhos incluem o fenômeno mundial A Garota do Calendário, a série Trinity e a série International Guy. Seus livros foram traduzidos para mais de trinta idiomas em todo o mundo.

Ela mora no Vale da Califórnia, onde se diverte com os dois filhos e o amor de sua vida. Quando não está escrevendo, você pode encontrá-la ensinando ioga, bebendo vinho com suas "irmãs de alma" ou com o nariz preso a um romance sexy.

NEWSLETTER

Para atualizações de novos lançamentos e notícias sobre sorteios, inscreva-se na newsletter de Audrey: audreycarlan.com/sign-up

REDES SOCIAIS

Audrey adora se comunicar com seus leitores. Você pode segui-la ou contatá-la em:

Website: www.audreycarlan.com

Email: admin@audreycarlan.com

Facebook: www.facebook.com/AudreyCarlan

Twitter: twitter.com/AudreyCarlan

Pinterest: www.pinterest.com/audreycarlan1

Instagram: www.instagram.com/audreycarlan

Grupo de leitores:
www.facebook.com/groups/AudreyCarlanWickedHotReaders

Book Bub: www.bookbub.com/authors/audrey-carlan

Goodreads:
www.goodreads.com/author/show/7831156.Audrey_Carlan

Amazon:
www.amazon.com/Audrey-Carlan/e/B00JAVVG8U